UNE FILLE

NATURELLE,

PAR FÉLIX DAVIN,

AUTEUR

du *Crapaud* — de *Ce que regrettent les Femmes*, *etc.*, *etc.*

II

Paris,

LIBRAIRIE DE DUMONT,

PALAIS-ROYAL, 88, AU SALON LITTÉRAIRE.

1836.

UNE FILLE

NATURELLE.

ROMANS DE FÉLIX DAVIN.

ROMANS HISTORIQUES.

LE CRAPAUD, ou l'Espagne en 1823, 2 vol. in-8, 15 fr.

UNE FILLE NATURELLE (1556-1557, Règne de Henri II), 2 vol. in-8, 15 fr.

ROMANS INTIMES ET ANALYTIQUES.

LES DEUX LIGNES PARALLÈLES, ou le Frère et la Sœur, 1 vol. in-8, 7 50

UNE SÉDUCTION, 1 vol. in-8, 7 50

LA MAISON DE L'ANGE, ou le Mal du Siècle, 2 vol. in-8, 15 fr.

ROMANS DE MOEURS.

CE QUE REGRETTENT LES FEMMES, 2 vol. in-8, 15 fr.

HISTOIRE D'UN SUICIDE, 2 vol. in-8, 15 fr.

SOUS PRESSE.

DEUX AGES, poésie, 1 vol. in-18, 5 fr.

UN NOUVEAU ROMAN, 2 vol. in-8, 15 fr.

LAGNY. — Imprimerie d'A. LE BOYER et Cie.

UNE FILLE
NATURELLE

RÈGNE DE HENRI II.

1556—1557.

PAR FÉLIX DAVIN.

AUTEUR DU CRAPAUD, DE CE QUE REGRETTENT LES FEMMES, DE LA MAISON DE L'ANGE, ETC.

II.

Paris,
LIBRAIRIE DE DUMONT,
88, PALAIS-ROYAL, AU SALON LITTÉRAIRE.

1836.

AUX SAINT-QUENTINOIS.

A vous, mes compatriotes, à vous cette partie d'un livre, dont la préoccupation me tourmente depuis l'âge où j'ai pu comprendre ce magnifique dévoûment de nos aïeux, qui doit avoir sa place, sinon parmi les plus éclatans souvenirs du seizième siècle, du moins parmi les plus héroïques.

Toute épître dédicatoire ne pouvant qu'être au-dessous des beaux vers de Santeuil, gravés au front de notre antique hôtel-de-ville, en l'honneur des Saint-Quentinois morts en 1557 pour la défense du pays, je me borne à vous les répéter :

Bellatrix, i, Roma, tuos nunc objice muros :
Plus deffensa manu, plus nostro hæc tincta cruore
Mœnia laudis habent; furit hostis et imminet urbi;
Civis murus erat : satis est sibi civica virtus.
Urbs memor audacis facti, dat marmore in isto,
Pro patriâ cæsos, æternùm vivere cives.

Eh bien, Rome, à présent vante-nous tes murailles :
De plus de sang rougis, noirs de plus de batailles,
Va, nos murs sont plus beaux ; en vain tombaient ces murs;
Nous nous faisions remparts : ceux-là sont les plus sûrs.
Sur ce marbre à jamais grandit notre victoire :
Qui meurt pour son pays vit toujours pour la gloire.

Félix Davin.

LIVRE QUATRIEME.

LA VILLE.

I.

Le Pèlerin.

Le 26 juillet 1557, la ville de Saint-Quentin voyait une grande part de son populaire assemblée à la porte d'Isle, devant cette petite chapelle du faubourg et non loin de cet étang de la Somme, consacrés tous deux par de pieux souvenirs.

En effet, la légende raconte que le bienheureux apôtre, auquel la ville a emprunté son nom, ayant souffert le martyre sous le cruel Rictiovare, son corps fut jeté dans l'étang et recouvert de pierres. Quarante ans plus tard, une dame romaine, nommée Eusébie, atteinte depuis longtemps de cécité et fort pieuse, eut une vision. Un ange lui ordonna de se faire conduire sur le bord de l'étang et de s'y laver les yeux, qu'alors la vue lui serait rendue et que l'endroit où reposait le corps du martyr lui serait indiqué par des signes certains. Eusébie fit ce qui lui était prescrit; et l'eau de l'étang eut à peine touché ses paupières qu'elles s'ouvrirent. Elle désigna la place où l'on devait fouiller, et, quelques instans après, le corps de Saint-Quentin reparut lumineux et respirant baume céleste. La sainte femme fit bâtir, en mémoire de cet évènement, une chapelle où fut déposé le corps de l'apôtre, et qui devint bientôt célèbre par les miracles qui s'y opérèrent. De là les nombreux pèlerinages, puis l'accroissement et la prospérité de la ville. Dans le cours des siècles, l'humble monument fut démoli plusieurs fois par les barbares, mais on le reconstruisit toujours au même lieu, lequel resta vénéré jusqu'en cet âge indifférent et cupide, où la chapelle est remplacée par un moulin à l'eau.

En ce moment, la foule entourait, grandement émue et recueillie, un pèlerin qui l'édifiait par le récit des merveilles funèbres de la Terre-Sainte. Ce pèlerin, dont la petite taille était cachée par une ample robe du bure et ce mantelet à coquilles, attribut distinctif des gens de son état, — car tout le monde sait que bon nombre des pèlerinages de ce temps étaient un métier comme un autre, — avait le chef ombragé d'un grand feutre également à coquilles, et sa figure était plus qu'à demi couverte par une longue barbe blanche. Mais, quoique ce signe fût celui de la vieillesse, la physionomie du saint homme, son teint brun et chaud, ses yeux noirs et vifs et couronnés de sourcils nettement arqués, sa bouche forte et vermeille, et les gestes brusques qui lui échappaient fréquemment et comme malgré lui, tout annonçait une virilité verte et vigoureuse. Sa voix vibrait incisive et pleine, et son langage, bigarré de locutions inusitées dans ce pays, était marqué par une accentuation méridionale fortement prononcée. Sa parole vivement imagée et sa pantomime rapide saisissaient au cœur les bonnes gens qui l'écoutaient avec des témoignages successifs d'étonnement, de douleur, de contrition.

Quand il se fut emparé de son public, le pèlerin, dont le regard perçant interrogeait à la fois toutes les parties de cette foule et les hauteurs voisines où apparaissaient de temps en temps des soldats de la garnison, éleva alors une voix plus véhémente, et après avoir essayé la pitié sur l'ame de ses auditeurs, sembla vouloir demander à la terreur des effets plus pathétiques.

« Tous ces maux, continua-t-il, dont je ne vous raconte qu'une faible partie, et la profanation des lieux saints où notre Seigneur est mort pour nous, sont une marque de la colère du ciel; toute la chrétienté est devenue comme une nouvelle Babylone où éclate de toutes parts l'abomination de la désolation; mais aussi Dieu envoie ses fléaux contre elle, et partout où j'ai passé, partout où j'ai vu le crime, j'ai rencontré le châtiment: c'est la guerre des chrétiens entre eux, le triomphe des mécréans; la grêle qui renverse les moissons, la sécheresse qui les brûle, les routiers qui malmènent les pauvres villageois, voyageurs et marchands forains, les impôts, gabelles et redevances qui leur sucent la sueur et le sang; la peste, la famine, la colique, la coqueluche, la danse de Saint-Guy, le mal de Saint-Jean. Et vous aussi, habitans de Saint-Quentin, car vous ne valez pas mieux que d'autres, si vous ne vous amendez et ne faites pénitence, vous périrez aussi. Écoutez bien ce que je vais vous dire: le puits de l'abîme s'ouvrira, il lâchera sur vous des nuées de sauterelles; vos murailles trembleront dans leurs fondemens, elles crouleront comme celles de Jéricho aux sons de la trompette; et il ne vous restera pas une pierre pour reposer votre tête, ni un homme de Dieu pour vous ensevelir, tous vous périrez. Je vous le dis, habitans de Saint-Quentin, ces choses arriveront véritablement, si vous ne trouvez grâce devant le Seigneur; oui, votre patron vous abandonnera, son église sera dépouillée ; ses reliques seront enlevées, et tous, je vous le dis encore, vous mourrez ou serez dispersés comme des brebis loin du bercail ; habitans de Saint-Quentin, hommes et femmes, enfans et vieillards, je vous ajourne à trente jours ! »

A mesure qu'il parlait, ses yeux devenaient plus étincelans, sa voix plus éclatante, son geste plus impérieux ; et sur le tertre où il apparaissait comme un prophète de malheur, sa taille semblait grandir, sa tête s'éclairer d'une fulgurante auréole ; et tous virent en lui un véritable envoyé du ciel, tous pâlirent et tremblèrent.

Cependant au milieu de cette foule glacée d'épouvante, il y eut un homme chez qui les sinistres prédictions du pèlerin n'éveillèrent que de la colère ; c'était un de ces bourgeois du vieux temps, qui, exclusivement attachés à la localité, s'intéressaient avant tout aux privilèges, à la prospérité, à l'honneur de leur commune, et dont le patriotisme se condensait en se rétrécissant; il comptait avec orgueil, parmi ses aïeux, une suite non interrompue de loyaux et fidèles Saint-Quentinois, et pas un membre de sa famille ne s'était dégradé par une mésalliance, c'est-à-dire que jamais un Peuquoy n'avait accepté pour bru, femme ou gendre, un compatriote qui ne remontât par les siens jusqu'à l'exaltation du patron de la ville dans l'humble chapelle remplacée désormais par la superbe collégiale. Tisserands de père en fils, les Peuquoy avaient été syndics de leur corporation et avaient successivement occupé des grades honorables dans la belle compagnie de l'arc, renommée à vingt lieues à la ronde, et dont le Peuquoy actuel, qui se nommait Jean, était le capitaine. Jean se trouvait alors le dernier de sa race, mais non pas le moins digne; son crédit dans la ville était grand, et il traitait quelquefois de puissance à puissance avec les autorités. Il demeurait rue Saint-Martin, assez près de la maison, dans la cave de laquelle avait jailli, deux siècles auparavant, une fontaine miraculeuse, et souveraine pour les maux d'yeux; et ce prodige avait été consacré par l'érection d'une petite niche où l'on voyait représenté le martyre de saint Quentin, et dont une imitation a été reproduite de nos jours. L'atelier de Jean Peuquoy était une seconde *maison de ville;* tous les intérêts de la commune, toutes les nouvelles importantes, toutes les questions majeures y étaient débattues sous la présidence du tisserand. Là se conservaient pieusement les bonnes et vieilles traditions et le dépôt des franchises municipales; là, comme un grand référendaire, Jean Peuquoy rappelait l'antique cérémonial aux hommes nouveaux, et déterminait quelquefois par opposition avec le mayeur, l'ordre des fêtes et des démonstrations publiques, mais toujours et en tout l'arbitre sans appel de son quartier. Sa maison se faisait remar-

-quer de loin par une enseigne peu commune; c'était, entre les deux bois d'un cerf dix-cors, une navette enrichie d'une auréole dorée; et pour expliquer le plus remarquable de ces emblèmes, qui excitait quelquefois les équivoques des envieux du tisserand, Jean Peuquoy faisait lire, dans les archives de sa famille, le récit d'une chasse où l'un de ses aïeux, incomparable tireur d'arc, appelé par un seigneur voisin, avait crevé d'un coup de flèche et à plus de cent pas, les deux yeux d'un cerf, exploit qui fut récompensé par le don de la gigantesque ramure. A l'époque où se passaient les évènemens que nous racontons, Jean Peuquoy, nous l'avons dit, était le dernier descendant direct de sa race, il avait perdu en une seule année et durant une épidémie qui ravagea la ville, son vieux père, sa femme et ses deux fils; et trop âgé lui-même pour renouer sa vie à une autre vie, et se reprendre à des affections et à des habitudes nouvelles, il restait là comme un chêne isolé et dépouillé, mais assez robuste encore pour résister à l'orage et assez large pour défendre et ombrager le sol où il avait pris naissance. Sa vieille et chère ville de Saint-Quentin avait donc hérité toute seule de l'amour qu'il répartissait entre les divers membres de sa famille, et cet amour, ainsi réduit de volume, mais resserré et fortifié, était devenu singulièrement énergique, tenace et jaloux.

En entendant la menaçante prophétie du pèlerin et le terrible ajournement fixé pour la ruine de la ville, Jean Peuquoy sentit bouillonner son vieux sang patriotique; et l'idée que cette vénérable et glorieuse cité pourrait un jour être détruite, soulevant en lui une de ces tempêtes qu'allumait toujours la plus simple attaque ou prétention d'une ville voisine, il oublia le caractère religieux, sinon sacré, dont le hardi prêcheur était revêtu. Tout bon catholique qu'il se montrait en effet, le généreux tisserand était d'abord Saint-Quentinois, aussi se retourna-il impétueusement vers la foule, et d'une voix qui ne le cédait en rien à celle du pèlerin :

— Mes amis, s'écria-t-il, mes bons compatriotes! l'avez-vous entendu? notre bonne ville ruinée, nos murailles à bas, les reliques de notre patron enlevées, et nous tous dispersés et mis à mort? ah! par les clous de notre bienheureux martyr, ce vagabond en a menti! nous sommes des gens de bien, de bons chrétiens et catholiques gallicans. Nous rendons à notre Dieu et à notre roi ce qui leur appartient, nous entretenons honorablement nos églises et payons régulièrement nos impôts; et si nos murailles sont ébréchées et croulantes en maints endroits, nous du moins, sommes debout, et nos arquebuses et nos arcs savent comment on atteint un planton et un Espagnol; donc notre bonne ville ne craint rien; n'est-ce pas, frères, qu'elle ne craint rien, ni Philippe II ni son général Philbert, ni ses alliés les Anglais ni les Allemands qu'il soudoie ? Que nous veut donc cette corneille de mauvais augure ? Vieux radoteur, si tu es un ami des Espagnols, retourne à eux, nous ne voulons point parmi nous de menteurs et de traîtres. Jacques-la-Brie, Jérôme Durieu, Philippe-le-Coulteux, mes bons compagnons, vous pensez comme moi, n'est-ce pas? Eh bien, ne laissons pas cette langue vendue maudire ainsi notre bonne ville et lui prédire malheur. Hors d'ici, Français déloyal ou plutôt espion de l'Espagne, car tu n'as ni le cœur, ni le langage de ce pays. Hors d'ici, te dis-je, répéta le tisserand avec véhémence, et en faisant quelques pas vers l'étranger, qui demeura impassible au milieu du groupe de femmes et de mendians qui se pressaient contre lui en criant et comme pour le défendre :

— N'est-ce pas une honte de traiter ainsi un saint homme qui a vu et touché le tombeau de notre Seigneur! glapissait une vieille en se signant avec effroi.

— Mon doux Jésus! s'écriait une autre en joignant les mains, voilà ce qui attire sur nous vos malédictions! on ne respecte plus rien, et au lieu de faire pénitence, on persécute les élus de Dieu. Seigneur! Seigneur! ayez pitié de nous et délivrez-nous du mal et des hérétiques!

— On nous tuera plutôt que d'ôter seulement un cheveu au pèlerin, ajouta un boiteux en brandissant sa béquille.

— Il sortira, vous dis-je ! répéta Jean Peuquoy d'une voix tonnante ; en même temps il saisit les deux vieilles par le bras, les fit pirouetter à droite et à gauche ; celles-ci revinrent à la charge en poussant des cris pitoyables ; le groupe des défenseurs du pèlerin s'accrut ; en un instant le tisserand se vit entouré lui-même d'une nuée de dévotes et de menu peuple qui l'interpellèrent simultanément d'une manière étourdissante. Plus furieux à mesure qu'il rencontrait plus d'obstacles : A moi, compagnons de l'arc ! appela-t-il d'une voix qui domina en basse-taille grondante le cliquetis de voix criardes qui pétillait autour de lui. Philippe-le-Coulteux, Jacques-la-Brie, Jérôme-Durieu et les autres qui étaient présens, jouèrent aussitôt des coudes et se firent jour près de leur capitaine ; et tous agissant de concert, eurent bientôt pratiqué une trouée jusqu'au pèlerin, qui depuis le commencement du tumulte, inclinant la tête et croisant les bras sur sa poitrine, attendait sans doute, en priant, l'humiliation ou le triomphe que Dieu lui préparait.

Comme les compagnons de l'arc, Jean Peuquoy à leur tête, se trouvaient face à face avec l'étranger, tous subirent involontairement l'influence de son recueillement religieux ; tous, le tisserand lui-même, et ils s'arrêtèrent. Surmontant toutefois le sentiment de respect, de crainte peut-être qui le maîtrisait : — Seigneur pèlerin, reprit-il avec une fermeté courtoise, il ne vous sera point fait de mal; nous savons ce qu'on doit à votre âge et à votre habit, mais il faut que vous sortiez de céans; vos paroles abattent et font peur, et les Espagnols ne sont pas assez loin de nous pour que nous n'ayons pas besoin de tout notre courage. Il y a là-bas sur la route une hôtellerie, celle du *Coq chantant*; allez-y, dites que c'est de la part de Jean Peuquoy que vous venez, et vous y recevrez le vivre et le couvert.

— Soyez béni pour vos dons et pour vos outrages, répondit le pèlerin d'une voix calme; tout ce que Dieu nous envoie, pauvres pécheurs, est un bienfait; mais je n'irai point à l'hôtellerie du Coq chantant, car j'ai fait vœu de ne jamais plus reposer ma tête sous un toit, ni de m'asseoir à une table. Je ne sortirai pas non plus de céans, car j'ai à y remplir une mission, et la parole de Dieu ne doit pas être jetée sur les chemins, elle y tomberait sur la pierre et ne fructifierait point; c'est dans les cœurs des fidèles qu'elle doit être déposée, et les fidèles sont là qui m'écoutent et ont besoin de s'humilier devant le Seigneur et de faire pénitence.

En achevant ces paroles, l'étranger releva les yeux vers Jean Peuquoy, et ce dernier y découvrit quelque chose de si perçant, de si confiant, et peut-être de si moqueur; le contraste de ces cheveux et de cette barbe blanche avec ces yeux vivans, ce teint chaud et ces traits énergiques qu'il examinait de près, lui parut en même temps si tranché, qu'il éprouva je ne sais quel vague soupçon.

— Mon père, répliqua-t-il d'un ton amer et goguenard, je vous ai dit tantôt que nous vénérions grandement votre habit; mais de votre personne, qu'en faut-il penser? l'habit, comme vous savez, ne fait pas le moine..... par contre, le poil fait toujours la bête; et l'on dit qu'en Terre-Sainte l'air le fait tomber plus dextrement que rasoirs ou ciseaux, et que ceux qui y vont chevelus comme messire Clodion, en reviennent tous plus chauves que messire Charles le deuxième; voyons, ajouta Jean Peuquoy, en avançant la main vers le visage du pèlerin, qui se recula vivement, voyons si le soleil de Syrie n'a point encore eu prise sur cette belle barbe de patriarche.....

Le tisserand n'acheva pas, car au même instant il se sentit assener sur le bras un vigoureux coup de bâton qui le lui fit retomber avec un cri de douleur et de colère; il se retourna impétueusement vers celui qui l'avait frappé et que venaient d'arrêter les compagnons de l'arc, et sans doute il allait lui faire un mauvais parti lorsqu'il reconnut Claude Pirotte, le boiteux, mendiant cynique et impudent qui s'autorisait de son infirmité pour se livrer impunément aux violences de ses passions; en effet, au lieu de le châtier comme il le méritait, Jean Peuquoy s'arrêta avec un sentiment de dégoût, et fit signe aux compagnons entre les mains desquels il se débattait comme un forcené, de le lâcher; puis, comme il allait revenir à l'étranger pour vérifier les soupçons qu'il avait conçus à l'égard de ce prétendu missionnaire, il ne le trouva plus.

Profitant de l'incident causé par le boiteux, les enthousiastes du pèlerin avaient opéré un déplacement tumultueux et ressaisi le saint homme qu'ils emmenaient presque forcément vers le haut de la ville. Voyant cela, Jean Peuquoy courut à leur poursuite avec ses compagnons, et sans doute qu'un nouveau conflit allait éclater, lorsqu'un chanoine du chapitre de la ville vint à passer.

Dom Pierre Desains s'enquit paternellement des causes de cette grande émotion; aux premières paroles du bon chanoine, les deux partis se continrent, et tout le monde se découvrit. Compagnons, bourgeois et dévotes entourèrent le médiateur, et ces dernières prenant la parole toutes ensemble pour lui raconter le fait à leur avantage et à celui du sinistre prophétiseur, dom Pierre Desains demeura un grand quart d'heure avant de démêler l'objet de la contestation; toutefois il acheva de comprendre lorsqu'on lui eut amené le pèlerin.

Qui êtes-vous? demanda-t-il à ce dernier, d'où venez-vous ? et de qui tenez-vous la mission sévère que vous prétendez remplir dans la juridiction d'un chapitre qui ne manque pourtant ni de laborieux cultivateurs de la vigne sainte, ni de ministres zélés de la parole de Dieu ?

L'étranger tira de dessous sa pélerine un paquet recouvert de parchemin et soigneusement plié et fermé ; il l'ouvrit après l'avoir baisé et s'être signé, et déployant une grande feuille au bas de laquelle était suspendu à une attache de soie, un cachet de cire rouge, la présenta au chanoine. Celui-ci, en reconnaissant un bref du saint-père, se signa à son tour, et après avoir parcouru lentement et avec respect la pièce sacrée, la remit humblement au pèlerin ; puis s'adressant aux bourgeois et compagnons :

— Mes frères, dit-il, portez vénération à ce saint homme, car ses mérites sont grands pour lui avoir obtenu de si hautes bénédictions de la part de notre saint-père le pape. Mon père, reprit le chanoine en s'inclinant devant l'étranger, toutes nos églises, abbayes et demeures vous sont ouvertes ; venez, car les athlètes de la foi qui ont combattu comme vous l'avez fait, attirent les faveurs du ciel sur tous les lieux où ils reposent leur tête et qu'ils sanctifient de leur présence.

Le pèlerin fit connaître à dom Pierre le vœu qui l'empêchait d'accepter son offre, en ajoutant néanmoins qu'il allait se rendre devant le portail de l'église du chapitre pour y faire ses prières.

Alors ses partisans fanatiques poussèrent des cris de joie et l'entourèrent de nouveau pour le conduire en triomphe vers l'église, tandis que Jean Peuquoy se retirait de son côté avec les compagnons de l'arc et les autres bourgeois, ses amis, en murmurant je ne sais quelles paroles de doute et de dépit.

L'étranger occupa une partie de la journée en prières à la porte des églises et devant les autels consacrés, refusant avec humilité les alimens et l'argent qu'on venait lui offrir de toutes parts, ne prenant qu'un peu de pain, et donnant en échange des croix et des chapelets bénits au Vatican. Ensuite il fit le tour de la ville, toujours escorté d'un groupe de dévotes, de mendians et campagnards, en tête desquels marchait Claude Pirotte en jetant sa béquille en l'air et en chantant des noëls à tue-tête. Le pèlerin suivit ainsi toute la ligne des boulevarts, faisant de fréquentes stations pour prier ou prêcher ; et le soir venu, il alla se coucher devant le portail de la collégiale, en dépit du vent froid qui commençait à s'y engouffrer, et qui menaçait d'une nuit rude et glaciale.

Le lendemain, il était disparu.

Quelques soldats de la garnison racontèrent

qu'ils l'avaient reconnu au clair de lune, recommençant sa promenade et ses stations sur les remparts, et glissant devant eux comme un fantôme ou une âme en peine. Les gardiens des portes assurèrent qu'ils ne lui avaient point ouvert leurs guichets ; toutes les poternes se retrouvèrent exactement fermées ; et cette circonstance accrut grandement le respect superstitieux que cet homme étrange avait inspiré à la foule ; il n'y eut que Jean Peuquoy qui persista à hocher sa tête d'une manière significative, en disant qu'il n'augurait rien de bon de ce saint visiteur, et que s'il était louable de fréquenter plus que jamais les églises et de faire pénitence, il n'était pas moins urgent de réparer les parties endommagées des murailles et de remettre en état les arquebuses à crocs qui faisaient défaut, ainsi que toutes les autres armes de combat et de siège.

II.

Gaspard de Coligny.

Quelques jours après les évènemens qu'on vient de lire, on vit arriver en foule de toutes les campagnes environnantes des châtelains, fermiers et pauvres villageois, emportant leurs meubles, outils et autres biens sur des charrettes ou bêtes de sommes. Ils accouraient en grand effroi se réfugier dans la ville, disant que l'armée ennemie s'avançait, ravageant tout sur son passage et menant grand bruit de chariots, artillerie et cavalerie. Il en vint bon nombre jusqu'au soir, et les jours suivans de même, tellement qu'ils eurent grand' peine à se loger en les hôtelleries et demeures des bourgeois, leurs parens ou amis.

Ce fut alors une vive émotion par toute la ville, laquelle n'était préparée en aucune façon à soutenir un siège régulier, vu que les remparts étaient endommagés et rompus en beaucoup de lieux, et peu garnis de canons; qu'ensuite, elle n'avait pour garnison que la compagnie du dauphin, commandée par le sieur de Théligny, et forte au plus de cent cinquante hommes, ainsi que la compagnie d'arquebusiers du capitaine du Breuil, gouverneur dela place; mais la plupart de ces derniers étant répartis dans Bohain et ailleurs, il ne s'en trouvait pour lors qu'une cinquantaine environ.

Voyant cette grande faiblesse et pénurie, le sieur Louis Varlet de Gibercourt, mayeur, le gouverneur du Breuil, avec les échevins et notables, ne savaient que résoudre et ordonner; d'autant que l'armée espagnole était réputée fort nombreuse; que chaque jour les habitans des châteaux et villages voisins abondaient aux portes, et que pour nourrir toute cette foule on avait bien peu de vivres et provisions. Toutefois, lesdits gouverneur, mayeur et échevins, firent travailler sans relâche aux remparts, envoyèrent des éclaireurs dans la direction de l'ennemi, des messagers au connétable, à l'amiral de Coligny, gouverneur de la province, et entretinrent nuit et jour bonne garde et surveillance aux portes et sur les murs.

A la tête des plus actifs, on remarquait toujours le tisserand Jean Peuquoy, et pour tout ce qui concernait la défense de leurs portes et fortifications, les habitans du quartier Saint-Martin n'écoutaient guère que lui, ce à quoi les chefs ne trouvaient rien à redire, voyant que les choses n'en allaient pas plus mal.

Voici qu'un matin, au petit jour, la cloche lugubre du guetteur vient à résonner dans le beffroi. A cette alarme, tout le monde s'éveille en sursaut, court aux murailles et aux portes; et l'on voit se dérouler, s'allonger sur toutes les routes voisines, comme des serpens sans fin, les bandes noires des Espagnols, des Allemands, des Wallons et toutes ces bandes bigarrées que Philippe II ramasse sur la vaste étendue de l'empire.

Alors toute la ville est en proie à un indicible tumulte : les uns s'arment et courent dans les rues comme des chevaux échappés; les autres s'établissent avec résolution aux créneaux des tours; ceux-ci s'enferment chez eux et s'y barricadent; ceux-là, enterrent leur argent dans des caves ou le suspendent à des chaînes au fond des puits; les femmes jettent des cris d'effroi et s'embrassent en pleurant. A ce désordre viennent se mêler, pour l'augmenter encore, les familles villageoises, qui, faute de logis, campent dans les cours et sous les galeries des cloîtres; et croisés en tous sens par cette foule confuse, éplorée, les soldats ont grand' peine à remplir les ordres qu'on leur donne au hasard et qu'ils exécutent de même. En vain les sieurs du Breuil et Warlet, secondés des échevins et des principaux bourgeois, se jettent au milieu de ces masses errantes qui entravent toutes les mesures de défense, et livreraient la ville à l'ennemi s'il tentait un coup de main dans un pareil moment; on n'écoute rien, on n'obéit qu'à la la peur, et toute la ville ressemble à une ruche bourdonnante qu'un ours viendrait de renverser.

Mort-Dieu! s'écriait Jean Peuquoy en distribuant à droite et à gauche des coups de son grand arc, si vous n'êtes bons à rien qu'à nous nuire, paysans maudits, que ne restiez-vous dans vos taupinières ou n'aillez-vous ailleurs? si vous faillez à la défense et ne vous sentez le cœur de nous payer notre hospitalité, au moins ne secondez pas les damnés routiers et pillards qui bourdonnent là-bas, plus drus que sauterelles et moucherons. Sus! arrière! retournez aux abbayes, allez prier dans les églises, ou vous cacher dans les caves. Par ma trousse! dépêchez-vous, où je vous entrelarde comme de vrais saints Sébastiens.

Mais, traqués d'un côté, les paysans effarés fuyaient d'un autre, et rien ne s'exécutait et la désorganisation était à son comble. Heureusement que les soldats de Philbert n'avaient point ordre d'agir sitôt, car, à la faveur de cette panique, ils se fussent presque sans coup férir emparés de la ville.

Ce désordre se prolongea plusieurs jours durant, sans qu'il fût possible aux autorités et aux notables de discipliner cette foule récalcitrante, forte de son nombre et d'autant plus tenace qu'elle ne rencontrait autour d'elle aucun de ses chefs directs, et que ses préventions contre les bourgeois s'étayaient de l'égoïsme et de la peur. Aussi ne pouvait-on les astreindre à rester dans les tranchées qu'il fallait creuser sur les points les plus faibles, ni à faire le service régulier des murailles et des portes.

Quant aux Espagnols, ils se contentaient de tracer autour de la place leurs lignes de circonvallation et de creuser des fossés et d'élever des palissades derrière eux pour se mettre à l'abri d'une surprise du connétable, qui, disait-on, épiait, derrière Lafère, le moment de les attaquer.

Enfin, le 2 août au soir, un soldat, déguisé en paysan, se présenta à l'une des poternes du faubourg d'Isle, et remit des dépêches au sieur du-Breuil; elles étaient de l'amiral Gaspard de Coligny, qui annonçait son arrivée dans la la place vers le milieu de la nuit : il prescrivait audit sieur du Breuil toutes les mesures nécessaires pour favoriser son entrée.

En conséquence, le gouverneur de la ville essaya d'inquiéter l'ennemi et de détourner son attention sur un point opposé à celui que l'amiral indiquait pour l'introduction du secours. Mais, soit que la ville basse eût été désignée à Philbert comme la partie la plus vulnérable, soit qu'il se sentît trop fort pour accorder beaucoup d'attention à une sortie ou à toute autre démonstration des assiégés; il est de fait qu'il s'obstina à conserver le plus grand nombre de ses troupes autour du faubourg d'Isle. Le sieur Varlet était d'avis d'envoyer une estafette à l'amiral pour le prévenir de cette circonstance, et l'engager à rebrousser vers Lafère, jusqu'à ce qu'un autre passage pût être tenté plus sûrement; mais le capitaine de la compagnie du dauphin, le sieur de Théligny, le même dont le fils épousa plus tard la fille de Coligny, dit qu'il fallait s'en rapporter à l'expérience de l'amiral; que c'était un vieil homme de guerre et qu'il avait traversé sans encombre des passes plus difficiles. Quelques officiers et soldats qui se trouvaient là, lesquels avaient servi sous Coligny, dirent la même chose, en ajoutant que bien que toutes les issues parussent gardées, le rusé compère en saurait trouver et imaginer au besoin, et qu'il passerait à la barbe des Espagnols sans que ceux-ci eussent le temps de dire *carajo!*

Nonobstant ces assurances, le mayeur et les bourgeois qui le secondaient, appréhendaient fort le résultat de la tentative nocturne, disant entre eux que les soldats étaient téméraires par métier, et que le passage présentait mille dangers. Le gouverneur du Breuil s'étant rangé de l'avis du sieur de Théligny et des autres, on se contenta d'observer strictement ce qu'avait prescrit l'amiral.

Vers une heure du matin, comme les bourgeois devisaient de leurs craintes, et les soldats des stratagèmes et bons tours que le rusé Gaspard avait, comme ils disaient, en son sac, voici que les sentinelles du boulevart d'Isle avisent dans le fossé et le long des marais de la Somme, une grosse troupe de gens tout noirs et silencieux, tant hommes de pied que de chevaux, glissant dans l'ombre avec laquelle ils se confondent, et sans plus de bruit que des fantômes impalpables.

— Alerte ! alerte ! s'écrièrent quelques bourgeois, inexperts du savoir-faire de l'amiral, et jugeant que ce pouvait être une troupe ennemie.

— Silence, messeigneurs ! répliqua derrière eux une voix qu'ils reconnurent pour celle du gouverneur ; à chacun son heure, celle-ci appartient non pas aux voix humaines, mais à celles des hiboux, effraies et autres rossignols de la minuit ; écoutons s'ils ne vont pas chanter.

En même temps il approcha ses deux mains de

sa bouche, en forme d'entonnoir, et imita le cri du hibou ; celui du butor lui répondit aussitôt du fond des fossés.

— Bon ! reprit du Breuil, les grenouilles peuvent chanter maintenant ; et il descendit vers la poterne voisine.

Quelques minutes après, sept cents cavaliers bien montés, arquebusiers et gendarmes, portant en croupe archers et valets, défilaient vers la haute ville, tandis que l'amiral s'entretenait précipitamment dans le corps-de-garde de la poterne avec le gouverneur, le mayeur, le sieur de Théligny, les échevins et l'ingénieur Lauxfort.

Cependant la nouvelle du secours inespéré circulait rapidement dans la ville ; les bourgeois, qui veillaient sur les murailles, coururent la répandre de tous côtés avec des cris de joie, et bientôt tout s'éveilla, toutes les fenêtres s'illuminèrent, toutes les portes s'entr'ouvrirent, et les silencieux cavaliers montèrent vers la grand' place, précédés de groupes enthousiastes et au bruit des applaudissemens qui partaient de tous les points. On s'étonnait grandement à la vue de ces hommes enveloppés, eux et leurs montures, de longs manteaux bruns, et l'on se demandait avec quel démon favorable ils avaient fait pacte pour que les pieds de leurs chevaux n'eussent aucun retentissement sur le pavé et les cailloux des rues, lorsqu'on s'aperçut que leurs sabots étaient entourés de morceaux de grosse toile remplis de sable. A cette ruse, qu'ils se montrèrent en riant, quelques soldats de la garnison, mêlés aux bourgeois, reconnurent le vieux loup de guerre; et le nom de Coligny, répété avec acclamation par toute la ville, rassérénée et désormais confiante, dut apprendre aux avant-postes ennemis et à Philbert que sa surveillance avait été déjouée, et qu'il allait avoir affaire à un rude antagoniste.

Les hommes d'armes campèrent sur la grand' place en attendant le jour, et de tous côtés on leur apporta abondamment pour eux, leurs valets et leurs chevaux, vivres, couverture et litière.

Quelques heures plus tard, au moment où beaucoup se recouchaient, Coligny, accompagné de ses principaux officiers et des sieurs Varlet et du Breuil, parcourut les fortifications, examinant tout en guerrier consommé, prenant rapidement des notes, interrogeant tantôt le mayeur, tantôt le gouverneur; puis, quand cela fut fini, et alors il faisait grand jour, les trompettes des soldats et celles des valets du mayeur résonnèrent partout dans les rues et sur les remparts, pour convoquer à la maison de ville, l'assemblée de tous les officiers, magistrats, dignitaires quelconques et notables bourgeois.

Cette assemblée fut complète un peu avant midi, et les hallebardiers, valets de ville et compagnons de l'arc eurent grand'peine à maintenir le populaire, qui se pressait comme la mer au moment du flux contre les piliers de l'hôtel municipal, voulant à toute force voir et entendre l'amiral, et assister à une délibération où allaient s'agiter les intérêts suprêmes de la ville. Mais comme la foule était déjà nombreuse dans la salle du conseil, on ne donnait entrée qu'aux capitaines des compagnies, baillis, échevins, juges, tabellions, médecins, chefs de corporations, archidiacres, chanoines, seigneurs des environs, et à tous les bourgeois notables; et à mesure qu'ils arrivaient, décorés de leurs enseignes, il fallait que quelques soldats ou compagnons vinssent les aider à percer la foule; qui chaque fois se resserrait contre eux, comme le chêne sur le coin qui l'entrouvre.

Accroché aux figurines d'un pilier, Claude Pirotte faisait voltiger sa béquille au nez des bonnes femmes et manans entassés sous ses pieds et appréhendant avec cris et menaces qu'il ne se laissât choir sur leurs têtes; mais le hardi boiteux se moquait de leur terreur, affublait tous les étrangers d'épithètes baroques, beuglait de grossiers lazzis aux éclats de rire et applaudissemens de la foule; et chaque fois qu'un nouveau personnage arrivait et se faisait jour jusqu'à l'escalier de l'hôtel-de-ville, l'impudent mendiant lui servait d'huissier, il l'annonçait aux curieux dans son argot cynique, lui forgeant des qualités et des titres bouffons.

Lorsque Jean Peuquoy parut, un rire haineux contracta la figure triviale et rugueuse de Claude; ce lazzarone, qui était, non moins que le tisserand, un séide de la localité, mais un séide à sa manière, et qui tenait au pays à peu près comme une verrue tient à un visage, ne pouvait pardonner au capitaine des compagnons de l'arc, à l'arbitre du quartier Saint-Martin, où lui-même demeurait, rue des Bouloirs, sa prépondérance et son infaillibilité, et surtout le mépris et le dégoût avec lequel celui-ci le faisait chasser du tir et de toutes les réunions et fêtes, comme un crapaud qui fait tache dans un jardin et qu'on rejette dans sa boue.

Place! place! cria Claude Pirotte de sa voix la plus stridente, et avec des intonations ignobles, place au grand cerf, au cerf royal, au cerf dix cors; place au roi des coucous, au duc de la navette, au maréchal de l'arc, le voilà, le grand dignitaire de la corporation des encornés, le tisseur de drapeaux, la providence des nourrices; garde à vous, bonnes gens, car il est armé de flèches comme un Cupidon, et fend un écu à la rose en quatre à cent pas, deux cents pas; garde à vous! voici le grand exterminateur des enfans perdus aux coins de rue et ruelles!

Cette pasquinade fut accueillie d'un brouhaha de rires et de malédictions, selon qu'elle plaisait aux envieux du tisserand ou irritait ses amis; ces derniers firent même pleuvoir sur l'imprudent bouffon une grêle de débris de flans et flamiches, de raisin égrainé et de pelures de pommes, qui tombèrent la plupart sur des innocens, et que le boiteux repoussait avec le rapide moulinet de sa béquille. Exalté par la présence du personnage illustre dans la ville qu'il venait défendre, et par la pensée d'une résistance glorieuse et peut-être d'une délivrance prochaine, le capitaine de la compagnie de l'arc n'entendit pas les grossières injures du mendiant; et rencontrant sous l'arcade le chanoine dom Pierre Desains, il lui offrit son bras pour l'aider à monter le raide escalier de grès qui se dressait en ligne droite au cœur de l'hôtel-de-ville; le bonhomme accepta volontiers, et tous deux entrèrent ensemble dans la salle du conseil.

C'était véritablement un aspect imposant que celui de cette patriotique réunion, dans ces circonstances critiques et au moment où Philbert, rapprochant de plus en plus ses lignes de la place, comme un immense filet qui se resserre, allait porter un grand coup à cette cité si voisine de la capitale.

Tout ce que la ville contenait de notable et d'élevé se pressait sur des bancs dressés à la hâte; tous ces loyaux bourgeois et citoyens rangés dans l'ordre hiérarchique de leur importance, et non moins divers de physionomies que de costumes, se confondaient dans un commun amour de la cité et de la patrie, et l'on ne lisait pas moins de résolution que d'espoir sur leurs visages à la fois ardens et recueillis.

Debout en face d'eux et adossé à la gigantesque cheminée sculptée qui s'élevait au fond de la salle et à la droite de laquelle était suspendu un portrait du roi Henri II, armé de toutes pièces, Coligny, qu'entouraient les sieurs Varlet et du Breuil et les capitaines de toutes les compagnies, en recevait tour à tour plusieurs avis et papiers qu'il parcourait d'un coup d'œil, puis sa tête s'inclinait sur sa poitrine et il rêvait profondément.

Son costume était rude et sévère ; point de col brodé, ni galons ni plumes, ni oreries ; tout cuir et tout drap des pieds à la tête ; soit que cette rigidité tînt à l'esprit de la réforme qu'il avait récemment adoptée, soit qu'il fût dans la nature de cette grande et simple individualité de dédaigner toutes les choses de forme et de luxe. Aussi sa taille svelte et ses formes musculeuses ressortaient-elles plus énergiquement sous ces vêtemens sombres et nus qu'elles ne l'eussent fait sous le costume trop féminin de l'époque.

Tout à coup sa tête se releva fièrement, il fit un signe, et un silence profond s'établit. Seulement, comme les cris du dehors se faisaient entendre encore, pareils à des bouffées de vent lointaines, un huissier sortit, et de la fenêtre où il se montra, son geste ayant été compris par la foule, tous se turent au même instant, Claude Pirotte lui-même, que les compagnons de l'arc venaient de faire dégringoler du haut de sa corniche.

— Habitans de Saint-Quentin, dit alors l'amiral d'une voix brève et saccadée, et avec des gestes brusques qui témoignaient de cette nature incisive, nerveuse et toute d'une pièce, si je suis venu m'enfermer dans vos murs, quoique vous ayez de braves chefs sur qui le roi peut compter, messieurs du Breuil, de Gibercourt, de Théligny et les autres, c'est que l'occurence est grave, et que ce ne serait pas trop aujourd'hui pour soutenir votre ville contre la grande armée qui l'assiége de tous les défenseurs de la province. Car le pays, messieurs, vient d'être pris à l'improviste, et nos ennemis ont rompu la trève jurée, au moment où nous comptions le plus sur la paix; de telle sorte qu'une bonne partie des troupes est licenciée, qu'une autre reste en Italie où elle guerroie sous les ordres du prince de Condé; Monseigneur le connétable actuellement campé sous la Fère observant l'ennemi et attendant pour entamer la campagne que des renforts s'organisent et viennent grossir sa petite armée. Cette armée, messieurs; ne se compose en ce moment que de quatre ou cinq mille chevaux et de quinze à dix-huit mille hommes de pied, et celle qui nous environne est, d'après les rapports certains qui nous sont parvenus, forte de soixante mille combattans.

Assurément Coligny, par ses relations avec la cour et sa parenté avec le connétable, se trouvait au courant de tous les mystères de la politique du temps, et quoiqu'il eût commencé lui-même les hostilités, il ne mentait pas tout à fait en disant aux Saint-Quentinois que la France venait d'être prise à l'improviste. Il est de fait que Philippe II, grâce à ses espions et à son activité incroyable, avait non seulement fait échouer l'espèce de guet-apens qui lui était préparé, mais encore qu'il avait su prendre avantageusement l'offensive.

A la déclaration de l'amiral, un murmure de stupeur courut dans l'assemblée, car si la ville savait bien que les troupes du prince de Savoie étaient nombreuses, elle était loin d'imaginer un chiffre pareil à celui que venait d'avouer Coligny.

Quand cette émotion fut calmée : — Maintenant, messieurs, reprit l'amiral, que vous connaissez les dangers présens du pays, vous comprendrez la nécessité d'une bonne et courageuse défense ; votre ville est une des clefs de Paris, et si nous laissions Philbert nous passer sur le corps, quelles sont les forteresses qui pourraient l'arrêter dans sa marche, puisque toutes sont dégarnies, et que nos suprêmes efforts se concentrent désormais sur ce point où monseigneur de Montmorency m'envoie, et que je ne quitterai qu'avec la victoire ou la vie, s'il plaît à Dieu, messieurs.

Donc il nous faut gagner du temps, jusqu'à ce que notre seigneur le roi ait pu rallier au tour de lui tous ses vaillans et fidèles sujets; et s'il fallait qu'une ville s'immolât au reste de la France, la vôtre, braves Saint-Quentinois, la vôtre, qui, jusqu'à ce jour s'est montrée si valeureuse et si loyale, se résignerait-elle à ce grand sacrifice?

Ces solennelles paroles furent suivies d'un funèbre et glacial silence : un frisson involontaire avait couru dans tous les membres de ces nobles patriotes : magistrats, prêtres, pères de famille, bourgeois paisibles, attachés à leur vieille cité non moins fortement qu'au pays et aux leurs, et à qui l'on disait : Votre cité, vous et les vôtres, êtes-vous décidés à mourir? Cet intervalle d'hésitation et d'angoisse était, certes, bien légitime, et le Christ lui-même, dans le jardin des Oliviers, recula devant le calice; Jean Peuquoy, surtout était devenu d'une pâleur livide. Mais l'instant d'après l'héroïque assemblée avait surmonté ce rapide affaissement; comprimant toute faiblesse humaine, sacrifiant l'amour de la commune à celui du pays, et cédant à un mouvement sublime d'enthousiasme, magistrats, prêtres, bourgeois, tous se levèrent et s'écrièrent comme un seul homme :

— Nous sommes à la France et à vous; s'il

le faut, nous mourrons; nous sommes prêts!

— Je le savais, ajouta l'amiral, que la France et le roi pouvaient compter sur vous! Eh bien! mes amis, mes frères, jurons, quoi qu'il arrive, de ne pas nous rendre!

Tous tendirent la main et jurèrent.

—Si c'est moi, continua Coligny, qui propose le premier de cesser la défense, jetez-moi comme un poltron et un traître, des remparts dans les fossés; si c'est un autre, je ne l'épargnerai pas plus que je ne veux être épargné.

— Toutefois, braves habitans de Saint-Quentin, espérons que Dieu, le roi et le connétable aidant, nous ne serons pas réduits à de telles extrémités, et que notre dernière ressource ne sera pas de nous faire tous tuer sur la brèche. La France n'en est pas encore à ce point d'abandonner ses défenseurs; le siège de Metz, la journée de Renti et d'autres beaux faits d'armes ne sont pas si loin de nous que nos soldats en aient perdu la mémoire; et si notre seigneur le roi a su montrer au fier Charles-Quint qu'il n'était pas invincible, et l'humilier jusqu'à ce qu'il eût enseveli sa tête découronnée sous un capuchon de moine, assurément le fils ne sera pas de plus rude trempe que le père. Donc, amis, bon espoir; il ne faut que persistance et courage, et notre brave prince viendra à bout de Philbert comme il a fait des autres.

— Je ne vous le cache pas pourtant, il y a beaucoup à faire dans votre ville pour la mettre en état de résister aux batteries, assauts et mines qu'on prépare contre elle. J'ai vu travailler en maints endroits grandement détériorés, mais ce n'est point assez, tout ce qui est faible doit être fort, tout ce qui est fort doit être inexpugnable; et pour cela, il faut que tout le monde travaille, et sans interruption, hommes, femmes, enfans, vieillards, prêtres, religieuses, le jour et la nuit. Il faut aussi que les bourgeois armés soient organisés en compagnies, que des quartiers leur soient assignés; qu'ils s'entendent enfin avec mes soldats pour la défense régulière de la place. Vous userez, messieurs, de votre influence sur vos compatriotes pour me seconder en ceci. Je ne recommanderai rien au capitaine des compagnons de l'arc, j'ai déjà vu ce qu'ils ont su faire au quartier Saint-Martin; tous, m'assure-t-on, manient l'arquebuse aussi bien que l'arc, je m'en rapporte à eux, et à vous, maître Jean Peuquoy, ajouta l'amiral, en adressant un geste cordial au tisserand qui lui avait été désigné par le mayeur.

Il est besoin aussi d'établir un ordre sévère dans l'emploi des provisions de bouche et munitions. M. le gouverneur va faire tantôt le relevé de toutes armes de siège et de combat, poudre et projectiles; M. le mayeur, de son côté, préparera avec messieurs les échevins un état exact des vivres tant en grains, qu'en vin et bétail; je donnerai à cet égard des ordres ultérieurs.

A ce propos, j'ai ouï dire qu'il est entré dans la place bon nombre de paresseux et poltrons, bouches inutiles, frelons dévorans, qui gênent les travaux et la défense, et se refusent tumultueusement à la juridiction des mayeur, gouverneur, capitaines de bourgeois; et tous autres chefs, magistrats et notables; j'y mettrai bon ordre, et, s'il le faut, le fouet et la potence seront en jeu; car autant vaudrait ouvrir les portes aux Espagnols que de se laisser nuire à tel point par cette ribaudaille.

— Monseigneur, s'écria en ce moment le sieur de Caulaincourt qui, arrivé la veille de sa châtellenie, avait été ému d'une grande colère en apprenant tous les mauvais services et méfaits causés aux habitans par les villageois tant de son domaine que des autres; monseigneur, nous sommes prêts, monsieur d'Amerval et moi, à vous aider contre tous ceux des villages et bourgs voisins qui refusent d'obéir et de travailler; nous vous ferons bon marché aussi de tous ceux qui dépendent de notre juridiction; mais nous demandons un jour de répit, et nous avons bonne espérance qu'ils vont tous rentrer dans le devoir et se réunir comme les bourgeois en belles et utiles, et valeureuses compagnies.

— Ainsi soit fait, monsieur, répondit Coligny, et vous réparerez les dommages que ces manans déloyaux et rebelles ont pratiqués céans, et laverez la honte dont ils se sont couverts.

Il sera bon aussi, monsieur de Gibercourt, de rassembler tous les charpentiers de la ville à cette fin d'abattre dans le plus bref délai les arbres des remparts et jardins qui encombrent les boulevarts et fossés, et donnent loisir à l'ennemi de s'avancer jusqu'au pied des murs, sans pouvoir être aperçu ni gêné.

Monsieur du Breuil, vous vous adjoindrez maître Lauxfort pour la direction des travaux et contre-mines.

L'artillerie sera sous l'intendance du capitaine Languetot.

Messieurs les bourgeois, je vous présente les gentilshommes de mon service. MM. de Jarnac, de Rambouillet, de la Garde, les capitaines Gordes, Bunon, Forces, Oger, Soleil, Lignières, Saquenville, Salvert, Labarre; puis leurs enseignes. Ce sont de braves et loyaux officiers qui tous ont fait leurs preuves, et que je vous recommande comme mes plus chers amis; traitez-les en frères, en compatriotes, et adressez-vous à eux pour tout ce qui concernera les intérêts de la place, vous promettant et garantissant qu'ils ne failliront à vous soulager et seconder en quoi que ce soit.

Maintenant, messieurs, il est temps de nous

mettre à l'œuvre ; vive le roi ! et Dieu nous soit en aide !

Alors de toutes les parties de l'assemblée résonna le même cri, auquel répondit comme un tonnant écho la foule agglomérée sur la grand' place ; les notables se mêlèrent aux officiers et fraternisèrent avec eux, tandis que l'amiral retiré dans une encoignure avec Jean Peuquoy, écoutait avec attention les renseignemens que celui-ci lui donnait sur les fortifications, et les mesures de défense qu'il lui proposait en connaisseur consommé, sinon des choses de la stratégie, du moins des lieux, tant à propos des murailles que des marais, routes et ravins, que des individus et ressources locales.

III.

En attendant l'Assaut.

L'assemblée se sépara; et tandis que les notables, à leur sortie de l'hôtel-de-ville, étaient assaillis, entourés de leurs parens et amis, qui leur adressaient mille questions sur ce qui s'était passé dans la séance, les déterminations prises par l'amiral étaient publiées à son de trompe, et des quartiers respectifs étaient assignés aux diverses compagnies militaires, ainsi qu'aux compagnies bourgeoises.

Le premier soin de messieurs de Caulaincourt et d'Amerval fut de rassembler tous les habitans des villages, fermiers, manans et autres réfugiés étrangers à la ville; de leur adresser de vifs reproches sur les désordres dont ils étaient cause; puis de les menacer de toute la sévérité de monsieur de Coligny s'il ne se décidaient à se mieux conduire. Cela fait, lesdits sieurs leur déclarèrent qu'il fallait élire entre la besogne des mines et fortifications et la garde des remparts, à savoir : être organisés en compagnies de soldats ou en compagnies de travailleurs.

Alors en rechignant, car tous eussent aimé le profit de l'asile sans le danger de la défense, se formèrent deux compagnies s'élevant ensemble à deux cent-vingt hommes, et dont les sieurs d'Amerval et Caulaincourt prirent le commandement; puis diverses bandes d'ouvriers de tout âge et de tout sexe, et lorsque les uns et les autres se furent mis à l'œuvre, il est juste de dire que, par rivalité et pour ne pas rester en arrière des mêmes compagnies bourgeoises, elle montrèrent d'abord beaucoup de zèle et de chaleur, ce qui toutefois ne leur dura guère comme on le verra par la suite.

En même temps on procéda à la recherche des outils, claies, brouettes, et toutes autres choses pouvant servir aux travaux, lesquels furent déposés en la maison de ville pour être distribués suivant l'urgence. Il fut fait aussi une recherche exacte des poudres et projectiles, et l'amiral voyant qu'on en usait trop, donna une note de ce qui devait être distribué tous les jours aux canonniers ou arquebusiers.

En outre de l'organisation des compagnies bourgeoises volontaires, Coligny (en tout ceci nous ne faisons que rapporter les faits relatés par lui-même, en son mémoire) ordonna le dénombrement de tous les habitans en état de porter les armes, et les départit de divers côtés à la garde des murs avec les armes trouvées dans les maisons des bourgeois et déposées également à l'hôtel-de-ville; les femmes, vieillards, enfans, furent classés parmi les travailleurs aux endroits les moins exposés; quant aux bourgeoises et aux dames notables, il leur fut réservé dans les abbayes le service des blessés. Enfin, nul ne resta inutile, et il sembla qu'avec l'amiral, fussent entrés dans la place un nouveau courage, un nouvel ordre, une nouvelle vie; dès ce moment en effet chaque chose prit sa place, chaque individu, son poste; l'âme était trouvée, les membres épars se réunirent, formèrent un corps, et le corps guidé par la pensée, exécuta promptement, utilement, comme le canon obéit à la mèche enflammée qui l'anime.

Toutefois, et comme il est vrai que les hommes sont moins faciles à conduire dans la mauvaise fortune que dans la bonne, des résistances se rencontrèrent encore çà et là, à mesure que les évènemens se produisaient funestes, et nécessitèrent mainte fois l'énergique sévérité de l'amiral.

Ainsi l'enquête des vivres n'en ayant fait connaître qu'une bien minime quantité et suffisante au plus pour substanter la place trois semaines durant, Coligny s'écria avec colère : « Veulent-ils faire comme les moines en leur couvent, et vivre en joie et bombance tandis que la famine sera ailleurs pour la garnison et le menu peuple ?

Jean Peuquoy, qui était présent, dit à l'amiral que le moyen de savoir la mesure exacte des provisions renfermées en la ville, n'était pas d'envoyer des notables et syndics de corporations, qui tous étaient alliés ou amis des principaux bourgeois et n'osaient pousser trop loin l'investigation; que les mères surtout craignaient que le pain ne manquât à leurs enfans, réservaient en des cachettes blé, farine et viandes salées; donc qu'une enquête efficace serait celle faite par des officiers de la garnison, guidés par valets de ville et préposés de la gabelle.

L'amiral goûta cet avis, et le résultat prouva qu'il était judicieux; car la nouvelle enquête étant achevée, il se trouva que la ville était fournie de vivres pour trois mois au moins, et le tout fut déposé en des magasins, et la distribution en fut confiée à des intendans nommés exprès.

Dès le lendemain de l'arrivée de Coligny, les charpentiers se mirent à l'œuvre, ils abatirent une grande quantité d'arbres sur le bord des fossés, qui servirent ensuite à faire des fascines; mais l'artillerie ennemie donnant principalement sur le quartier de Remicourt, on fut contraint d'en laisser de ce côté qui causèrent grand dommage.

La première sortie ordonnée par l'amiral, avait pour objet d'incendier les maisons du faubourg d'Isle, derrière lesquelles l'ennemi s'abritait pour canonner de fort près les travailleurs; cette sortie réussit d'abord à souhait, car les assiégeans, comptant sur la faiblesse de la garnison, ne s'attendaient point à pareille hardiesse, de sorte que plusieurs maisons furent brûlées avant qu'ils eussent le temps de se reconnaître; mais bientôt après, ayant vu le petit nombre des assaillans, ils tombèrent sur eux en masse, les repoussèrent avec perte vers la ville, où ils faillirent entrer pêle-mêle avec eux.

Le lendemain, une seconde sortie dirigée par la porte de Remicourt, ne fut pas plus heureuse, et coûta la vie au sieur de Théligny, qui voyant cette sortie mal dirigée, courut jusqu'au-dessus de Remicourt pour la remettte en bonne voie, et reçut le choc d'une grosse troupe d'Espagnols, sans que les siens pussent venir à son aide. Cette perte fut très sensible à l'amiral qui portait grande estime et amitié audit sieur.

Le faubourg d'Isle n'étant plus tenable par suite des dégâts qu'y faisait de jour en jour l'artillerie ennemie, Coligny résolut de l'abandonner. A cet effet, il fit remplir les maisons restées en son pouvoir de fascines et matières combustibles, et aussi la vaste abbaye d'Isle, qui à elle seule aurait pu être une forteresse, d'où les assiégeans domineraient toutes les fortifications voisines. Puis, comme la tour à l'eau était garnie de poudres, il ordonna qu'on les emportât dans la haute ville. On y procéda en hâte, car le poste était dangereux et l'ennemi gagnait toujours du terrain; et, pour augmenter le désordre, voici qu'il ne se trouve ni barils, ni chariots, tout ayant été précipitamment enlevé comme dans une fuite: force fut alors de se contenter des linceuls et toiles qui se rencontrèrent là; puis, à leur tour, les bras manquèrent; en vain les soldats traquaient-ils partout les gens du faubourg restés pour l'emménagement de leurs meubles, ceux-ci feignaient un instant de travailler et retournaient bien vite à leurs anciennes maisons.

Parmi ceux que les soldats retinrent forcément à la tour, se trouvait Claude Pirotte qui, en sa qualité de boiteux, se croyait dispensé de tout service; furieux de voir son privilège méconnu, il vociférait des malédictions contre les soldats, qui n'en tenaient compte et le poussaient rudement à la besogne. L'officier qui présidait au transport lui ayant même appliqué un vigoureux coup de houssine, il en résulta un accident terrible et qui eut des conséquences funestes pour les assiégés. Claude exaspéré leva sa béquille sur l'officier, un soldat s'élança et para le coup avec son arquebuse; dirigée par un poignet robuste, la béquille glissa le long de l'arme, frappa le sol avec force de son bout ferré; quelques étincelles jaillirent du choc, enflammèrent des parcelles échappées des linceuls; et suivant le passage des travailleurs, gagnèrent en traînée rapide jusqu'à la tour, qui sauta avec un fracas épouvantable en emportant soldats, habitans, sentinelles; Claude Pirotte avec l'officier et une bonne partie du rempart voisin: quarante hommes périrent dans cet endroit, et la meilleure partie des poudres dont la ville n'était pas suffisamment fournie, y fut perdue.

Au bruit de la détonnation, l'amiral qui parcourait le voisinage, accourut suivi de quelques soldats, vit avec effroi l'horrible désastre, et en même temps la brèche énorme faite au bastion. Comme on fuyait de toutes parts, et que les fortifications de ce côté étaient tout-à-fait désertes, il se porta sur la brèche, avec les sept hommes qui l'accompagnaient, appréhendant que les ennemis, attirés par cette catastrophe, n'accourussent en tirer parti. Une heure entière, il resta ainsi exposé au feu des assiégeans qui, trompés par le bruit de leurs propres canons et ne découvrant rien de ce qui s'était passe, tant la fumée qui s'exhalait de la tour à l'eau était épaisse, laissèrent aux soldats et aux ouvriers le temps de revenir à la brèche et de la réparer.

Le jour suivant, on acheva l'abandon et l'incendie du faubourg, à la grande désolation des dévots qui assurèrent que la ville, en se séparant de la chapelle de son patron, perdait une grande partie de sa force. Toutes les maisons prirent feu, mais, quoi qu'on fît, l'abbaye résista ; et ainsi qu'on l'avait prévu, devint bientôt fort nuisible ; car Philbert y ayant fait dresser une batterie, prit en flanc les travailleurs du boulevart de la Reine et leur fit tant de mal qu'il devint impossible de les retenir à l'ouvrage. Ce ne fut que plus tard qu'on les y ramena, et en conséquence d'un moyen indiqué par le sieur d'Andelot, frère de l'amiral, lequel entra plus tard dans la ville à la tête d'un secours de quatre cent cinquante hommes. Ce moyen fut d'établir en travers du boulevart et de superposer de vieux bateaux qu'on remplit de sacs de terre et qui mirent dorénavant les travailleurs à couvert.

Cependant les assiégeans poussaient vigoureusement les travaux ; leurs tranchées étaient surtout dirigées sur le hameau de Remicourt ; ils étaient même parvenus à percer le revers du fossé faisant face audit hameau et s'y étaient établis à l'abri d'un mantelet sous lequel ils attaquaient la muraille ; trois de leurs mines plongeaient profondément et leur artillerie ne cessait de nuire aux travailleurs. Néanmoins toutes ces choses n'étaient encore que des préparatifs ; aucun assaut n'avait été tenté ; des cent pièces de canon de l'ennemi, bon nombre dormaient encore sur leurs affûts et Philbert attendait pour déployer toute sa colère et toutes ses forces, que le réseau fût développé en tous sens autour des murs, que la garnison et les habitans fussent décimés, découragés, demi-vaincus ; en un mot que son premier geste, que son premier pas écrasât la ville. Et la ville en effet haletait toujours plus faible sous le regard de l'oiseleur ; le courage pour ceux qui en pouvaient conserver devenait de l'héroïsme, et l'héroïsme, quand il faut qu'il se prolonge, cède bientôt sous l'affaissement des forces humaines.

Le plus désespéré et en même tems le plus héroïque des défenseurs de cette malheureuse cité, c'était toujours Jean Peuquoy, le patriote : rien de triste et de beau à la fois comme ses tressaillemens à chaque coup de canon qui entamait la muraille, et son sourire quand sa bonne arquebuse avait couché par terre un Espagnol ; on eût dit que tout assaillant lui était un ennemi personnel, et que le boulet qui entrait dans le rempart lui entrait aussi dans le corps.

Maintes fois l'amiral Gaspard vint le trouver au milieu des compagnons de l'arc, et tous deux échangeaient un serrement de main énergique et un regard profond.

IV.

Le Message.

Florimond Robertet s'était jeté aux pieds du pape, en lui racontant avec l'éloquence de la conviction et de la vérité toute l'histoire du mariage secret de Jeanne de Pienne avec François de Montmorency, et l'avait d'autant plus facilement intéressé en faveur de la jeune femme que lui-même avait à cœur de favoriser les projets des Caraffa, ses neveux, et de ses alliés, les Guise. L'écuyer avait donc obtenu de Paul IV les promesses et les assurances les plus positives; néanmoins, comme il savait quelle puissante opposition sa sainteté trouvait parmi les cardinaux, et combien les Montmorency, appuyés du roi et d'agens secrets, intriguaient ardemment en cour de Rome, il s'était résolu à suivre toutes les congrégations et à rester sur les lieux pour entretenir les bonnes dispositions du saint-père, et combattre autant que possible l'influence des adversaires de Jeanne. Par suite de tous ces efforts en sens contraires, l'affaire avait subi des lenteurs interminables; la guerre, en éclatant sur tant de points à la fois, était venue jeter en travers ses préoccupations irrésistibles, et même avait fait rejeter à des temps plus opportuns, par un accord muet des deux cours de Rome et de France, la solution si impatiemment attendue des parties intéressées. Alors, et inquiet du silence que Bonnivet avait gardé avec lui depuis leur séparation, et peut-être de l'interception de leurs messages réciproques, Robertet s'était décidé à revenir en France.

Comme il rentrait à son hôtellerie pour faire ses préparatifs de départ, un homme, portant le costume français, quitta le banc où il était assis près de la porte, et s'avançant vivement vers lui: messire, lui dit-il d'un ton mystérieux, vous êtes le seigneur Florimond Robertet? pardon si, pour m'en assurer, je vous adresse une question certainement indiscrète, mais le seigneur Bonnivet...

— C'est lui qui vous envoie? parlez, parlez vite; avez-vous des lettres?

— Je crois bien, messire, que vous êtes véritablement le seigneur Florimond Robertet, car vous ressemblez fort au signalement qu'on m'a donné de vous, mais tant de précautions m'ont été recommandées que je ne puis vous rien dire avant que vous ayez répondu aux questions qu'on m'a chargé de vous adresser.

— Eh bien, entrons.

— Nous sommes tout aussi bien ici; seulement allons un peu à l'écart.

L'étranger interrogea alors Florimond sur quelques particularités intimes des relations de ce dernier avec le colonel; et le jeune écuyer ayant donné à cet égard toutes les explications nécessaires: — Maintenant, reprit l'inconnu, nous pouvons entrer.

Comme Robertet traversait les groupes attablés dans la salle de l'hôtellerie pour se rendre à sa chambre avec le messager, ses yeux tombèrent par hasard sur une figure qu'il crut reconnaître pour celle de l'homme au cheval normand; cet homme ayant détourné la tête, le jeune écuyer, ne chercha point pour le moment à s'assurer si c'était bien lui, et pressé de connaître le message du colonel, il courut s'enfermer avec le prudent émissaire.

La lettre de Bonnivet était ainsi conçue:

« Mon cher Florimond,

« Mes deux premiers messages étant restés sans réponse, j'ai supposé qu'on les avait interceptés, et cette fois l'homme que je t'envoie est bien averti et ne remettra ma lettre qu'à toi-même. Défie-toi des gens qui t'entourent, Florimond, et change d'hôtellerie, car je crains que celle où nous sommes convenus que tu t'arrêterais, ne soit pas sûre. Hélas! ami, aujourd'hui la corruption et l'espionnage sont dans l'air, et il faut dissimuler sa pensée presque autant que sa parole.

« Moi-même, il me semble toujours voir rôder autour de moi des figures sinistres; toutes mes actions sont épiées, tous mes pas comptés, et si je ne savais que, dans les circonstances présentes, le meilleur moyen de servir ma sœur c'est d'être prudent, je romprais, certes, avec le fer, le filet obscur dont on m'enveloppe.

« En dépit des argus, je suis parvenu à découvrir la nouvelle prison de ma sœur; elle est enfermée en ce moment au couvent d'Origny, dans les environs de Saint-Quentin. Ma première pensée, aussitôt cette découverte, fut de courir au village d'Origny, de me cacher aux alentours du couvent et d'arriver de manière ou d'autre à correspondre avec ma pauvre Jeanne; mais je compris bien vite qu'avant tout il fallait faire perdre ma piste aux espions du connétable; et c'est à quoi j'espère être parvenu, en prenant une direction tout à fait opposée à celle d'Origny, et en donnant mon manteau et mon cheval à un de mes amis qui se charge de faire faire du chemin à mes limiers.

« A l'heure qu'il est, je prends le plus secrètement possible la route de la Picardie, et avant quinze jours je compte être établi dans Origny.

« Et toi, mon fidèle Robertet, qu'as-tu obtenu ? Le pape conserve-t-il toujours à notre égard les bonnes dispositions que tu m'annonçais dans ton premier message, le seul qui me soit parvenu ?

« Ecoute ; notre procès, toujours pendant devant le saint-siège, menace de se traîner long-temps encore de congrégation en congrégation. Au premier abord, ces lenteurs paraissent nous devoir être favorables, en ce qu'elles pourront décourager les Montmorency et les faire renoncer à un projet si hérissé de difficultés. Mais l'effet de cette lassitude et de ce découragement n'est-il pas également à craindre pour ma soeur ? Ne l'est-il pas bien plus encore, dans la situation où elle se trouve, obsédée qu'elle est par les religieuses d'Origny, les agens du connétable et peut-être par les commissaires du roi ? C'est donc à la fortifier contre cette tyrannie incessante que nous devons employer tous nos efforts.

« Et pour cela voici ce qu'il faut faire ;

« Réclame une nouvelle audience du pape, demande-lui pour ma pauvre soeur une lettre de consolation, d'encouragement, d'espoir ; une promesse de la soutenir, de lui faire rendre justice ; il ne pourra te la refuser, car il est vraiment le père de tous ceux qui souffrent; et la cause de la bonne foi, de la vérité, du respect des sacremens doit être aussi la sienne. Cette lettre, aussitôt que tu l'auras obtenue, tu la confieras à mon émissaire qui me l'apportera dans l'église d'Origny; et de là, comme la colombe de l'arche, elle va ranimer ma pauvre Jeanne, et lui rendre la force, l'espoir, l'honneur.

« *P. S.* Mon cher Florimond, je reçois à l'instant un billet de madame de Castro, qui, tu le sais, s'oppose de tout son pouvoir à ce qu'on lui donne François de Montmorency pour époux. Elle vient d'apprendre que le mauvais succès de l'expédition de Naples jetait beaucoup de froideur entre la cour de Rome et celle de France, et que le connétable espérait en profiter pour décider le roi à passer outre dans le cas où le pape persisterait à refuser les dispenses. Toutefois, ajoute-t-elle, je suis certaine qu'on ne violera pas ouvertement les droits de votre sœur, et qu'on ne viendra à moi qu'armé d'une renonciation en bonne forme qu'on s'occupe en ce moment d'obtenir de mademoiselle de Pienne. Engagez-la donc à tenir bon. Pour ma part, je suis décidée à résister tant que je le pourrai sans révolte contre l'autorité directe de mon père, et je ne vous cache pas qu'il tient fortement à ce malheureux mariage. — Ainsi, Florimond, tu le vois, il n'y a pas de temps à perdre. Au nom du ciel, cette lettre! cette lettre! c'est la vie!»

Le même jour, Florimond, après une entrevue d'une heure entière avec sa sainteté, traversait les antichambres du Vatican en serrant contre sa poitrine une lettre qui dépassait de beaucoup ce qu'attendait Bonnivet. Il descendait tout transporté le grand escalier de marbre, lorsqu'il heurta en passant un solliciteur qui montait.

— Toujours l'air pressé, mon jeune maître? lui dit celui-ci, qui n'était autre que maître Martin.

Florimond détourna un instant la tête avec distraction, puis continua de descendre sans répondre, car il était trop heureux pour comprendre une plaisanterie, même un sarcasme.

— Adieu, messire, ajouta l'espion d'un air goguenard, souvenez-vous que vous descendez et que je monte.

Le jeune écuyer ne fit pas d'abord attention à ces paroles, mais par degrés, elles lui revinrent dans l'esprit avec le sourire qui les avait accompagnées, et toute son exaltation, sans qu'il comprît pourquoi, fut soudainement glacée.

Il était trop tard pour faire partir l'émissaire le soir même; le lendemain, au point du jour, Florimond courut à la chambre de cet homme pour le réveiller; il le trouva en proie à une fièvre ardente, et dont les symptômes étaient ceux de la maladie épidémique qui régnait alors en Italie, et qui décimait et abattait l'armée de François de Guise plus victorieusement que ne l'eussent fait les vieilles bandes espagnoles du duc d'Albe. Ce fut pour le jeune écuyer un pressentiment sinistre, et comme le premier effet de la menaçante allusion de maître Martin.

— Eh bien, dit-il, c'est moi qui partirai! et s'adressant au pauvre messager, avec qui il partagea sa bourse : Reprenez courage, ajouta-t-il; je vais envoyer chercher un médecin et vous recommander expressément à l'hôte de la maison.

Le malheureux le remercia vivement, lui donna quelques instructions pour abréger la route et éviter des passages dangereux, surtout dans ce temps de guerre, et Florimond se mit en route pour la France.

Un soir que son cheval maladroitement ferré traînait lentement la jambe, — et alors le jeune écuyer venait de franchir la frontière française, — il revit encore une fois l'espion qui passa contre lui avec un éclat de rire et en pressant le trot de sa vigoureuse monture. Florimond, indigné, tira son épée, mais le défi et les imprécations qu'il jeta à l'insolent se perdirent au milieu des flots de poussière que soulevait le trot bas et lourd du cheval normand.

V.

D'Andelot.

Enfin la massive collégiale de Saint-Quentin frappa les regards du jeune homme, qui pourtant en était éloigné encore de plus de deux lieues.

Les Espagnols, disait-on, venaient d'arriver devant cette ville.

Mais en vain apprenait-il de moment en moment les envahissemens rapides de l'ennemi, Florimond savait que le colonel l'attendait à Origny, et il marchait toujours.

C'était encore une soirée belle et calme ; seulement l'agitation de la route, où se pressaient les paysans fugitifs, contrastait avec le splendide assoupissement de la nature.

Florimond, débouchant du chemin de traverse qu'il avait pris, venait d'entrer sur la route de La Fère à Saint-Quentin, lorqu'il vit une grosse troupe de fantassins qui s'avançait lentement dans la direction de cette dernière ville. Quelques éclaireurs marchaient en tête, et, entre eux et la troupe, venaient au pas deux cavaliers de bonne apparence.

L'un était François de Châtillon d'Andelot, colonel d'infanterie et frère de Coligny ; le connétable, son oncle, l'envoyait avec deux mille hommes au secours de l'amiral ; l'autre était Vaulpergues, seigneur du pays, et que Coligny avait dépêché vers son frère pour lui servir de guide.

Florimond s'était arrêté au bord de la route, attendant, pour reprendre la traverse, que la troupe fût passée. Arrivé devant lui, d'Andelot, qui l'avait vu dans l'armée du Piémont, le reconnut tout à coup, et l'abordant avec empressement :

— C'est le seigneur Robertet, je crois? dit-il, seul, à cette heure, et par des chemins aussi peu sûrs ? C'est une grande imprudence à vous, ami !

— Mon bon ange et mon épée aidant, il faut espérer que j'arriverai sans encombre, fit le jeune homme en répondant au salut cordial du colonel.

Vaulpergues venait de prendre l'avance avec discrétion.

— Et où allez-vous? reprit d'Andelot en s'excusant de son indiscrétion, car, ajouta-t-il, tous les environs sont pleins d'ennemis, et le capitaine Vaulpergues et moi, nous pouvons vous donner quelque bon avis sur la route à suivre.

— Je vais..... dans la direction d'Origny, répliqua Florimond avec un peu de contrainte.

— Mais, mon ami, c'est impossible, tout ce côté est envahi par l'armée espagnole.

— Mon Dieu! que me dites-vous!..... N'importe, il faut que j'aille à ce village à tout prix.

— Si vous y arriviez, Florimond, ce serait un miracle. Allez plutôt à Lafère, mon ami; vous vous recommanderez de moi au connétable, mon oncle, et s'il y a un moyen de vous faire arriver sûrement à Origny, il le fera, je vous le promets.

— Merci, monsieur le colonel, je suis pressé, et je risquerai ma vie, s'il le faut, la chose en vaut la peine; et puis pardonnez-moi si je ne peux rien demander à monsieur le connétable.

— Ah! je comprends, vous êtes toujours au service de monsieur de Bonnivet, Florimond?

— Oui, M. le colonel, j'ai cet honneur.

— Vous avez raison d'être fier d'un tel maître, mon ami; et je vous avoue que, M. de Coligny et moi, nous désapprouvons tout-à-fait l'affront que notre oncle veut lui faire dans la personne de mademoiselle de Pienne, sa sœur.

— Je vous crois, M. le colonel ! répondit Florimond avec un élan de confiance, vous si généreux, si loyal ! eh bien, c'est M. de Bonnivet que je vais rejoindre et je suis chargé d'un message important pour sa sœur; vous comprenez donc que mon voyage ne peut souffrir de retard.

— En effet, j'ai appris que mademoiselle de Pienne avait été enfermée à Origny ; mais, mon ami, les religieuses de ce couvent ont dû le quitter à l'approche des Espagnols ; cela est d'autant plus probable qu'il y a à Saint-Quentin une succursale de cette abbaye, où les religieuses vont se réfugier en temps de guerre. C'est à Saint-Quentin que nous nous rendons, venez avec moi, mon ami, et tous les services que nous pourrons vous rendre, mon frère et moi, attendez-les de nous. Encore une fois, ayez confiance en moi, jeune homme, car je vous répète que je trouve déloyale l'action que le connétable veut consommer, et que s'il nous était permis, à l'amiral et à moi, de l'empêcher, nous le ferions.

— Merci ! merci pour mademoiselle de Pienne et M. de Bonnivet ! Oui, colonel, je me confie à vous ; oui, je vous suis à Saint-Quentin ; mais promettez-moi de m'autoriser à en sortir, si je n'y trouve pas mon maître et sa sœur ?

— Je vous en donne ma parole ! Maintenant, Florimond, permettez-moi de vous faire une offre : M. de Bonnivet, je crois, a quitté le service du roi ?.....

— Oui, monsieur le colonel, parce que le roi refusait de lui rendre justice.

— Il a bien fait. Mais vous, qui êtes encore si jeune, voilà donc votre carrière fermée ?

— Ma carrière sera encore assez belle si je puis être utile à un homme du caractère et du mérite de M. de Bonnivet.

— Cette fidélité vous honore, Florimond, d'autant que c'est chose assez rare en ce temps. Mais, si tous les gens de cœur nous quittent, que nous restera-t-il ? Florimond, je vous offre le grade d'enseigne dans une de mes compagnies, avec la faculté de retourner à M. de Bonnivet toutes les fois qu'il vous appellera, et de revenir à moi quand il le jugera convenable. Cet arrangement vous convient-il ?

— J'accepte, monsieur le colonel ; et, si je le puis, je vous paierai comme il faut tant de générosité, et aussi le désintéressement qui vous fait adopter ainsi la cause de mon maître et de sa sœur.

— Je ne fais que mon devoir, ami ; et vous, continuez à faire le vôtre.

— Ah ! monsieur le colonel, pourquoi tout le monde n'entend-il pas le devoir comme vous le faites !

— Il y aurait moins d'erreurs parmi les hommes, si, au lieu de demander leur morale au papisme, ils la puisaient dans l'Evangile.

Florimond regarda d'Andelot avec étonnement; il ne comprenait pas cette parole luthérienne dans la bouche d'un des neveux d'Anne de Montmorency, d'un des officiers de Henri II, en un mot d'un des seigneurs de cette cour qui allait en grande pompe voir brûler des calvinistes.

— Je vous semble bien hardi, n'est-ce pas? reprit d'Andelot, avec un sourire triste, de parler le langage des réformés dans un un temps où on les persécute? Cela pourtant est encore bien simple. C'étaient les justes de l'Eglise primitive qui avaient du courage, eux qui allaient renverser les autels des idolâtres et proclamer hautement leur foi à la face des empereurs et des bourreaux! Et nous, faibles, nous, timides, nous nous bornons à ne point renier la nôtre, et souvent même, nous trompons l'œil du maître en restant cachés parmi les boucs impurs. Car, voyez-vous, Florimond, moi aussi et mes frères Gaspard et le cardinal Odet, nous sommes des réformés. Le premier, j'ai reçu la lumière d'en haut; elle m'est descendue dans mon cachot de Milan, et j'en ai répandu les reflets sur mes frères. Oh! les longues heures de la captivité m'ont paru bien courtes, quand, les livres du grand Luther à la main, j'entrevoyais la liberté que ce nouveau

Christ avait léguée au monde ! Bientôt, bientôt sans doute tous les peuples déchireront les langes souillés dont le papisme les enveloppe ; déjà la moitié de l'Allemagne a secoué le joug, et sur toute la face de l'Europe la vérité s'échappe par cent fissures. Opprimés aujourd'hui, demain peut-être nous élèverons une voix éclatante ! Ah ! Florimond, si le bandeau couvre encore vos yeux, laissez-moi l'écarter et faire étinceler à vos yeux la pure lumière de l'Evangile !

— Je vous l'avoue à ma honte, monsieur le colonel, je ne me suis arrêté que bien faiblement jusque aujourd'hui aux questions de religion ; et pour accepter celle que vous m'offrez, il faudrait que je connusse bien celle que je quitterais.

— Ce n'est point un changement de religion que je vous propose, Robertet, je vous offre seulement de vous ramener à la primitive, à la simple, à la vraie ; car le catholicisme n'est point la religion de l'Evangile, c'est un monument de tyrannie, de cupidité et de débauche, bâti par les nouveaux Pharisiens sur la pierre fondamentale de l'Eglise ; une branche de mort éclose sur un arbre de vie ; l'ivraie poussée au milieu du bon grain.

— Outre mon ignorance, je me sens effrayé de l'austérité des réformés ; j'admire leur vertu, et n'ai pas le courage de les imiter.

— Restez avec moi, frère, je vous apprendrai

l'Evangile, et toutes les vertus qu'il rend aisées; je vous ferai homme et chrétien.

Telle était la fièvre de prosélytisme à cette époque de la réforme; mêlée à toutes les heures, à toutes les choses de la vie, il fallait en effet qu'elle fût bien active, même en France, pour préparer les crises violentes de la ligue, qui ne devaient pas tarder à éclater, et dont l'amiral Coligny fut la plus éclatante victime.

Pendant que d'Andelot attirait inévitablement dans son centre mystique le jeune écuyer, tout préoccupé pourtant de la pensée de Bonnivet et de Jeanne de Pienne, les ombres du soir s'épaississaient autour des compagnies de fantassins qui continuaient à s'avancer sans bruit. Voyant qu'on approchait de Saint-Quentin, Vaulpergues fit s'engager la troupe dans un sentier de traverse, qui s'enfonçait toujours plus profondément et qui, dans presque toute son étendue, était dominé par des coteaux boisés.

— Monsieur le capitaine, demanda alors d'Andelot à son guide, vous nous menez par un endroit bien périlleux?

— C'est par cela même que ce défilé est périlleux, monsieur le colonel, que les Espagnols nous soupçonneront moins d'oser le prendre; d'ailleurs, j'ai envoyé des éclaireurs en avant, et l'un d'eux, qui s'est hasardé jusqu'aux portes de la ville, vient de m'assurer que le quartier des Anglais n'est point encore occupé. Vous voyez, monsieur le colonel, que l'ennemi ne se doute de rien, et que nous trouverons le passage parfaitement libre.

— Je veux bien que les Anglais ne soient point encore arrivés au camp, mais voilà là-haut des bois qui m'inquiètent.

— Je vais envoyer les fouiller sur-le-champ.

Les devans ayant été assurés, on se remit en marche.

Tout à coup, sur les derrières, éclata une terrible décharge de mousqueterie : c'étaient les Espagnols, qui avertis par quelques transfuges anglais servant dans les compagnies de d'Andelot, avaient fait un détour et tombaient sur elles à l'improviste.

Pour ajouter à l'effet de la mousqueterie, la cavalerie ennemie se précipita ventre à terre sur les malheureux fantassins, laboura en tous sens leurs lignes épouvantées et rompues, et bientôt ce ne fut plus qu'un massacre, un *sauve qui peut* général.

En vain d'Andelot, Vaulpergues et Florimond essayèrent-ils de rallier les fuyards; la terreur était d'autant plus grande chez les Français, qu'ils ne pouvaient calculer le nombre de leurs ennemis, et croyaient avoir toute l'armée espagnole sur les bras. Force fut donc à d'Andelot et à ses deux compagnons de suivre le torrent.

Des deux mille hommes sortis de La Fère quelques heures auparavant, d'Andelot, Vaulpergues et Robertet n'en ramenèrent pas quatre cents; tout le reste fut tué, pris ou dispersé.

A La Fère, il fut impossible au jeune écuyer de se procurer aucun renseignement sur Jeanne et son frère. Espérant les trouver à Saint-Quentin, il résolut d'y entrer à tout prix. Quelques jours après, le 10 août, il se jeta avec les quatre cents cinquante hommes que d'Andelot parvint à y introduire. Bonnivet n'y était pas, ni Jeanne. Alors le désespéré jeune homme essaya d'en sortir pour courir à Origny à tout hasard; mais la ville se trouva si étroitement bloquée qu'il dut y rester prisonnier, et attendre.

VI.

Encore le Pèlerin.

Durant quelques jours encore, ce furent dans Saint-Quentin, de continuelles alternatives d'énergie, d'épuisement, de constance et de désespoir, lorsqu'un matin, c'était le 10 août, jour de la fête de saint Laurent, l'homme posté par Coligny sur le haut clocher de la collégiale pour observer les mouvemens de l'armée espagnole, jeta tout à coup sur la ville, du fond de son mugissant porte-voix, ces paroles qu'entrecoupait une vive émotion : « Bonne nouvelle ! les ennemis s'en vont. —Ils lèvent le siège. » A ce cri, la foule accumulée sur les places et dans les rues, roula comme un torrent vers les remparts, et l'on vit en effet, du côté de la Fère, sur les divers plans de l'horizon, onduler les lignes incommensurables des assiégeans qui s'éloignaient, se perdaient sous le voile grisâtre du lointain, et après elles, d'autres encore, et sans cesse et toujours.

Alors une immense clameur de joie s'éleva de toutes les parties de la ville : on s'agitait, on courait comme des insensés, on se précipitait dans les bras les uns des autres, soldats, bourgeois, paysans, on chantait ; les chapeaux voltigeaient en l'air. En même temps, le joyeux carillon de l'hôtel-de-ville s'éveilla et ses clochettes tressaillirent à l'unisson de tous les cœurs, le clocher de l'église lui répondit avec ses mille voix résonnant sur tous les tons ; cà et là c'étaient de folles détonnations d'arquebuses ; l'enthousiasme, le délire étaient universels.

L'amiral, lui, était le seul qui ne se mêlât point à cette commune ivresse : comme les autres, il alla d'abord vers les remparts, reconnut en effet à leurs bannières qui flottaient dans la campagne les diverses bandes d'Espagnols, d'Anglais, d'Allemands, de Namurois, de Liégeois, de Wallons qui défilaient successivement sur la route de la Fère ; mais il remarqua aussi que les travaux des assiégeans restaient occupés. Il vit des pionniers aux mêmes endroits que les jours précédens; il compta le même nombre de sentinelles, et les coups de canon aussi réguliers, aussi successifs que la veille; et sans rien espérer ou préjuger précipitamment, il monta au clocher de l'église pour apprécier dans sa réalité ce mouvement des troupes ennemies.

Un coup d'œil lui suffit pour comprendre qu'on s'était trop hâté de se réjouir : sans doute une grande partie de l'armée de Philbert s'était détachée du camp, mais au nombre d'étendards qu'il aperçut encore sur les divers quartiers, il vit bien que plus de vingt mille hommes étaient restés autour de la place ; et comme pour confirmer cette observation, aucune des dispositions du siège ne lui parut interrompue ni changée.

C'est, pensa-t-il, que le connétable a concentré ses forces dans les environs, et que le prince de Savoie espère le forcer à accepter une bataille, dont les chances ne sauraient être douteuses si l'armée française ne s'est pas accrue d'importantes levées.

La joie exagérée des habitans céda bientôt elle-même à la réflexion, quand ils virent qu'effectivement rien n'était modifié dans la marche du siège; ils comprirent aussi qu'une bataille allait décider de leur dernière espérance; et tout le jour, ce fut pour eux une anxiété poignante et qui redoublait chaque fois que la rafale leur apportait le bruit lointain de la canonnade, alternant comme un accompagnement lugubre avec les salves régulières des assiégeans.

D'Andelot entra peu après dans la ville avec le petit nombre d'hommes qui purent le suivre, mais comme il avait quitté le connétable dès le commencement de l'action et qu'il avait perdu beaucoup de temps dans les marais, il ne put rien apprendre de positif à son frère.

Vers le soir, la canonnade lointaine cessa de se faire entendre et la foule humblement prosternée dans les églises, pria toute la nuit pour le succès des armes françaises, s'il était temps encore... Cependant elle tressaillait comme un seul homme à chaque éclair des bouches à feu, élargi dans les ténèbres et jetant jusque sur la croix de l'autel une lueur de sinistre augure.

Le lendemain, aux premiers rayons de l'aube, des cloches encore s'éveillèrent et retentirent à coups pressés, mais ce n'étaient plus les clochettes argentines des carillons, c'était la cloche mugissante et funèbre du beffroi, c'était le bourdon solennel et suprême de la collégiale, et le porte-voix des guetteurs jetait l'épouvante sur la ville avec ces paroles fatales : « L'ennemi ! l'ennemi redescend ! » Et comme la veille, la foule agglomérée sur les remparts revit onduler sur les divers plans de l'horizon les lignes incommensurables des Espagnols ; mais cette fois, au lieu de diminuer et de s'éteindre, elles s'épaississaient d'heure en heure, et leurs fanfares triomphales pénétraient à chaque instant plus aiguës, éclataient plus sonores. Puis des soldats blessés, de pauvres fugitifs se précipitèrent tout fangeux dans les fossés de la place ; misérables débris de l'armée française, ils s'étaient échappés à travers les marais, où beaucoup des leurs, arquebusés par les assiégeans, s'étaient noyés ; la garnison et les habitans les entourèrent en tumulte, les interrogèrent avec effroi et en apprirent tous les détails de l'horrible journée de St-Laurent, la ruine complète de l'armée du connétable, la fleur de la noblesse écrasée ou prisonnière, la monarchie épuisée et la France à deux doigts de sa perte. Alors une indescriptible consternation s'affaissa sur la ville, un silence glacé s'étendit de rue en rue, de maison en maison, et l'on eût dit que toute la cité muette et succombant à son agonie, se couchait pour mourir.

Debout, les bras pendans, la bouche béante, l'œil vitreux, le capitaine des compagnons de l'arc semblait paralysé, foudroyé, et son anéantissement avait tous les caractères d'une folie soudaine, stupide, morne.

En ce moment, un homme parut sur une des tourelles de la poterne qu'on venait d'ouvrir aux fugitifs ; sa barbe blanche, son bourdon, sa robe de bure, son mantelet et son chapeau chargés de coquilles, et surtout sa physionomie solennelle et menaçante le firent simultanément reconnaître pour le pèlerin-prophète qui, trois semaines auparavant, avait ajourné la ville à trente jours! Cette apparition fatale, qui venait confirmer en quelque sorte la fatale nouvelle, produisit un effet terrible sur la foule, devant laquelle cet homme mystérieux se dressait comme une certitude de mort, et pareil à ces anges ténébreux qui venaient à l'heure décisive réclamer l'exécution d'un pacte de sang. Les uns se prosternèrent en silence, d'autres se jetèrent sur la poussière en sanglotant, tous attendirent avec angoisse l'arrêt suprême qu'allait sans doute prononcer le prophète: Jean Peuquoy lui-même qui, en reconnaissant l'étranger, avait tressailli dans tous ses membres, courba le front avec stupeur, et parut céder enfin à cette puissance inconnue mais infaillible.

Le pèlerin s'avança lentement au milieu de cette foule contrite, éplorée; et reprenant la suite de sa prédiction comme s'il ne pût douter qu'on n'en eût les dernières paroles présentes:

—Ce que je vous ai dit, habitans de Saint-Quentin, s'écria-t-il, d'une voix qui domina impérieusement les gémissemens et les sanglots des femmes, ce que je vous ai dit, vous ne l'avez pas fait; et voici que mes paroles s'accomplissent; l'épée du seigneur est levée sur vous, les nuées de sauterelles vous ont envahis, et la vapeur du puits de l'abîme s'est étendue sur votre cité. L'armée du connétable a été fauchée comme l'herbe des prés, dispersée comme la paille sèche; et vous aussi, vous serez fauchés, balayés comme elle; déjà les tours de vos remparts croulent les unes sur les autres; les troupes espagnoles et anglaises, comme deux mains de géant, vous étreignent à vous étouffer; elles sont sous vos pieds, elles sont sur vos têtes, et vous ne vous êtes point encore amendés! Bien plus, l'hérésie est dans votre sein, elle y règne audacieusement, et c'est elle qui attirera sur vous les dernières foudres du Seigneur; en vain votre encens et vos prières monteraient-ils désormais jusqu'au ciel, l'hérésie les corrompt, elle les change en outrage et en iniquité.

Oreilles d'airain, cœurs incrédules, ouvrez-vous à mes paroles, il en est temps encore; brebis égarées, ne restez plus sourdes à l'appel du pasteur, séparez-vous des boucs impurs et rentrez au bercail. Si vous ne le faites, et sans tarder, je vous le dis, habitans de Saint-Quentin, encore un peu de temps et vous ne serez plus!

A ces paroles, les sanglots redoublèrent dans la foule; les femmes jetaient des cris pitoyables comme si l'heure était sonnée où la ville allait être mise à sac, les hommes frappaient leurs poitrines. Mais, outre ses menaces de destruction, le discours du pèlerin cachait une allégorie intelligible pour quelques-uns, et qui, expliquée, commentée, répandue çà et là, fermenta d'abord sourdement, puis s'étendit avec la rapidité d'une épidémie.

La réformation que Luther venait d'opérer en Allemagne et Zwingle en Suisse, avait fait, comme nous l'avons dit plus haut, de nombreux prosélytes en France, quoique la majorité des populations l'eût en horreur. D'Andelot, qui, nous le répétons, s'était nourri, durant sa captivité au château de Milan, des livres des deux célèbres docteurs, et pénétré de leurs idées, n'avait pas tardé, à son retour en France, à entraîner ses deux frères, Odet de Coligny, cardinal et évêque de Bauvais, et Gaspard l'amiral; et, quoique cette circonstance fût peu connue dans Saint-Quentin, elle y avait assez transpiré néanmoins pour que l'allégorie du pèlerin fût comprise. Quelques instans après, elle n'était ignorée de personne, et la plupart égarés par la terreur ou le fanatisme, ne tardèrent pas à attribuer les malheurs qui menaçaient la ville à la présence des deux illustres hérétiques.

— Ce saint homme a raison, disait un marguillier de la paroisse des Jacobins, Dieu est contre nous, car nous pactisons avec les ennemis de son Église.

— Voilà donc, reprit la tourière de l'abbaye

de Fervaques, pourquoi M. l'amiral n'a encore visité aucune de nos églises, chapelles ni abbayes.

— Peut-être, ajouta un bourgeois, que M. de Coligny et son frère, ne sont pas aussi noirs qu'on le dit; et s'ils ne vont pas à l'église, c'est sans doute parce qu'ils ont beaucoup à faire sur les murailles.

— Allez, reprit la tourière, on a toujours le temps de prier Dieu quand on le veut, et même cela aide à la besogne.

— Sans doute, reprit une vieille femme, et ça irait mieux si au lieu de nous tenir tout le jour à la pelle et à la brouette, nous, nos maris et nos pauvres enfans! on nous laissait aller dire de temps en temps un *pater* et un *ave* sur le tombeau de notre bienheureux saint Quentin.

— Si encore, continua une voisine, nous n'avions ici d'hérétiques que M. de Coligny et son frère, mais tous les capitaines et peut-être tous les soldats le sont-ils aussi.

— Si cela est, murmura le marguillier en levant les yeux au ciel, ayez pitié de nous, mon Dieu!

— Mon doux saint Quentin! s'écria la tourière consternée, cela serait-il possible? alors ce lieu est maudit, nous voilà en enfer!

— Peut-être, répliqua la vieille sur le même ton, l'amiral a-t-il vendu son âme au démon et les nôtres avec!

— Je vais à l'abbaye conter cela à la supérieure, et certainement nous ne resterons pas plus long-temps en compagnie de démons et hérétiques.

— Ni nous non plus, dirent quelques villageois; mieux aurait valu cent fois être pillés par les Espagnols que de nous enfermer dans ce lieu de perdition.

— Pillés? ajoutèrent leurs camarades, mais nous l'avons été par l'amiral : il a pris nos bestiaux pour ses soldats, et nos outils tout de même.

— Et il nous fait travailler jour et nuit, et il nous maltraite.

— Nous ne resterons pas ici plus long-temps; mener une pareille vie et avoir son âme en péril, mieux vaut mourir tout de suite de la main des Espagnols.

De semblables propos s'échangeaient de toutes parts, et l'agitation allait croissant, lorsque des cris, partis du camp des assiégeans, rappelèrent la foule sur les murailles; c'était l'armée restée devant la ville qui accueillait l'armée victorieuse par des clameurs de joie et de triomphe. Bientôt après, en effet, les vainqueurs rentrèrent dans leurs quartiers respectifs en promenant à la tête de leurs bataillons les étendards qu'il venaient d'enlever aux Français; et il y en avait en grand nombre qu'ils vinrent planter insolemment sur leurs batteries à la tête des travaux qui circonvenaient la ville.

Cette démonstration cruelle acheva d'abattre les malheureux Saint-Quentinois, qu'un ordre de Coligny rappelait à leurs postes; et tous reprirent machinalement la pioche, ou l'arquebuse : car leur foi en la défense était morte et leur confiance en l'amiral éteinte, grâce au pèlerin dont les paroles avaient semé parmi eux un germe funeste et qui ne tarda pas à se développer.

Cependant le pèlerin, profitant du tumulte occasioné sur les boulevarts par les acclamations et les divers mouvemens des troupes ennemies, s'était retiré de la foule; gagnant la haute ville et entrant dans l'intérieur par la rue Fréreuse, il n'avait pas tardé à disparaître aux yeux de ceux de ses auditeurs qui, indifférens à toute autre chose depuis qu'ils l'avaient entendu, le regardaient s'éloigner et restaient immobiles comme le condamné au moment où sa sentence vient d'être prononcée.

— Jean Peuquoy, lui non plus, n'avait pas couru aux murailles; ses yeux fixés en terre semblaient poursuivre avec ardeur, je ne sais quelle insaisissable idée qui fuyait obstinément son intelligence. Tout à coup sa tête se releva, il regarda vivement autour de lui, et n'apercevant pas ce qu'il cherchait : — Et le pèlerin? où est le pèlerin? demanda-t-il à un de ses voisins.

Celui qu'il interrogeait, se rappelant les duretés

que le tisserand avait faites au saint homme, lors de sa première venue, fit semblant de ne pas entendre, et ce fut un des compagnons de l'arc, qui survenant par hasard, et entendant la question que son capitaine venait de répéter, lui désigna la direction qu'avait prise l'étranger.

Jean Peuquoy s'élança aussitôt vers la rue Fréreuse, parcourut le quartier Saint-André en tous sens et retrouva enfin le pèlerin au moment où celui-ci, quittant le portail de l'église Saint-Jean, se mettait en marche vers le boulevart, traînant après lui son inévitable cortège de mendians et de dévotes.

Le tisserand suivit de loin cette troupe, remarqua les fréquentes stations choisies par son guide pour la prière et peut-être l'observance d'un vœu, le vit s'agenouiller en face des principales brèches, puis les bénir; alors ce manège excitant au plus haut degré les soupçons qui s'étaient fortement réveillés en lui, son visage s'empourpra de colère, et son premier mouvement fut de s'élancer sur celui qu'il croyait un imposteur, et de le conduire à Coligny pour qu'on le fouillât, qu'on le reconnût pour ce qu'il était, et qu'on le pendît aux créneaux de quelque tour; mais comprenant au même instant combien il serait faible, seul contre cette foule enthousiaste et fanatique, convaincu aussi que le clergé s'empresserait de couvrir de sa protection un homme que le saint-père avait béni, il renonça à l'idée de s'en saisir publiquement et avec violence. Toutefois il continua à le suivre en épiant toujours ses stations et ses mouvemens.

Comme le cortège était sur le point de quitter le boulevart Saint-Jean pour monter sur celui de Saint-Martin, véritable terrain de Jean Peuquoy, ce dernier avisa un jeune enseigne qui, fixé sur ses coudes, en face d'une meurtrière, regardait la campagne avec des signes visibles d'impatience et de désespoir.

Il se souvint d'avoir vu fréquemment ce jeune homme en la compagnie de d'Andelot, et voici le raisonnement qu'il fit : Le seigneur d'Andelot est, au su de plusieurs, l'un des plus chauds partisans de la réforme, tellement qu'il a converti, c'est-à-dire détourné du giron de l'Eglise, son frère l'amiral, son frère l'évêque et bien d'autres; ici même, s'il faut en croire le dire de quelques-uns de nos compagnons, il s'occupe plus des dissertations de dom Martin Luther que des canonnades de messire Philbert, et ses commandemens et paroles familières sentent plus le prêche que la garnison; si cet enseigne marche si souvent à ses côtés, c'est qu'ils sont du même acabit; partant ce damné pèlerin, s'il est espion, ne trouvera pas plus de grâce devant l'un que devant l'autre, fût-il muni des bulles de tous les conciles et des signatures de tous les papes. Allons lui confier ce que nous avons deviné, donnons sur-le-champ la consigne à toutes les portes; et, ce soir, lorsque ce misérable se sera couché sous quelque portail, ou s'apprêtera à retourner à l'Espagnol, nous l'appréhenderons au corps, nous le bâillonnerons pour qu'il n'appelle pas à son secours la séquelle qu'il a endoctrinée, nous le coffrons, le faisons avouer, et son affaire est faite.

Ce raisonnement était achevé au moment où le capitaine des compagnons de l'arc se trouvait à deux pas du jeune homme ; celui-ci était tellement absorbé dans sa contemplation ou sa rêverie, qu'il n'entendit pas le salut militaire qu'on lui adressait. Alors Jean Peuquoy sentant qu'il n'y avait pas de temps à perdre, lui toucha légèrement l'épaule; Florimond Robertet se retourna; aux premières paroles du tisserand, il comprit le danger, et mit l'épée à la main en s'écriant :

— Que m'importe ce tas de filandières, de manans et dévotes, si c'est un espion, je cours l'arrêter au nom de monseigneur de Coligny, au nom du roi!

— Un instant, un instant, mon jeune maître, répondit Jean Peuquoy en le retenant par le bras, ne voulant pas que le succès de son plan fût compromis par cette effervescence imprudente, ce n'est pas ainsi qu'il faut s'y prendre; que diable, je connais cette ville, et ses dévots et son clergé mieux que vous.

— Encore une fois que m'importe ce qu'ils penseront ou diront ? Ce n'est pas seulement du salut de cette ville qu'il s'agit aujourd'hui, c'est de celui de la France et du roi.

— Mais c'est que je ne suis pas sûr du tout que c'est un espion, répliqua le tisserand en se mentant à lui-même, car l'enseigne s'était dégagé et allait atteindre le cortège.

Cette parole arrêta brusquement le jeune homme.

— Que ne le disiez-vous?..... Alors on s'en assurera sans bruit.

— C'est justement ce que je vous proposais, mon jeune maître. A ce soir donc, reprit Jean Peuquoy; en attendant, je vais m'assurer si toutes les portes, souterrains et issues quelconques sont bien fermés et gardés.

VII.

La Transaction.

Un instant après, Florimond s'était accoudé de nouveau sur le rempart, ses regards étaient redevenus fixes, et des signes d'impatience et de tristesse avaient recommencé à se manifester dans ses mouvemens nerveux et brusques. Puis son front tomba pensif sur sa main; puis une vive espérance anima ses traits, et y fut combattue l'instant d'après par une hésitation pénible; enfin un geste décidé témoigna que le scrupule était vaincu.

Du sommet d'une tourelle qu'il escalada en trois bonds, il jeta sur les remparts, à droite et à gauche, un coup d'œil rapide; découvrit le pèlerin et son cortège à l'angle d'un bastion sur lequel ils étaient arrêtés, prit à grands pas cette direction, atteignit le groupe dévot, se fit jour au travers, et voyant l'étranger en oraison, attendit pour l'aborder qu'il se fût relevé. Ses patenôtres achevées, le saint homme se remit en marche; alors l'enseigne s'approcha, et le saluant avec politesse, sinon avec respect, lui dit à demi-voix :

— Mon père, un mot, de grâce.

Le pèlerin se retourna, et voyant devant lui le jeune écuyer, tressaillit vivement; mais cette impression fut perceptible à peine, et ceux qui la remarquèrent purent l'attribuer à un sentiment de répulsion, bien légitime en présence d'un des officiers de l'hérétique Coligny. L'étranger, qui se remit promptement, attacha un regard perçant sur la physionomie de l'enseigne; et sans doute que l'examen qu'il en fit ne lui inspira aucun soupçon, car il répondit humblement à son salut, et d'une voix calme et bénigne :

— Que veut, dit-il, monsieur l'officier, d'un chrétien indigne, d'un pauvre pèlerin?

— Je désirerais que vous me suivissiez à deux pas, j'ai une prière à vous adresser.

— Guidez-moi, mon frère, je suis prêt.

Mais la foule, qui s'était tenue à l'écart pendant

ce colloque, fit tout à coup entendre des murmures en voyant le saint homme s'éloigner sur les pas de l'enseigne; et croyant qu'il était ainsi emmené par un ordre de l'amiral, elle se déplia avec inquiétude et presque avec menace, et entoura les deux interlocuteurs, comme pour s'opposer à ce qu'elle pensait être un enlèvement.

— Laissez-nous le chemin libre, mes frères, reprit alors le pèlerin avec douceur et autorité.

Cette injonction et l'accent de sécurité avec lequel elle fut faite, rassurèrent les partisans irritables du saint vieillard, qui suivit le jeune homme sans plus d'obstacle dans l'intérieur d'une tourelle voisine.

— Mon père, dit celui-ci d'un air franc et ouvert, votre confiance appelle la mienne; et pourtant s'il fallait en croire l'avis que vient de me donner un bourgeois, vous seriez un espion des Espagnols et je devrais vous traiter en conséquence.

— Mon frère, répondit le pèlerin tranquillement et avec humilité, errant comme je vais en tous lieux pour la rémission de mes péchés et de ceux de mes frères, je suis exposé à bien des persécutions, des injures et des souffrances; mais je ne m'en plains pas et me soumets avec joie à toutes les épreuves par lesquelles le Seigneur juge à propos de me faire passer.

— Maintenant, je l'avoue, j'ai peine à croire

que les craintes de maître Jean Peuquoy soient justes, et il me semble qu'un espion, pour faire son métier, prendrait d'autres moyens que ceux que vous avez choisis; ce serait singulièrement bizarre et audacieux... car, j'imagine, les espions agissent à la sourdine, et vous, c'est au grand air que vous marchez.....

Ici, Florimond se tut un instant, comme pour attendre la réponse du vieillard, et y chercher de quoi préciser ou perdre la crainte vague qui l'agitait encore; le saint homme resta immobile et muet, ses yeux se tinrent baissés, et rien ne passa sur sa physionomie contrite et sereine. Un espion, pensa le jeune homme, se justifierait mieux que cela; décidément Jean Peuquoy a supposé à tort.

— Ecoutez, reprit-il en secouant la tête comme un homme qui veut se débarrasser d'une idée importune, je devrais peut-être à tout hasard vous conduire devant l'amiral, mais..... j'ai un service important à réclamer de vous, et..... je vous crois, j'en crois la vénération que vous porte cette foule. Voyez-vous, continua le jeune homme vivement agité, en appelant le pèlerin près d'une meurtrière, voyez-vous entre ce gros arbre et ce clocher une petite ligne blanche?

— Mes yeux sont bien affaiblis pour voir si loin; je vois le gros arbre....... et aussi le clocher..... mais la ligne blanche.....

— N'importe, ce que vous voyez suffit; dans

cette direction se trouve le couvent d'Origny.....

— Je le connais ; les saintes filles qu'il renferme sont bien secourables ; un jour que mourant de faim et de fatigue.....

— Ah ! mon père, que ce que vous me dites me fait de bien ! Ainsi le chemin vous est parfaitement connu ?

— Je m'y rendrais la nuit, et sans le moindre rayon de lune.

— Eh bien ! il faut y porter cette lettre, reprit le jeune homme en tirant de son sein un paquet tout cacheté.

— A la supérieure !

— Non, à une jeune dame qui y est enfermée.

— A une de vos parentes, peut-être ? ajouta un peu froidement l'étranger.

— Que votre conscience soit tranquille, mon père, c'est un devoir de loyauté que je remplis... il y va de l'honneur d'une femme, de sa vie peut-être..... Oh ! rendez-moi, rendez-lui ce service... Vous seul le pouvez, et sans crainte, car votre habit vous est un passeport à travers les troupes espagnoles et françaises, et cette lettre pourrait être lue des deux partis sans qu'aucun en prît ombrage.

— Oh ! ma vie est peu de chose et ne vaut pas que je craigne pour elle. Si Dieu qui la tient à son service l'a ménagée au pays des Sarrasins, et qu'il me la veuille ôter par les mains des Espagnols, je la lui rendrai en bénissant son saint nom... Ainsi, dites-vous, en me chargeant de ce message, j'accomplis une loyale et bonne œuvre?.....

— Oui, mon père!..... Mais, ajouta en hésitant le jeune homme, peut-être avez-vous des besoins..... tenez, acceptez cette bourse, et priez Dieu pour moi, et pour..... elle.

— Reprenez cet argent et cet or, les richesses de ce monde ne me sont pas permises; cette monnaie de cuivre me suffira, car il faut payer parfois le pain de l'aumône.

— Alors, que la bénédiction du ciel vous accompagne, et quand vous la verrez, demandez-lui ses prières, car Dieu exauce celles des anges... Mais ne tardez pas, venez, je vais vous faire ouvrir la poterne voisine.

— Je ne puis, mon frère, partir avant la fin du jour; mon pèlerinage en ce lieu n'est point achevé.

— Je vous en conjure, mon père, remettez-le à d'autres temps; si vous attendiez jusqu'à ce soir, vous ne pourriez plus quitter la ville; le capitaine des compagnons de l'arc court en ce moment de poterne en poterne, déjà, peut-être, il vous a dénoncé.....

— Je vous l'ai dit, mon frère, ma vie est entre les mains de Dieu..... laissez-moi rejoindre les fidèles qui m'attendent, et continuer avec eux mes prières.

— Au nom du ciel, mon père, faites ce que je vous dis ; si ce n'est pas pour vous, c'est pour elle que je le demande !

— Vous êtes impatient dans vos désirs, jeune homme; un jour viendra où vous comprendrez qu'il ne faut se hâter que dans une seule voie, celle de son salut.

— Mon père, maître Jean Peuquoy peut arriver d'un instant à l'autre, et malgré toute ma bonne volonté, il me serait impossible, lui présent, de vous faire ouvrir une seule porte.

— Puisque vous voulez, mon frère, que j'interrompe mon vœu, je ferai cela en mémoire des saintes filles d'Origny ; du moins, ajouta le pèlerin en fixant son grand œil noir sur la massive collégiale qui s'élevait comme une montagne au-dessus des églises secondaires et des toits innombrables de la ville, laissez-moi faire une dernière prière devant ce saint lieu qui contient le tombeau du bienheureux martyr saint Quentin.

Cependant Robertet courait avec anxiété de la tour où était agenouillé l'étranger au bastion qui dominait une assez vaste étendue du boulevart ; tout à coup il fit un cri :

— Vite, mon père, descendons, voici Jean Peuquoy !

— Ma prière est achevée, conduisez-moi, mon frère, dit le pèlerin en se levant avec calme. Le jeune homme l'entraîna vers la poterne.

— Ouvrez à ce saint homme, dit-il précipitamment au guichetier.

— Mais..... répondit celui-ci en mettant lentement la clef dans la serrure, la consigne de maître Jean.....

— Votre consigne est d'obéir aux officiers de l'amiral, ouvrez, vous dis-je !

La porte cria sur ses gonds, le pèlerin sortit à petits pas, se retourna une ou deux fois pour saluer l'enseigne, qui tremblait d'appréhension et d'impatience, et descendit dans le fossé où il disparut enfin.

Ah ! fit Robert en respirant longuement ; puis il regagna le rempart pour s'assurer qu'aucun obstacle ne s'opposait au départ du vieillard, et pour le suivre dans la direction des marais qu'il lui avait désignés comme le passage le plus sûr. Il le vit longer avec précaution le revers du fossé, sur la pente qui conduisait aux parties vaseuses non occupées par les assiégeans ; et à demi tranquillisé par ce premier résultat, il se remit par degrés de sa vive émotion. A mesure que ce calme opérait en lui, et que la clairvoyance et le raisonnement revenaient à son esprit, comme la limpidité et la réflection à une surface un moment agitée, une série de faits et d'images s'y groupaient les uns auprès des autres, et y composaient un ensemble dont l'aspect désormais intelligible et clair le fit frissonner.

Oui! se dit-il enfin, le regard abstrait et en portant la main à son front, je connais cette figure.... Je l'ai vue plusieurs fois..... à Villers-Cotteret... à Rome..... Je la connais!..... C'est celle d'un agent mystérieux... Jean Peuquoy a dit vrai, d'un espion!...

— Rassurez-vous, jeune homme, dit le tisserand qui arrivait en ce moment près de l'enseigne, toutes nos précautions sont prises, les portes resteront fermées, et pas un ne sortira sans autorisation.

— Mais, s'écria Florimond d'un air égaré, il est parti!

— Qui?

— Le pèlerin... C'est moi qui lui ai fait ouvrir cette poterne...

— Vous!

— Tenez, le voilà sur le haut de ce fossé, il n'est pas trop tard... Courons!...

— Vous êtes sûr que c'est un espion, n'est-ce pas? reprit Jean Peuquoy d'une voix ferme et en serrant le bras de l'enseigne.

— Sûr comme j'existe!

— C'est bon, voilà qui l'arrêtera plus tôt que le cavalier le mieux monté, continua le tisserand en arrachant une arquebuse des mains d'un des gardes du rempart. En même temps il fit tourner rapidement la roue de la batterie, coucha en joue le pèlerin et lâcha la détente. La détonnation retentit d'écho en écho, Jean Peuquoy jeta brusquement la tête de côté pour examiner, hors du nuage de fumée, l'effet de son coup : le chapeau du pèlerin venait de rouler à quelques pas, et lui-même agenouillé et courbant la tête, semblait attendre les nouvelles balles qui sans doute le menaçaient.

Cet acte d'héroïque résignation rendit à Florimond tous ses doutes, et peut-être la conviction de l'innocence du vieillard : —Non! s'écria-t-il, en relevant le bout d'une seconde arquebuse dont le capitaine des compagnons de l'arc s'était armé, ce n'est pas lui, je me suis trompé!... Ce serait un assassinat, un sacrilège, ne tirez pas! seulement qu'on coure après lui, qu'on le ramène.

Plusieurs bourgeois se détachèrent du poste et sortirent en courant par la poterne ; mais le pèlerin s'était relevé, et au lieu de continuer à longer le fossé, il tourna le dos aux murailles et marcha droit vers les travaux des assiégeans. L'enseigne et Jean Peuquoy virent bientôt quelques cavaliers se détacher des postes ennemis. Les bourgeois de la poterne reculèrent devant cette force supérieure, les cavaliers entourèrent le vieillard, l'emmenèrent au milieu d'eux et disparurent bientôt avec lui derrière un retranchement.

—Eh bien! mon jeune maître, qu'en dites-vous?

reprit le tisserand en croisant ses bras et en se plaçant en face de l'enseigne.

—Je ne sais que penser de tout ceci, répondit ce dernier en penchant la tête avec tristesse et embarras, soit qu'il se reprochât d'avoir facilité l'évasion d'un homme dangereux, soit qu'il vît avec chagrin que sa lettre n'arriverait probablement pas à sa destination.

— Et moi, je demande à Dieu que ce coquin ait été assez touché par ma balle, et il l'a été, pour rendre son âme au diable avant de pouvoir raconter à ces chiens de là-bas ce qu'il a vu ici.

— Vos craintes et une malheureuse ressemblance nous ont trompés l'un et l'autre; il est impossible que ce vieillard.....

— Vieillard comme vous et moi!... comme vous c'est-à-dire, car il n'a pas encore mes cinquante-cinq ans, et je vous jure que la barbe qu'il porte n'a jamais poussé sur son visage. Ah! reprit le tisserand en frappant violemment du pied et en montrant au jeune homme le clocher de l'église en face de laquelle ils se trouvaient, l'amiral prend bien son temps pour indiquer à Vaulpergues les passages par où il faut amener les secours qu'on nous a promis, pourvu que ce misérable enfroqué n'ait pas compris leurs gestes. Mais peut-être ne viennent-ils que d'arriver.... étaient-ils dans le clocher au moment où vous avez donné la volée à cet oiseau de malheur?

— Je ne sais..... je ne regardais point de ce côté..... cependant je me souviens qu'il s'est tourné en face de l'église pour faire sa dernière prière?...Mais quand même, aurait-il pu deviner?...

— Allez, jeune homme, vous avez eu affaire à un fin renard, plus fin que vous, excusez-le mot.

—Florimond aima mieux passer pour un niais et une dupe aux yeux de Jean Peuquoy, que de lui avouer que c'était pour une femme qu'il avait commis une pareille imprudence.

— Mais pourquoi, reprit le tisserand, ne pouvant se résigner à l'inconcevable délivrance de l'espion, pourquoi diable n'avez-vous pas attendu mon retour? Vous auriez dû au moins remarquer que mon poil commence à grisonner, tandis qu'on vous voit poindre à peine la moustache.

Cet entretien fut interrompu par les cris des femmes et des manans qui venaient demander en tumulte ce qu'on avait fait du saint homme, et s'il était vrai qu'on l'eût arquebusé; Jean Peuquoy, l'enseigne et les bourgeois présens à la scène précédente eurent beaucoup de peine à persuader à cette foule passionnée et superstitieuse qu'on n'avait tiré que sur un espion, que le saint homme avait la vie sauve, et que c'était de son libre consentement qu'il avait quitté la ville.

Peut-être ensuite l'affaire eût-elle été jugée gravement par Coligny, sans les explications de d'Andelot, à qui le jeune officier alla conter la chose comme elle s'était passée, et qui lui procura sur-le-champ un autre messager pour prévenir, s'il en était temps encore, la trahison présumée du premier; grâce à cette intervention favorable, l'évènement était oublié le lendemain, excepté pourtant du capitaine Jean Peuquoy, qui le rappela bien cruellement à l'enseigne comme on le verra dans la suite de ce récit.

LIVRE CINQUIEME.

LE CAMP.

I.

L'Abbaye d'Origny.

Dans une des plus pauvres cellules de l'abbaye royale des Bénédictines d'Origny, Jeanne de Pienne, agenouillée devant un prie-Dieu, offrait au Christ ses souffrances et la longue persécution qu'on lui faisait subir. Revêtue de l'habit de novice, car l'abbesse n'avait pas voulu que ce qu'elle appelait des parures mondaines profanât la sainteté de sa maison ; pâle, maigrie, mais toujours belle, on voyait rayonner dans tous ses traits et jusque dans sa pose l'expression la plus touchante de la résignation. De jour en jour, le calme de la vie monastique semblait l'envahir; comme un fruit long-temps secoué par un vent d'orage, et qui va tomber de l'arbre avant le temps, elle se détachait progressivement d'un monde où il y avait pour elle tant d'agitation, de violence et d'injustice; et brisée par une lutte trop prolongée, elle aspirait avec ardeur au repos, au silence, à l'oubli. Assurément, ses yeux que ternissait l'atmosphère nébuleuse de la vie monastique, se fussent fermés d'eux-mêmes aux lointaines perspectives de la vie du siècle, et l'influence du cloître eût été pour le connétable un auxiliaire suffisant; enfin, et Bonnivet l'avait bien compris, c'était cet assoupissement insensible qui, dans les solitudes glacées des Alpes, gagne d'instant en instant le voyageur, et sous lequel la pauvre Jeanne affaissée, aurait fini par renoncer volontairement à ses droits d'épouse. Mais ce fut l'impatience même et la précipitation du rude vieillard qui le firent échouer là où il n'eût fallut qu'attendre. En effet, tourmentée et tenue incessamment en éveil par les tentatives de toute espèce dont on la fatiguait, elle retrouvait assez d'énergie pour une résistance dont son frère lui avait fait un devoir.

Elle était encore en prière lorsque sa porte s'ouvrit brusquement et qu'entra une femme de haute taille, à l'air dur, aux traits fortement prononcés, et dont les insignes monastiques annonçaient une abbesse.

A cette manière bien connue de s'introduire dans sa cellule, Jeanne se leva vivement.

— Achevez votre prière, j'attendrai, lui dit l'abbesse en s'asseyant.

— Il faut du recueillement pour prier, et je n'en n'ai plus maintenant; j'achèverai quand je ne sentirai plus sur moi que l'œil de Dieu.

— Vous ferez bien de lui demander de la soumission et du respect pour vos supérieurs.

— J'ai toujours rendu à Dieu ce que je lui dois et aux homme ce qui leur appartient.

— Alors, votre obéissance m'appartient, car ici vous êtes placée sous mon autorité.

— Je me conforme à toutes les règles de votre maison, madame, vous n'avez rien de plus à exiger de moi.

— J'avais entendu parler de l'impertinence des dames de la cour, mais la vôtre, mademoiselle, répliqua l'abbesse en appuyant à dessein sur ce mot, passe tout ce qu'on peut imaginer; car enfin si vous êtes une de Pienne, je suis une Montmorency, moi; du moins par les femmes, et mon cousin le connétable m'a donné de pleins pouvoirs sur vous.

— Auquel de vos ordres ai-je résisté jusqu'aujourd'hui, madame?

— Votre corps m'obéit, c'est vrai, mais votre esprit se révolte contre moi, à toute heure.

— Ma conscience, madame, est un asile où nul n'a droit de pénétrer.

— Vous avez tort, mademoiselle, car elle est fort chargée, votre conscience, et aurait grand besoin qu'on la nettoyât.

— J'espère, madame, en la justice, en l'indulgence de Dieu.

— Il faudra qu'elle soit grande, car, depuis votre entrée dans cette maison, vous ne vous êtes point encore approchée du tribunal de la pénitence ni de la sainte table.

— Cette double privation m'afflige profondément, mais c'est vous, madame, qui me l'imposez en me refusant le confesseur que je vous demande.

— Celui de l'abbaye est indigne de vous peut-être?

— Non, madame, mais il en est un autre que ma conscience réclame.

— Cependant il faudra vous résoudre à l'accepter tôt ou tard, car il paraît que vous êtes décidée à rester éternellement ici.

— J'en sortirai, madame, quand il plaira à notre saint-père et à sa majesté.

— Sa majesté vous y laissera mourir; quant à notre saint-père, il est fort malheureux qu'il ne sache pas quelle vous êtes, car à l'heure qu'il est, notre famille et cette abbaye seraient débarrassées de vous.

— Si vous n'avez rien à me prescrire, madame, je vous demanderai la liberté de la méditation et de la prière.

— Vous êtes une impertinente, vous dis-je, et je resterai ici. Par sainte Benoîte, notre patrone, si vous avez été dame d'honneur d'une reine, moi, je suis celle d'une sainte, et tous les ans, les feudataires de l'abbaye, de hauts seigneurs, dont le moindre vaut tous les de Pienne, viennent processionnellement me rendre hommage. Sachez donc, mademoiselle, que je ne souffrirai point vos grands airs.

— Je ne comprends point vos reproches, madame, car je pratique autant que qui que ce soit l'humilité chrétienne.

— Est-ce à dire que je ne la pratique point? si vous ne sembliez pas oublier ce que je suis, je ne vous le rappellerais pas. Mais c'est perdre trop de temps; voyons, mademoiselle, expliquez-vous, à quoi êtes-vous résolue?

— A attendre la décision de sa sainteté.

— Sa sainteté ne s'occupe pas de vous, et mon cousin le connétable me fait savoir que l'affaire est désormais toute aux mains du roi, et que le roi est impatient qu'elle finisse.

Ici Jeanne regarda l'abbesse avec anxiété et crut un instant à l'abandon du pape, mais aussitôt l'adieu plein d'espoir de Bonnivet et le serment de François se retracèrent à sa pensée, et d'une voix calme mais ferme : — Si sa majesté a son droit, dit-elle, moi aussi, j'ai le mien.

— Le vôtre? on le brisera comme verre, mademoiselle.

— Vous m'appelez toujours ainsi, reprit Jeanne avec un mouvement d'impatience, vous savez bien pourtant, madame, que je suis la femme de François de Montmorency.

— Vous ne l'avez jamais été et vous ne la serez jamais! Encore une fois, mademoiselle, voulez-vous signer la renonciation que voici?

— Non, madame, répliqua froidement mais avec résolution la sœur de Bonnivet; en même temps elle repoussa du geste le parchemin que l'abbesse lui présentait.

Celle-ci se leva avec emportement : — Vous signerez, vous dis-je! s'écria-t-elle d'une voix menaçante ; écoutez-bien, mademoiselle ; je laisse cette pièce ici, la voilà sur votre prie-Dieu ; si dans une heure elle n'est pas signée, on vous jettera dans les cachots de l'abbaye, et vous n'en sortirez plus!

— Que votre main s'appesantisse sur moi, madame, celle de Dieu me relèvera peut-être.

En ce moment se précipita dans la cellule une religieuse haletante et le visage décomposé.

— Sainte mère de Dieu! s'écria-t-elle quand elle eut retrouvé la parole, voilà les ennemis!

— Que me veut encore cette folle? si vous

avez peur, allez vous enfermer dans les caves, reprit l'abbesse conservant son air irrité, mais sans se troubler aucunement de la nouvelle qu'elle venait d'apprendre.

— Ce sont les Espagnols, ma mère! la plaine en est toute couverte ; nous sommes perdues!

— Vous êtes une sotte, vous dis-je ; ne savez-vous pas que mon cousin le connétable veille sur cette maison?

— Hélas! ma mère, le connétable n'arrivera jamais à temps pour nous sauver. Ah! pourquoi ne m'avez-vous pas écoutée, lorsque je vous conseillais de nous conduire à Saint-Quentin.

— Une Montmorency ne s'enfuit pas ainsi devant l'ennemi; si l'on nous attaque, nos feudataires et nos paysans nous défendront.

— La plupart des gentilshommes du pays ont rejoint l'armée avec leurs gens d'armes, et tous les paysans se sauvent les uns après les autres!

—Encore une fois, mon cousin veille sur nous. D'ailleurs je vais voir ce que c'est. Si, comme je l'imagine, ce sont des maraudeurs et qu'ils aient l'audace de nous approcher de trop près, je leur ferai envoyer quelques balles. Allons, poltronne, venez avec moi ; et vous, mademoiselle, songez à ce que je vous ai dit.

Là dessus, l'abbesse sortit en tirant sur Jeanne de Pienne un double verrou.

Cependant la jeune femme, sous la préoccupation des nouvelles violences qu'on lui préparait, avait pu encore être agitée d'un mouvement de cette curiosité fatale qui, à l'approche d'un péril quel qu'il soit, le dispute dans notre âme à la terreur.

Aussitôt qu'elle fut seule, elle courut à la fenêtre de sa cellule, qui, située dans la partie la plus élevée de l'abbaye, dominait tous les environs.

D'abord ce qui frappa ses regards, ce furent de malheureux fugitifs qui se pressaient confusément sur les chemins : des mères portant leurs enfans sur leurs épaules et en emmenant d'autres par la main, des vieillards chargés de tout ce qu'ils avaient pu enlever, des groupes de jeunes filles entourées de jeunes garçons armés de fourches et de fléaux, ceux-ci attelés à des charrettes où leurs meubles étaient entassés, ceux-là pressant le trot de leurs chevaux de labour et avec eux leurs femmes en croupe.

Sur divers points de l'horizon s'élevaient d'épais nuages de fumée, traversés d'instant en instant de rapides lueurs ; c'étaient des villages que l'ennemi saccageait et brûlait.

Dans les profondeurs de la route principale, remuaient des masses noires et compactes que le soleil allumait par intervalle en faisant tomber un rayon à travers les nuages dont il s'enveloppait : ces masses avançaient rapidement et en jetant toujours plus d'éclat, et Jeanne put distinguer bientôt des casques, des cuirasses, des enseignes, des escadrons tout entiers qui étincelaient, et les lignes obscures et bigarrées des fantassins...

Tout à coup l'attention de la recluse fut distraite de ces objets par un grand tumulte qu'elle entendit au-dessous d'elle.

Des paysans, hommes et femmes, entraient en foule dans l'enceinte de l'abbaye; on fermait les grilles, on distribuait des armes, on accumulait cà et là des charrettes, des tonneaux, des bahuts; les fenêtres, les contrevents se repliaient à grand bruit, quelques hommes d'armes couraient dans la foule s'efforçant d'organiser la défense; l'abbesse était partout, donnant des ordres, des messagers montaient à cheval et partaient coup sur coup: le rez-de-chaussée se barricadait, les étages supérieurs se garnissaient d'hommes et de mousquets.

Enfin, la résistance s'organisait, et l'abbaye tout entière prenait l'attitude d'une forteresse.

Quand, un instant après, Jeanne reporta ses regards sur la route, un cri lui échappa: ce qu'elle aperçut, en effet, était horrible.

Surpris par l'ennemi, qui avançait au grand galop, les malheureux fugitifs, pour lui échapper, se précipitaient pêle-mêle les uns sur les autres; les mères renversées avec leurs enfans étaient foulées au pied, les chevaux lancés à toute bride écrasaient tout ce qui se rencontrait sur leur passage, les charrettes abandonnées gisaient en travers, à côté des paquets de hardes et des sacs de monnaie, et augmentaient la confusion ; les maris abandonnaient leurs femmes, les pères leurs jeunes enfans, les enfans leurs vieux pères, chacun ne songeait qu'à soi et renonçait à tout pour avoir la vie sauve ; c'était un égoïsme hideux et féroce.

Déjà l'ennemi avait atteint cette foule en désordre : les cavaliers castillans aux barbes noires et aux luisantes cuirasses, perçaient à coups de lance et d'épée les femmes, les enfans, les vieillards, et dédaignant leurs dépouilles semblaient ne leur demander que du sang ; ils poussaient leurs chevaux au plus épais des fugitifs et comme parmi des troupeaux de moutons, et frappant à droite et à gauche, d'estoc et de taille, égorgeaient tout sans relâche et un rire muet à la bouche. Les cavaliers allemands, au contraire, aux sordides souquenilles et aux longues moustaches rousses, ne s'occupaient que de piller, et laissaient les villageois s'enfuir à travers champs, pour ramasser le butin et le charger sur leurs montures, ils accouraient avec des hourras ou le blasphème à la bouche, vidaient les charrettes, dépouillaient les morts et en pendaient la défroque à leurs arçons, à côté des animaux morts ou vivans qu'ils avaient volés dans les basses-cours.

C'était à la fois une scène effroyable et dégoûtante ; Jeanne ne l'eut pas plutôt entrevue qu'elle quitta précipitamment la fenêtre, mais un invincible sentiment de curiosité et de terreur pour l'abbaye et pour elle-même l'y ramena bientôt. Jusque là simple spectatrice du drame sanglant qui s'accomplissait, elle allait peut-être dans un instant être appelée elle-même à y figurer, et quelque chose semblait lui dire que parmi tous les atroces épisodes qui se dénouaient sous ses yeux, il y en avait un qui lui était destiné et qu'elle eût à le choisir.

En ce moment, les ennemis, cavaliers et fantassins, se répandaient dans le village dont l'abbaye occupait le centre, et voyant toutes les maisons abandonnées et vides pour la plupart, poussaient des cris de fureur et se précipitaient en tumulte vers le couvent.

Un des feudataires de l'abbaye, comprenant, au nombre des assaillans, que la position ne serait pas long-temps tenable, courut aussitôt vers l'abbesse qui continuait à donner ses ordres dans les cours, il lui exposa rapidement la situation et lui proposa de capituler.

— Ces misérables sont nombreux, c'est vrai, répondit l'inflexible abbesse, mais ne savez-vous pas qu'une capitulation avec des maraudeurs, des pillards sans foi, ne peut avoir pour effet que de nous livrer plus tôt et sans défense au saccagement? recevez-les à coups de canon, monsieur d'Origny, peut-être cela les engagera-t-il à aller chercher fortune ailleurs, car qui dit maraudeurs dit lâches : d'ailleurs, mon cousin le connétable est dans les environs, nos estafettes sont parvenues dans son camp à cette heure, tenons ces coquins en arrêt jusqu'à ce qu'un secours nous arrive. Ensuite, car je vois bien qu'il faut s'y résoudre, vous nous conduirez, moi et mes filles, dans notre succursale de Saint-Quentin. Allez, monsieur, et que chacun fasse bravement son devoir : nous prenons pour cri de guerre : *Sainte Benoîte et Momtmorency!*

Ainsi congédié, le gentilhomme retourna à son poste, et quand l'ennemi se présenta aux grilles et se déroula en hurlant autour des murs, une grêle de balles parties des fenêtres et de derrière les barricades, le reçut presque à bout portant et le fit reculer en désordre.

Après quelques instans d'hésitation et de stupeur, car les assaillans n'avaient pas remarqué ces dispositions de défense, l'attaque recommença avec plus de précaution et non moins de vigueur, la vivacité même de cette défense ayant fait supposer à l'ennemi qu'un riche butin était caché dans cette maison, assez mal disposée d'ailleurs pour résister à un coup de main.

Alors ce fut un véritable siège, où des deux parts la ruse, le courage étaient également déployés, mais où l'inégalité du nombre et des armes devait assurer l'avantage au parti ennemi. Néanmoins l'élévation des murs et des grilles, le manque d'échelles, l'épaisseur des barricades pouvaient prolonger la lutte jusqu'à la venue probable d'un secours, et les assiégeans impatiens de pillage et pressés d'en finir avec l'abbaye pour aller ravager d'autres villages, donnèrent bientôt en aide à la mousquetade un prompt et terrible auxiliaire.

Tout à coup d'épais nuages de fumée s'élevèrent des chaumes éparpillés autour du couvent, qui, l'instant d'après, en fut enveloppé comme d'un immense réseau. A la faveur de cette obscurité, l'escalade fut entreprise sur plusieurs points, mais les villageois, probablement conduits par un chef intelligent, semblaient se multiplier; et en quelque endroit qu'un groupe d'ennemis tentât de franchir la muraille, les balles, les flèches, les pierres le repoussaient avec perte.

Les yeux fixés sur cette lutte, dont l'issue, si un secours n'arrivait pas, devait être épouvantable, la pauvre prisonnière en suivait tous les progrès avec anxiété, lorsqu'elle vit un homme de haute taille, vêtu de la même manière que les autres paysans, mais déployant dans la chaleur du combat une noblesse et une autorité à laquelle tous semblaient obéir instinctivement. La rapidité de ses mouvemens et l'épaisseur de la fumée empêchaient Jeanne de Pienne de distinguer ses traits; mais, soit qu'elle concentrât sur cet homme valeureux toute l'espérance du combat, soit qu'il appelât de lui-même un puissant intérêt, les yeux de la jeune femme ne pouvaient le quitter et s'attachaient ardemment, à travers la mêlée, à la plume noire qui ornait son chapeau.

Armé d'une longue rapière à large coquille, ce héros inconnu courait partout où paraissait un visage d'Espagnol ou d'Allemand, et chaque coup de son épée renversait un ennemi. Aguerris, enthousiasmés par l'exemple de ce chef sorti de leurs rangs et portant leur grossier costume, les paysans s'élançaient sur ses traces avec une hardiesse, une impétuosité dont, certes, ils n'eussent point été capables d'eux-mêmes. Il n'y avait pas jusqu'aux gens d'armes et aux archers semés parmi eux en petit nombre qui ne fussent entraînés par cette belliqueuse fascination, et qui ne cédassent sans se l'expliquer à cette supériorité magnétique.

Ainsi la lutte se prolongeait, et peut-être eût-elle duré long-temps encore, si les assaillans, dont cette tenace résistance allumait de plus en plus la colère, n'eussent employé un moyen qui leur faisait risquer la prise qu'ils convoitaient, mais qui assurait la perte des assiégés.

Un grand cri de triomphe parti des lignes ennemies, et auquel un cri de désespoir répondit de l'enceinte du couvent, avertit Jeanne qu'une catastrophe venait d'éclater; elle se pencha vivement hors de la fenêtre, regarda du côté vers lequel tous les défenseurs de l'abbaye se tournaient avec stupeur, et vit, de l'aile opposée à celle où était située sa cellule, s'échapper des langues de feu qui rampaient le long des murs et gagnaient rapidement de fenêtre en fenêtre.

Au même instant, parmi tous ces visages béans et illuminés par la flamme, celui de l'homme à la plume noire frappa sa vue; elle poussa un cri, et, tendant les bras vers cette apparition inattendue :

— Mon frère! s'écria-t-elle, mon frère, secourez-moi!

Bonnivet n'entendit pas cet appel; les yeux agrandis par la terreur, il regardait l'incendie, et ses yeux allaient avec égarement des fenêtres de l'abbaye, dont la flamme faisait éclater les vitraux, aux murailles et aux grilles extérieures que les assiégeans franchissaient en foule.

Mon frère! répétait Jeanne d'une voix déchirante.

En ce moment une balle siffla à ses oreilles et fit sauter dans sa cellule un éclat de la muraille; la prisonnière recula d'un mouvement spontané; une seconde balle tomba dans la cellule et alla briser le bénitier accroché au chevet du lit. Néanmoins Jeanne courut se replacer à la fenêtre, et le corps tendu en avant, elle continua d'appeler le colonel.

Enfin Bonnivet l'aperçut; il répondit par un élan, par un cri de joie; et, traversant à grands pas la foule des paysans immobiles, il se précipita vers la porte intérieure de l'abbaye; elle était fermée et solidement barricadée; le frère de Jeanne saisit une pièce de bois laissée à terre, et s'en servant comme d'un bélier, il se mit à ébranler cette porte à coups redoublés.

Pendant ce temps-là les assiégés, pris entre le feu et l'ennemi, et privés d'un chef qui les guidât entre ce double danger, quittaient en désordre leurs barricades, et, jetant leurs armes, couraient de tous côtés pour trouver une issue; mais partout des murs élevés, partout le fer des Espagnols qui les poursuivaient. La plupart, qui l'instant d'auparavant avaient héroïquement repoussé l'attaque, se laissaient tuer maintenant sans se défendre : Bonnivet n'était plus parmi eux, et, avec lui, le lien qui les unissait, la confiance qui les faisait forts, tout avait disparu.

Secouée par le bras robuste du colonel, la porte cédait par degrés; de leur côté, les Allemands brisaient les contrevens à coups de sabre, et voyant un homme battre en brèche de si bon courage, le prenaient pour un des leurs, et s'attachant à son bélier, l'aidaient à enfoncer la porte, qui éclatait en morceaux et qui tomba enfin, en ouvrant passage à la foule des maraudeurs, pressés d'arracher tout ce qu'ils pourraient à l'incendie.

En même temps que le torrent débordait dans les corridors, Bonnivet franchissait l'escalier, gagnait la partie supérieure de l'abbaye, et courait de cellule en cellule en cherchant, en appelant sa sœur à grands cris. Mais la fumée dont tout le bâtiment était rempli l'aveuglait; puis la flamme jaillissait, tourbillonnait de toutes parts. Les religieuses qui l'apercevaient fuyaient devant lui comme devant un ennemi; il s'égarait dans un labyrinthe de couloirs; il redescendait, remontait les escaliers pleins de soudards furieux et de filles éplorées.

— Ma sœur! ma sœur! Jeanne! criait-il avec une épouvante, un désespoir toujours croissant.

Mais aucune voix ne répondait; et chaque instant lui enlevait une chance et ajoutait un danger à tous ceux que courait Jeanne.

Ici c'était le pillage, là le viol; un lansquenet chargé de butin le heurtait en passant; plus loin, une malheureuse, lancée du haut d'une rampe, tombait écrasée à ses pieds; ou bien il glissait dans le sang, et l'incendie qu'il traversait enflammait ses habits.

Et Jeanne, dans la cellule où l'abbesse l'avait enfermée, était livrée à des angoisses non moins affreuses: les vociférations des vainqueurs mêlées aux plaintes déchirantes de leurs victimes arrivaient jusqu'à elle, la fumée s'insinuait dans sa prison par les jours de la porte et les fissures de la muraille. L'infortunée s'épuisait en cris, puis tout à coup elle gardait un silence d'horreur, car elle se disait : C'est l'ennemi aussi que j'appelle! Ses faibles mains se déchiraient à la serrure et aux gonds de la porte qui demeurait inflexible, elle murmurait une fervente prière, appelait de nouveau son frère : puis enfin elle tomba avec accablement sur son lit et attendit la mort.

Cependant Bonnivet de cellule en cellule, était arrivé jusqu'à celle de sa sœur ; il ouvre, voit une religieuse étendue en travers sur un lit, court à elle : —Jeanne ! c'est moi, moi votre frère ! s'écrie-t-il, en la soulevant avec effroi ; la jeune femme ouvre faiblement les yeux, reconnaît son protecteur, et se redressant tout d'un coup avec énergie : Je suis sauvée ! dit-elle; et comme une souple liane, enlaçant étroitement le colonel, elle ne craint plus rien, elle est confiante, elle est calme.

A peine leur étreinte muette s'interrompt-elle, voilà que la tête d'un Espagnol se glisse par la porte entre-baillée. Prenant Bonnivet pour un soudard allemand : —Allons, camarade, lui dit le Castillan, dépêche-toi, que j'aie mon tour, et entrant tout-à-fait dans la cellule, il s'assied tranquillement sur un escabeau.

Le colonel se penche vers sa sœur qui se serrait contre lui avec plus de force : — Jeanne, lui dit-il à demi-voix, lâchez-moi et ne vous effrayez pas, je vais me débarrasser de ce brigand qui me prend pour un des siens.

Les bras de la jeune femme se détachent en tressaillant du corps de son frère, celui-ci se retourne, court impétueusement sur l'Espagnol, le renverse, le saisit à la gorge, et après une lutte de quelques instans, s'étant emparé du poignard que le soldat venait de tirer, le lui enfonce au défaut de la cuirasse et revient vers sa soeur que cette affreuse exécution a glacée.

Cependant quel parti va-t-il prendre? L'incendie fait des progrès rapides et vient d'atteindre la seconde aile de l'abbaye; par intervalles même, des bouffées de fumée et de flamme montent jusqu'à la fenêtre de la cellule; il n'y a donc pas de temps à perdre pour sauver sa soeur. Mais pourra-t-il, sans être arrêté et reconnu enfin par un ennemi, traverser les cours de l'abbaye, où les maraudeurs déposent leur butin et le chargent sur leur chevaux?

Ce fut pour lui un instant d'horrible incertitude.

Tout à coup le cadavre de l'Espagnol gisant sur les dalles lui suggère une idée dont il s'empare vivement : il dépouille ce malheureux de son casque, de son baudrier et de sa cuirasse, et va s'en revêtir, lorsqu'un cri de Jeanne lui fait relever la tête et apercevoir un officier espagnol qui se précipite sur lui l'épée haute. Bonnivet se relève, s'arme de la rapière du soldat tué; mais avant que son fer ait croisé celui de l'officier, d'autres

Espagnols qui traversaient le corridor, entrent dans la cellule, se jettent sur lui, le désarment, et vont le poignarder, lorsqu'un geste de l'officier les arrête.

— Non, leur dit-il, ce n'est point ainsi qu'il doit mourir. En même temps il s'approche de Jeanne de Pienne : Vous, la belle, lui dit-il, vous allez me suivre.

— Ne touchez point à cette femme! s'écrie Bonnivet en se débattant entre les mains des soldats. C'est la duchesse de Montmorency!

— Dis-tu vrai?..... Notre-Dame d'Atocha! ce serait une prise quasi royale..... Carajo! cette femme est bien belle.....

Et saisissant la malheureuse captive, il l'entraîna, malgré ses cris, hors de la cellule. — Et vous, ajouta-t-il en s'adressant aux soldats, enfermez ici ce coquin, pour qu'il y rôtisse à petit feu; ce sera une besogne d'épargnée au grand diable d'enfer.

Les soldats firent ce qui leur était ordonné, et le colonel fut enfermé vivant dans cette prison qu'emplissait déjà la fumée, et dont les dalles commençaient à chauffer sous les atteintes sourdes de l'incendie.

Les cris de Jeanne s'étaient perdus dans les profondeurs des escaliers, et les maraudeurs, prévenus par une de leurs sentinelles de l'arrivée d'un détachement français, remontaient confusément à cheval, et s'éloignaient en hâte de l'abbaye, où bientôt on n'entendit plus que les gémissemens des paysans blessés, des religieuses mourantes, les craquemens des vitraux et des poutres, et par-dessus tous ces bruits, comme un sinistre accompagnement, les murmures profonds de l'incendie qui saisissait sa proie tout entière.

Alors Bonnivet, voyant que tout était fini et qu'il ne pouvait plus rien pour Jeanne, croisa les bras sur sa poitrine, courba la tête et se résigna.

Un instant après, de nouvelles clameurs et le bruit de la mousquetade viennent à éclater; le colonel prête l'oreille, il reconnaît le cri des Français, il entend même le nom de Montmorency; une soudaine espérance le ranime : le parti ennemi ne peut-il pas être atteint, et Jeanne délivrée? Aussitôt il bondit vers la porte, l'ébranle avec tout ce qu'il rencontre sous sa main; le bruit qui augmente autour de l'abbaye double sa force; les gonds sont arrachés, la porte tombe; Bonnivet s'élance, mais de tous côtés l'incendie roule ses tourbillons, et fait reculer l'intrépide colonel quelque part qu'il tente un passage. Le voici pourtant arrivé à l'escalier, qui brûle et crève en vingt endroits. Bonnivet n'hésite point; tour à tour accroché à la rampe et franchissant les espaces vides, il parvient enfin sur le perron au milieu d'une pluie de braise ardente, saute par-dessus les cadavres amoncelés dans la cour, ramasse une épée, enfourche un cheval abandonné qui frissonnait sous un hangard, et le pousse ventre à terre dans la direction du poudreux nuage qui s'élève sur la route.

Au moment où il atteignait le détachement français, l'officier qui le commandait donnait l'ordre de battre en retraite; car un nouveau corps d'Espagnols, dix fois plus nombreux, venait d'être signalé à quelque distance. A ce nouvel échec, l'héroïque protecteur de Jeanne sentit s'affaisser les forces factices qu'un instant d'exaltation lui avait rendues, et il se laissa entraîner par son cheval sur les traces des hommes d'armes français.

II.

Philippe II.

A la nouvelle de la victoire de Saint-Laurent, Philippe II quitta précipitamment Cambrai où il s'était rendu après avoir assisté aux premiers travaux du siége de Saint-Quentin, et rejoignit son armée qui continuait à camper devant cette ville. En arrivant, il convoqua tous ses généraux et tint conseil.

C'était le 11 août, lendemain de la bataille.

Le duc de Savoie, Emmanuel Philbert, prit la parole le premier.

Ce prince, un des plus grands capitaines de son temps, justifiait bien la noble devise qu'il avait adoptée : *Spoliatis arma supersunt.* — *A ceux qu'on a dépouillés il reste des armes*; et, généralissime des armées de Philippe II, il sut se faire restituer les états que les Français avaient enlevés à sa maison.

— Sire, dit-il, mon avis est qu'il faut marcher à l'instant sur Paris. Le coup qui vient d'être porté à la France l'a jetée dans l'épouvante et la stupeur; Henri II n'a plus d'armée, toute sa noblesse est morte ou prisonnière; magistrats, prêtres, bourgeois, la fleur des populations émigre de toutes les villes du nord et fuit vers les extrémités du royaume. Nous avons soixante mille hommes, dont notre beau triomphe a doublé la confiance et les forces, et la panique qui s'est emparée des Français vient d'en faire autant de femmes. Sire, marchons sur Paris, nous le prendrons sans coup férir.

A cette vive apostrophe, Philippe II pencha la tête sur sa main; puis, s'adressant aux généraux anglais, sans qu'on pût découvrir sa pensée dans son œil fauve :

— Et vous, mylords, leur demanda-t-il, quel conseil nous donnez-vous?

Lord Clinton prit la parole :

— Sire, je pense comme le duc de Savoie, qu'il faut marcher, et sans tarder, sur la capitale.

Avant dix jours, si vous le voulez, vous dicterez vos conditions au roi de France. La reine Marie, votre auguste épouse, a beaucoup à lui réclamer pour sa part. J'ai dit, et j'engage ces messieurs à être aussi brefs que moi, car ici ce ne sont pas de longs discours qu'il faut, mais des actions promptes.

— A Paris! sire, à Paris! ajouta lord Gerey, c'est le cas, ou jamais, d'abaisser cette France orgueilleuse et de venger la gloire de votre père, de la journée de Renty et de la levée du siège de Metz.

— Et moi aussi, dit à son tour lord Pembrok, je vous conseillerai, sire, de compléter la journée de Saint-Laurent par la prise de Paris. Je vous avouerai d'ailleurs qu'il faut vous hâter d'employer nos soldats, car ils ne sont venus qu'à regret sur le continent, et si vous les laissez s'ennuyer dans l'inaction, vous n'en ferez plus rien de bon, je vous le garantis. Donc, amusez-les avec des victoires; et à Paris, sire, à Paris!

— Lord Pembrok a dit vrai, répliqua lord Clinton, et j'ajouterai que nos soldats se querellant sans cesse avec ceux de votre majesté, et ne pouvant s'accorder avec eux que sur le champ de bataille, il est urgent de les pousser en avant pour éviter quelque accident plus fâcheux.

— Et vous, messeigneurs? reprit Philippe II en se tournant vers les capitaines belges et allemands.

— Oui, sire, partons sur-le-champ pour Paris, répondit le comte de Hoogstraten, les vivres et les fourrages commencent à manquer par ici, et mes Wallons qui ont un arriéré de solde de trois mois, me demandent tous les jours si le galion qu'attend votre majesté est arrivé des Grandes-Indes. A Paris, sire, il y a de l'argent, des bestiaux et du foin, et le voyage ne vous coûtera rien, car plus nous avancerons, plus nous trouverons à nous héberger.

— Je vous dirai comme tout le monde, sire, allons à Paris, dit ensuite le comte d'Egmont, quittons vite ces marais qui font plus de mal à mes Flamands que le canon de M. de Coligny.

Le comte Henri de Brunswick ajouta :

— Et moi, sire, je vous avouerai que mes Allemands, en dépit de tous mes efforts, désertent par bandes avec leurs prisonniers dont ils espèrent tirer de grosses rançons ; d'autant qu'ici tous les villages sont pillés et brûlés, les blés et avoines mangés jusqu'à la racine, et qu'au lieu de quartiers de bœufs et de moutons on a plus que du cheval à faire rôtir.

Hervet de Brunswick, frère du précédent, le duc d'Arscot, les comtes de Horn, de Hauss, de Maignes, de Berlemont, de Mansfeld et de Lalaing opinèrent dans le même sens.

Quand tous les étrangers eurent parlé, ce fut le tour des officiers espagnols.

Carondelay commenca :

— Dans ce qui a été dit à votre majesté par ces messieurs, j'ai remarqué surtout une bonne parole : Oui, que saint Laurent et Paris fassent oublier Renty et Metz. Qu'une seconde victoire de Pavie mette le roi de France entre nos mains, et que le fils vienne habiter à Madrid la prison qu'y a occupée le père. L'épée de François Ier attend celle de Henri II ; le trophée alors sera complet ; et vive Sant-Iago !

— Sire, dit ensuite Romeron, ce que vous allez faire tranchera une grande question long-temps débattue entre votre illustre père et celui du roi de France ; car, c'est à François Ier surtout que Charles-Quint doit de s'être usé contre cette grande idée de la monarchie universelle, et François Ier, il faut l'avouer, était un géant de la taille de Charles-Quint. Mais auprès de vous, sire, Henri II n'est qu'un nain ; il organise des carrousels et se pavane en riche costume sur sa grande jument, tandis que vous méditez les destinées de l'empire et du monde ; et quand vous étreignez l'Europe et les Grandes-Indes dans vos bras d'airain, lui s'escrime bravement contre le mannequin de la course à la quintane. Finissez-en d'un coup avec un tel rival, sire, et faites de Paris la succursale de Madrid !

— Après les intérêts de votre majesté, acheva Philbert, qu'il me soit permis de parler des miens.

La maison de Savoie vous a toujours été une fidèle alliée, voici l'instant de lui rendre les provinces dont l'a dépouillée la France. Ce sera faire deux fois justice : justice pour vous, sire, et justice pour moi. Pour vous, qui devez faire peser les maux de la guerre sur celui qui l'a entreprise au mépris du droit des gens; pour moi, qui ai su le punir de sa déloyauté. Encore une fois, sire, à Paris! et défaites-vous d'un importun rival qui, tant qu'il sera debout, ne vous laissera exécuter en paix aucun des vastes plans que mûrit votre haute sagesse. A Paris! puis vous terminerez les différends qui se sont élevés entre vous et sa sainteté; vous continuerez avec le mauvais génie de l'Allemagne, ce démon hérétique qui souffle la révolte sur le monde, vous continuerez, sire, cette grande lutte que Charles-Quint affaibli vous a léguée; puis enfin vous vous reposerez, et la terre avec vous.

Toutes les opinions étant exposées, le Louis XI du seizième siècle médita encore quelques instans en silence, et d'une voix sans émotion, mais inflexible, il dit :

—Nous irons à Paris, messieurs, s'il plaît à Dieu. Prenons d'abord Saint-Quentin, Ham, Noyon, Compiègne et Senlis. L'avenir est à nous, mais ne fauchons pas la moisson avant qu'elle soit mûre. J'ai médité sur la vie de mon père et sur celle de François Ier, et j'ai compris que toutes leurs fautes sont venues de cette impatience aventureuse qui a fait perdre à l'un la bataille de Pavie, et à l'autre la moitié de l'Allemagne. La sagesse des nations doit être quelquefois celle des rois, et si les anciens ont dit que la fortune sourit aux audacieux, les modernes nous ont appris qu'à trop embrasser on étreint mal, et que tout vient à point à qui sait attendre. C'est une règle que je suivrai, messieurs, si vous le voulez bien.

Monsieur le duc de Savoie, vous allez pousser vigoureusement le siège de Saint-Quentin, et après le gouvernement de Hongrie dont je vous ai fait cadeau, je reconnaîtrai mieux encore vos bons et loyaux services.

Vous, monsieur d'Egmont, vous allez prendre quatre mille hommes et marcher sur Ham.

Vous, monsieur de Brunswick, quatre autres mille hommes et investir Noyon.

Lord Clinton, vous irez sur Chauny avec deux mille Anglais.

Vous, monsieur de Hoogstraten, sur le Catelet avec deux mille pistoliers.

Il ne faut pas huit jours, j'espère, pour emporter toutes ces villes; vous y lèverez des contributions forcées; nous paierons nos soldats et leur donnerons des vivres; et alors, je vous le répète, nous irons sur Paris. Au revoir, messieurs.

Comme Philippe II se levait pour sortir :

— Sire, lui dit le duc de Savoie, il y a là un

homme, un pèlerin, qu'on a arrêté dans les fossés de la ville et qui demande à vous être présenté; il prétend que pour que vous l'admettiez, il suffira de vous rappeler qu'il est placé sous la protection de Notre-Dame del Pilar.

— Je sais, répondit le roi; venez avec moi, monsieur le duc, et peut-être cet homme vous donnera-t-il les moyens d'emporter Saint-Quentin en peu de jours.

Quand le pèlerin se vit en présence des deux princes, il se débarrassa de sa grande barbe blanche, et le vieillard redevint un homme de trente ans.

— Eh bien! maître Martin, lui demanda Philippe, nous apportes-tu les clefs de Saint-Quentin?

— Pas tout-à-fait, sire; mais j'ai laissé dans la ville une bombe qui, à l'heure qu'il est, éclate sans doute et fait rage: je viens d'apprendre à ces bonnes gens que leur gouverneur, M. de Coligny, et son frère, d'Andelot, sont deux luthériens fieffés, qui attireront sur la ville la colère du ciel et la vôtre, sire; alors, mes pauvres citadins ont poussé des cris d'horreur, et je gage que vous et monseigneur de Savoie, leur faites moins peur en ce moment que l'amiral. Bref, feu Jérémie ne prêcha pas mieux jadis que je ne viens de le faire tantôt, et les habitans de Jérusalem n'étaient pas, après l'avoir entendu, plus hors d'état de se défendre que ne le sont maintenant les pauvres Saint-Quentinois. En ma qualité de pèlerin, j'apporte aussi à votre majesté des amulettes qui font tomber les murailles presque aussi bien que les trompettes de Josué devant Jéricho; à savoir, des instructions passablement détaillées sur les fortifications de ladite ville, les points sur lesquels l'artillerie doit donner de préférence, ceux qu'il faut choisir pour l'assaut, etc. Quand votre majesté, ou monseigneur le duc, aura le temps de m'accompagner autour de la place, je lui mettrai le doigt précisément sur les endroits sensibles de la pauvre blessée, qui ne demande plus que le coup de grâce.

— C'est bien, l'ami, tu vas suivre monsieur le duc; mais une autre fois, s'il te plaît, tâche de parler un peu plus révérencieusement des choses saintes; je veux que tous les gens que j'emploie soient pieux et dévots, entends-tu?

— Que voulez-vous, sire, mon franc-parler, c'est ma vie; et puis, s'il m'échappe quelque propos mal sonnant, j'imagine que vous n'en direz rien à votre grand inquisiteur.

— Tu m'es utile, c'est vrai; mais Dieu a dit : Si l'un de vos yeux est malade, arrachez-le. Ainsi, prends garde.

— Je n'ai pas peur, sire, car mes deux yeux sont bons, et ils voient aussi clair l'un que l'autre pour le service de votre majesté.

— Ce drôle, reprit Philippe II en cachant un demi-sourire, a toujours quelque chose à répondre ; mais ne t'y fie pas, te dis-je, ajouta-t-il sévèrement.

— Au moins, sire, quand vous serez en colère, vous me préviendrez quelques minutes à l'avance, ne fût-ce qu'à charge de revanche ; car votre majesté se souvient que je l'ai avertie des préparatifs de guerre du roi de France, lorsqu'elle se reposait avec une pleine confiance sur la trève de Vauxelles.

— C'est bon, c'est bon, j'aurai de la mémoire, et je saurai peser tes services et tes fautes.

— J'aurai soin de tenir les plateaux de la balance toujours en équilibre. Sire, avant de m'éloigner j'ai à vous demander une permission.

— Laquelle ?

— Je voudrais voir le connétable de Montmorency.

— Et pourquoi faire ?

— Oh ! peu de chose, c'est une affaire entre nous.

— J'espère que tu ne te joues pas de moi, coquin, et que tu ne manges pas à deux rateliers ?

— Vous conviendrez, sire, que si je songeais à servir les Français en ce moment, je m'y prendrais un peu tard. Fiez-vous donc à moi, sire, et ne faites pas comme le jaloux qui accuse sa femme, précisément pour lui donner l'envie de le tromper.

— Mais encore ai-je besoin de savoir ce que tu vas faire près du connétable?

— Peu de chose, vous dis-je, une petite négociation conjugale qu'il me plaît de mener à bien. Et puis, si je ne suis pas l'ami de vos ennemis, à quoi pourrai-je vous être bon? Enfin, et cette raison en vaut bien une autre, j'aime à faire mon métier d'espion comme vous faites votre métier de roi, c'est-à-dire, sans lisières ni entraves, à l'ombre et par les chemins de traverse, et glorieusement, si c'est possible.

— Monsieur le duc, vous ferez conduire maître Martin chez le connétable, après l'inspection des murailles.

— A propos, sire, répondit Philbert, que pensez-vous relativement à la demande qu'est venue vous faire ce matin le duc François de Montmorency?

— Je consens à ce qu'on accepte la rançon offerte; outre que nous avons besoin d'argent, il ne sera pas mal de renvoyer aux Français ce vieux fauconneau qui crache la moitié de sa charge par la lumière.

— Et qui tue ceux qui s'en servent. Votre majesté a raison, le connétable ne nous fera jamais autant de mal avec son épée, qu'il ne nous fera de bien en retournant conseiller Henri II; qu'il parte et nous donne bientôt une répétition de la comédie de Saint-Laurent.

— Certainement, sire, ajouta maître Martin, le connétable est le meilleur de vos alliés; attachez-le au pourpoint du roi de France, comme ces tisons enflammés que messire Samson, le grand destructeur des Philistins, attacha à la queue des trois cents renards, et vous verrez combien il arrivera de belles choses. D'ailleurs cela sert mes petits projets particuliers; me permettrez-vous, sire, d'annoncer au connétable sa délivrance prochaine?

— Comme tu voudras. Monsieur le duc, ne perdez pas de temps.

— Je crains, sire, que nous n'en perdions beaucoup devant Saint-Quentin.

— Cela dépendra de vous; allez.

III.

Les Prisonniers.

Dans une tente voisine, il y avait une réunion non moins nombreuse de personnages, non moins illustres; c'étaient les princes du sang, la fleur de la noblesse française, nos meilleurs capitaines, la plupart blessés et tous prisonniers du duc de Savoie.

D'abord le connétable Anne de Montmorency, blessé à la hanche, et le seigneur de Montberon, l'un de ses fils; puis Ludovico de Gonzague, le duc de Longueville, le duc de Montpensier, blessé à la tête, le maréchal de Saint-André, le comte de Villars, le maréchal de Biron, le comte de Larochefoucaud, de Vassé, gouverneur de Guise, Biron de Saint-Héran, enseigne du maréchal de Saint-André, le baron de Curton, le rhingrave, et nombre d'autres, diversement répartis dans le camp.

En ce moment ils entouraient François de Montmorency, qui venait d'arriver au camp pour traiter de la rançon de son père. Remplis de consternation et d'anxiété, ils l'interrogeaient sur l'immense désastre qui venait de mettre le royaume à deux doigts de sa perte, et chaque épisode qu'ils apprenaient les accablait à la fois comme enfans de la France et comme parens des victimes.

Aux princes du sang qui lui demandaient des nouvelles de Jean de Bourbon, duc d'Enghien, il répondait que ce malheureux prince était mort le lendemain de la bataille; mort, c'était aussi sa réponse à toutes les questions que les maréchaux, les grands seigneurs, lui adressaient sur leurs amis absens. En effet, ceux qui n'avaient pas été pris, avaient été tués; et tous les défenseurs de la France, miliciens et gentilshommes, étaient captifs dans le camp de Philbert ou couchés dans les plaines de Gibercourt, d'Essigny-le-Grand et de Lizerolles.

— Enfin de toute l'armée que reste-t-il? reprit le connétable d'une voix morne.

— Nous n'étions pas cinq cents hommes, quand le duc de Nevers, le prince de Condé et moi, nous eutrâmes dans La Fère.

— Et le roi?

— Le roi est abattu, et sans le cardinal de Lorraine...

— Ah! interrompit le connétable avec amertume, le roi en est réduit à s'appuyer sur le courage de M. de Lorraine.

— Le roi ne savait que résoudre; le cardinal l'a relevé, il l'a fait partir pour Paris; et si à cette heure la défense s'organise dans le royaume, c'est par ses soins, il faut lui rendre cette justice, mon père.

— Et si les Espagnols prennent le chemin de Paris, sera-ce lui qui viendra les arrêter, un cierge à la main et barrette en tête?

— Si Philippe II lève le siège de Saint-Quentin et marche sur la capitale, la France est perdue, mon père.

En entendant ces mots, tous gardèrent un silence glacé.

— Quinze jours, mon père, reprit François; si nous gagnons quinze jours la France est sauvée!

— Entendez-vous, messieurs? s'écria Saint-André avec un indicible mouvement de joie.

C'était le bruit d'une tonnante décharge d'artillerie; et le canon ne s'était pas encore fait entendre depuis la veille.

— Le siège se continue! reprit Saint-André. Oh! braves Saint-Quentinois, tenez seulement huit jours!

— Cela est impossible, monsieur le maréchal, dit de Vassé, gouverneur de Guise, je connais la place; ses fortifications sont dans un si pitoyable état, que sans un miracle.....

— Espérons en M. de Coligny, dit le duc de Montpensier; ce que d'autres avaient jugé impossible, il l'a fait, et plus d'une fois.

— M. de Coligny, ajouta le duc de Longueville, défendra la ville tant qu'il pourra; mais ne lui demandez point de miracle, car il est brouillé avec Dieu et les saints.

— Qu'entendez-vous par là, monseigneur? reprit le connétable.

— J'entends que monsieur le grand amiral et le colonel son frère, sont de la religion nouvelle, et qu'ils ne s'en cachent point.

— Vous en avez menti! s'écria Montmorency furieux.

— Monsieur le connétable, quand vous serez guéri de votre blessure et que la guerre sera finie, je vous demanderai raison de cette parole.

— Vous êtes trop chatouilleux, monsieur de Longueville; il faut garder cette bouillante valeur pour la première rencontre avec l'ennemi.

—Oui, monsieur de Montmorency, mais avec l'espoir que vous n'y commanderez pas.

— C'est à vous, peut-être, qu'il faudrait confier l'épée de connétable?

— Il ne serait pas difficile de s'en servir comme vous venez de le faire.

— Monsieur de Longueville! s'écria le connétable en faisant le geste de porter la main à son épée qu'il n'avait plus.

On se jeta vivement entre les deux généraux.

— Laissez-moi, messieurs, reprenait le prince, je veux lui dire toutes ses vérités; c'est lui, c'est son aveugle entêtement qui a causé la destruction de l'armée, et qui peut-être entraînera celle du pays; et après avoir mené nos parens, nos amis, toute la noblesse à la boucherie, il ose encore nous insulter! et qu'a-t-il répondu à M. de Condé, qui lui donnait un prudent conseil? que le prince tetait sa nourrice quand lui déjà commandait des armées..... Eh! que font les cheveux blancs quand il n'y a dessous pas plus de cervelle ni d'expérience que dans la tête d'un enfant!

Pendant ces débats, le duc François avait baissé tristement la tête; aux dernières paroles du duc d'Orléans-Dunois, il s'avança vers ce prince: —Monsieur de Longueville, lui dit-il toujours avec le même accent de tristesse, si vous ne trouvez pas mon épée indigne de se croiser avec la vôtre, c'est moi qui relèverai le défi que vous venez de jeter à mon père?

— La cause du connétable est mauvaise, monsieur le duc, répondit le prince avec courtoisie, mais vous la rendez bonne en vous en chargeant; j'accepte.

— Je vous dis, moi, s'écriait le tenace vieillard en repoussant les seigneurs qui s'efforçaient de le calmer, que si nous avons été taillés en pièces, c'est par votre faute, c'est par la faute de ce tas de valets et de goujats dont vous et les gentilshommes efféminés de votre espèce embarrassez l'armée. N'avais-je pas réussi à jouer aux Espagnols le tour de vieille guerre que je leur préparais? Mon neveu d'Andelot n'était-il pas entré dans la ville, et une grosse troupe avec lui, à la faveur de la fausse attaque que j'avais dirigée sur le quartier du duc de Savoie? le désordre n'était-il pas dans le camp ennemi, et n'opérions-nous pas tranquillement notre retraite, lorsque vos cuisiniers, vivandiers, marchands et autres goujats se sont mis à fuir en jetant le désordre dans nos rangs?

— Votre tour de vieille guerre était un tour de vieille femme aveugle : avant de donner l'alarme aux assiégeans, ne deviez-vous pas profiter de la disposition des lieux et de l'avantage de ces marais et de cette rivière qui nous séparaient de l'armée ennemie? Au contraire, vous arrivez à grand bruit sur la rive gauche de la Somme, vous jetez votre poudre aux pavillons de Philbert, en vous amusant à le regarder s'enfuir : belle victoire d'un quart d'heure et que vous avez payée cher ! Puis, nous avons beau vous répéter qu'à une demi-lieue de là se trouve une chaussée qui traverse les marais, et qu'il faut occuper sans retard : vous nous imposez brutalement silence ; une demi-heure après, commençant à comprendre, vous vous décidez à envoyer à ce passage M. de Nevers avec deux ou trois compagnies ; on revient vous dire, ce qui ne pouvait manquer, qu'il est trop tard, que la cavalerie ennemie débouche au galop de la chaussée, s'étend dans la plaine et nous enveloppe ; alors enfin vous trouvez qu'il est temps de partir, et les soixante mille hommes du duc de Savoie écrasent nos dix-huit mille.

— M. de Longueville a raison, ajouta Ludovico de Gonzague ; c'est vous, monsieur de Montmorency, qui nous avez perdus ; et qu'a produit ce tour de vieille guerre qui nous coûte une armée ? M. d'Andelot est entré dans Saint-Quentin avec quatre cent cinquante hommes à peine. Aviez-vous eu soin seulement de vous pourvoir de bateaux ? on en trouve trois ou quatre qui crèvent et s'enfoncent sous le poids ; nos malheureux soldats se jettent avec courage dans le marais ; les uns se noient, les autres sont arquebusés, et si le reste est arrivé dans la ville, c'est que Dieu l'a bien voulu.

— Par la mort-Dieu ! vous êtes des menteurs !

Le mal vient de vous et de vos gens! la gendarmerie ennemie marchait à côté de la nôtre, n'osant point nous attaquer; et c'est toute la racaille suivant l'armée, qui, en mettant le désarroi parmi nous, a donné le signal de la charge et de la déroute.

— Nous étions enveloppés de toutes parts, monsieur le connétable, et nous ne pouvions échapper, dit à son tour le comte de Villars: d'un côté la cavalerie accourant par la chaussée; de l'autre, l'infanterie brûlant des chaumes et poussant devant elle des tourbillons de fumée. Encore une fois la retraite était impossible; vos mesures étaient mal prises, et nos avertissemens n'ont fait que vous affermir dans vos malheureuses résolutions.

— Assez! messieurs! interrompt le comte de Larochefoucauld, de grâce, ne soyez pas plus impitoyables envers notre vieux général que nos ennemis; renvoyons aux barbares des temps anciens cette loi impie par laquelle ils disaient: Malheur aux vaincus!

— Mais, monsieur le comte, répliqua le duc de Longueville, nous ne lui reprochons ainsi ses fautes que parce qu'il veut faire peser sur nous la responsabilité de sa défaite.

— C'est dans le malheur surtout qu'il faut être unis, messieurs. D'ailleurs il y a en ce moment quelque chose qui nous importe plus que nous-mêmes, c'est le salut de la France. Voyons, monsieur François de Montmorency, après nous avoir appris tout ce que le pays doit craindre, dites-nous tout ce qu'il peut espérer.

— De grand cœur, monsieur le comte. A l'heure qu'il est, M. le duc de Nevers s'occupe de rallier à Laon tous les débris de l'armée et de les répartir dans les villes qui entourent Saint-Quentin; la reine Catherine vient d'obtenir des bourgeois de Paris un don gratuit de trois cent mille francs; les principales cités du royaume suivront sans doute cet exemple; le roi a expédié un de ses gentilshommes vers la Suisse notre alliée, pour y lever le plus d'hommes qu'il pourra; en même temps il appelle aux armes tous seigneurs, bourgeois et vilains, et envoie courriers sur courriers au duc de Guise pour le faire revenir d'Italie avec toutes ses troupes.

— Les Guise, toujours les Guise! murmura le connétable avec colère.

— Vous le voyez, messieurs, reprit le jeune duc, on ne perd pas de temps, et pour peu que Saint-Quentin tienne Philbert en échec, nous pouvons rétablir la partie.

— Nous la rétablirons, monsieur le duc, répliqua Saint-André, écoutez comme la garnison riposte... Connétable, messieurs vos neveux sont à un poste que je leur envie! consolez-vous, mon compère, Saint-Quentin vous vengera de Saint-Laurent.

— Merci, monsieur le maréchal, répondit le vieillard avec émotion, c'est du baume que vous coulez dans ma blessure, et ces messieurs y mettaient du fiel.

— Monsieur connétable, fit duc de Longueville en riant, une médecine, pour être amère, n'en est pas moins efficace. Allons, ajouta-t-il en tendant la main au vieux Montmorency, oublions nos paroles de tantôt, dans peu, j'espère, vous prendrez votre revanche sur l'ennemi, et je serai un de vos tenans.

Le vieux duc mit sa main dans celle du prince en grommelant quelque juron catholique, et on ne songea plus qu'à écouter le bruit de la canonnade comme un interprète de la marche du siège.

Quelques instans après, un soldat espagnol vint dire au connétable qu'un homme, désirant lui parler secrètement, l'attendait dans une autre partie de la tente. Le vieux duc, qui, malgré sa blessure et l'ordre des médecins, n'avait pu se résoudre à se mettre au lit, sortit avec le soldat, et se trouva bientôt en présence de maître Martin.

— Le roi et Montmorency, monseigneur, lui dit l'espion de sa voix naturelle.

— Encore toi, corps du Christ! s'écria le connétable, qui s'avança vers maître Martin pour le saisir. Holà! ajouta-t-il en oubliant qu'il n'y avait là personne pour exécuter ses ordres, qu'on arrête ce coquin et qu'on le mette à la question!

— Clamez-vous, monseigneur, reprit l'espion

en s'apitoyant de façon comique, calmez-vous... Hélas! j'avais entendu dire que vous n'étiez blessé que légèrement, et voici que vous avez le délire.....

— Comment! bélître, tu oses te jouer de moi?

— Et moi qui étais venu pour vous raconter mon voyage de Rome, et le pied de nez que je prépare au pape.....

— Que veux-tu dire? les dispenses seraient-elles enfin accordées?

— Votre fièvre est donc bien forte, monseigneur?

— Coquin! espion! traître! ah!! je m'en doutais que tu étais d'accord avec nos ennemis!

— Au revoir, monseigneur, je vais faire une neuvaine pour votre guérison.

— Si tu continues sur ce ton, je t'assomme! Voyons, n'est-il pas vrai que tu es un espion de l'Espagne? Sans cela, comment serais-tu ici?

— Si vous pouviez me comprendre, monseigneur, je vous raconterais bien des choses; je vous montrerais d'abord cette lettre que le pape écrivait à mademoiselle de Pienne pour l'encourager à maintenir son refus.....

— Une lettre du pape... Oui, voilà bien le sceau du saint-siège... Eh bien, voyons, sais-tu lire, toi?

— Un peu, monseigneur, et quand je ne suis pas trop pressé.

— Lis-moi donc ceci.

Maître Martin s'acquitta fort couramment de cette besogne; dix fois, pendant la lecture de l'épître, le connétable frappa violemment du pied.

— Je vous dirais encore, si vous aviez votre raison, monseigneur, qu'avec ceci, qui n'est pas arrivé à son adresse, je me suis muni d'une pièce bien autrement importante, et qui va river le clou comme il faut au saint-père, au Bonnivet, au Florimond et à la susdite demoiselle; mais comme vous avez le transport et que vous pourriez déchirer ce précieux parchemin.....

—Montre-le moi, malheureux, ou je t'étrangle!

—Vous seriez bien avancé. Pour vous le montrer, monseigneur, j'attendrai que vous soyez calme.

— Tu me poignardes, fils de Satan, tu me rendras fou.....

— Fort bien; maintenant que vous voilà tranquille, regardez..... mais vous ne savez pas lire, je crois?..... Allons, un peu de patience, je vais vous dire ce que c'est. Vous saurez donc qu'à force de me démener, je suis parvenu à me faire livrer par un benoît cardinal romain le double d'une dispense antérieurement donnée par sa sainteté Paul IV pour un cas absolument semblable au vôtre. Voici donc ladite sainteté fouettée par ses propres verges, et je la défie maintenant de vous tenir plus long-temps, vous et votre fils, sur la porte de madame de Castro. La voilà qui s'ouvre toute grande, entrez, entrez, messieurs, ne perdez pas de temps; puis, si vous êtes contens, n'oubliez pas le portier.

— Serait-il possible ? quoi ! tu m'aurais rendu ce service, toi ?

— Hésiteriez-vous à accepter un cadeau, à cause de la main qui le donne ?

— Je prendrais celui-ci de la main du diable ! Mais, par la messe ! comment donc as-tu fait, et par quel hasard un manant réussit-il là où un connétable échoue ?

— C'est que, monseigneur, le manant a l'œil sur toutes les chaussées par où l'ennemi peut le surprendre, tandis que le connétable.....

— Tu profites pour m'insulter, du besoin que j'ai de toi ; mais prends garde.....

— Oui, monseigneur, je sais qu'il faut se soustraire à la reconnaissance des grands ; quant à vous insulter, je révère trop pour cela le nom de Montmorency et l'épée de connétable ; je vous conseille seulement de vous méfier des chaussées, elles vous joueront un mauvais tour ; non pas seulement celles par où peuvent défiler vingt chevaux de front, mais de celles par où un cardinal et un duc peuvent déboucher pour se placer entre un trône et vous.

— Par la mort-Dieu ! ne sais-je pas aussi bien que toi que c'est ce que les Guise font en ce moment !

— Pourquoi diable aussi venir vous fourrer dans les griffes de Philbert, au moment où vos coups de bouttoir seraient si utiles là-bas ?

— J'enrage !..... maudit moucheron, ne viens-tu donc ici que pour m'aiguillonner ?

— Voici qui me rappelle un apologue...... Alors, si je suis le moucheron, vous êtes, vous, monseigneur, le roi des animaux; seulement le lion de l'apologue n'était pas, comme vous, pris au filet... A propos de filet, je me souviens d'un autre apologue..... Figurez-vous, monseigneur, qu'il y avait une fois un lion.....

— Ah çà! faquin, crois-tu que je t'ai donné audience pour écouter des sornettes!

— Un peu de patience, monseigneur; vous savez que si je ne promets guère, moi, je tiens toujours beaucoup. Donc il y avait une fois un lion qui fut pris au filet: c'est vous, monseigneur; un rat sort de son trou: c'est votre serviteur. — Si vous voulez me promettre de ne pas me dévorer, sire lion, je rongerai les mailles du filet, et vous vous échapperez.....

— Quoi! aurais-tu encore quelque bonne nouvelle à m'apprendre?

— Laissez-moi donc finir mon apologue. — Tout ce que tu voudras! répondit le lion, vite à l'œuvre! Le rat fit si bien de ses dents, que le lion s'échappa; et moi, monseigneur, je vous annonce que dès aujourd'hui vous êtes libre.

— Oh! tu es deux fois mon sauveur; comment reconnaître?.....

— Je ne vous demande qu'une chose, monseigneur, c'est de ne jamais me faire mettre à la question.

— Oublie mes menaces et ne te souviens que de mes promesses ; je jure.....

— Votre parole me suffit, monseigneur ; j'ai confiance en vous, faites de même pour moi. Comment je me suis glissé à Villers-Cotterets, au Vatican, et sous ces pavillons, c'est ce qui vous importe peu ; à quoi bon savoir comment le grain germe dans le sillon, quand on récolte l'épi ? Qu'il vous suffise donc de savoir que la dispense en question a mis le feu aux quatre coins du sacré collège ; qu'avec cette copie, que je vous laisse, l'original vous sera bientôt expédié ; que la journée de Saint-Laurent a mis MM. de Guise tout au haut de la bascule royale, et vous, tout au bas ; que le mariage de votre fils avec madame de Castro branle dans le manche ; que le seul moyen de rattraper les Guise, qui à cette heure font du chemin, je vous le promets, c'est d'enfourche vite et bien la grande jument du roi..... Mais, diable ! vous êtes éclopé.... c'est égal, trottez, galopez, allez ventre à terre ; puis, si vous arrivez, ce que j'espère, souvenez-vous de moi, et ne me refusez pas la récompense que j'irai vous demander.

— Merci ! merci ! Tout ce que tu voudras, tu l'auras !

— J'oubliais : mademoiselle de Pienne est ici ; on la dit aux mains d'un certain capitaine don Alvar, véritable écornifleur de vertu, qui tient plus aux jolies filles qu'aux écus d'or, et qui peut-être en ce moment achève à coups de poignard son pauvre contrat de mariage. Tâchez de la voir avant de partir. Notre dispense que vous lui montrez, donne le coup de grâce à cette biche aux abois, à cette âme en détresse; elle signe. Vous retournez à Paris, muni des deux papiers importans; vous faites le grand écart sur l'épaule des deux Dianes, et cette galante échelle vous remet au pinacle de la faveur. A présent j'ai un dernier mot à vous dire confidentiellement, et si celui-là, répété au roi, ne rétablit pas l'équilibre de la bascule, je veux que le diable..... me ramène chez ma femme, car tout avisé que je vous semble, monseigneur, je suis marié..... Donc, reprit maître Martin en se penchant vers l'oreille du connétable, vous direz à Henri II que l'ennemi ne marchera point sur la capitale avant d'avoir emporté Saint-Quentin, qui peut tenir encore quinze jours, et toutes les autres villes du voisinage, et aussi Compiègne et Senlis.

— Serait-il vrai? Ah! corps du Christ! il faut que je t'embrasse!

Maître Martin se précipita en héros de théâtre sur le sein du connétable; puis, courbant un genou: — Me voilà chevalier! s'écria-t-il; oh! monseigneur, vous ne pouvez pas vous en dédire, l'accolade d'un connétable donne les éperons; dussé-je les mettre à mes sabots, je les porterai!

Le vieillard, interdit, regarda l'espion sans trop

savoir s'il devait rire ou se fâcher de cette pasquinade.

Celui-ci se releva lestement, fit un rigodon; puis, reprenant la gravité du pèlerin, il s'éloigna, les bras relevés en croix sur sa poitrine.

IV.

Les droits d'un Père.

Ces dernières folies portèrent au comble la stupéfaction du connétable ; d'abord il se demanda si cet homme étrange ne se moquait pas de lui, et s'il fallait croire une seule des choses qu'il venait d'en apprendre ; puis le souvenir des services réels qu'il en avait déjà reçus lui rendit quelque espoir ; le papier qui lui avait été laissé était aussi un témoignage de véracité ; il le retournait en tous sens comme pour s'assurer que c'était bien une dispense ; et au bout d'un quart d'heure ne se trouvant pas plus avancé et commençant à comprendre que s'il était noble de ne pas savoir lire, c'était du moins fort désagréable, il appela son fils, pour s'en aider à sortir de cette insupportable hésitation.

— En effet, répondit le jeune duc quand il eut pris connaissance du papier, ceci est le double d'une dispense ; eh bien, mon père ?...

Comment! tu ne comprends pas que cette pièce est le premier feuillet de ton contrat de mariage avec madame de Castro ?

— Eh ! mon père, reprit François visiblement mal à l'aise, est-ce dans les circonstances où nous sommes qu'on peut songer à un mariage ?

— Malheureux ! ce sont justement ces circonstances qui rendent ton mariage plus urgent : ne viens-tu pas de m'apprendre toi-même que c'est le cardinal de Lorraine qui dirige tout en ce moment dans le royaume, et que le duc son frère est rappelé d'Italie ? Ne comprends-tu donc pas que le roi ne va voir que par leurs yeux, qu'ils vont accaparer toute la puissance, m'accuser seul du désastre de Saint-Quentin, et tirer parti de cette fatale journée pour m'écarter tout-à-fait des affaires, de la cour peut-être, et hausser la fortune de leur maison sur les débris de la nôtre ?

— Mais, mon père, peut-être vais-je obtenir

votre liberté ; et alors, qui nous empêchera de prendre notre revanche ?

— Les Guise, te dis-je, les Guise. Ils me taxeront d'incapacité, me feront retirer tout commandement et laisser là, si tu ne viens à mon secours, sans emploi, sans crédit, et comme un vieux cheval usé qu'on envoie paître.

—MM. de Coligny et d'Andelot ne soutiennent-ils pas bravement à cette heure l'honneur de la famille, et leur belle défense de Saint-Quentin ne saura-t-elle pas contre-balancer l'influence que vous craignez ?

— Tes cousins sont mal en cour, où on les sait entachés de luthéranisme, je ne puis compter sur eux. Encore une fois je n'ai plus qu'une espérance, c'est ton mariage avec madame de Castro. Le roi m'a promis solennellement cette alliance ; armé de la pièce que voici, je vais réclamer l'exécution de sa parole ; il la tiendra en dépit des Guise et de lui-même ! et alors, vois-tu, que le cardinal et le duc remuent ciel et terre, je ne les crains plus ; à toutes leurs menées, c'est toi que j'oppose, toi, le gendre du roi, et ta femme, sa fille bien-aimée.

— Mon père ! s'écria le jeune duc, travaillé d'une idée pénible, il faut songer à d'autres moyens de regagner la faveur du roi ; ce mariage ne peut se faire.

— Que dis-tu ? répondit le connétable atterré,

et sans qu'une parole violente, sans qu'un geste de colère lui échappât, car la défaite de Saint-Laurent avait brisé ses forces, humilié son arrogance; et si désormais, en s'adressant à son fils, il y avait quelque chose de suppliant dans sa voix, c'est qu'il sentait que sa dernière espérance allait lui échapper, et que François était l'unique planche de salut qui pût encore le sauver du naufrage.

— Mais, mon père, reprit le jeune homme vivement ému de cet affaiblissement du rude vieillard, ce serait une infâme lâcheté, une tache éternelle à notre nom! Et puis, vous ne savez pas que si je suis encore vivant c'est au frère de Jeanne que je le dois! Oui, mon père, et pour vous l'apprendre j'ai attendu que nous fussions seuls. C'est dans cette malheureuse déroute, au moment où notre gendarmerie étant dispersée, on entamait à coups de canon les carrés de notre infanterie, qui essayait de se défendre; j'avais rallié quelques gentilshommes autour de moi, et nous défendions l'angle d'un des carrés: un boulet éventre mon cheval, je tombe, on me foule aux pieds; plusieurs fantassins ennemis se jettent sur moi, et je sentais le poignard de l'un d'eux s'enfoncer au défaut de mon gorgerin, lorsqu'un des gentilshommes qui m'avaient suivi, accourt, tue et disperse les soldats qui m'entouraient, descend de cheval, me tend la main, et relevant sa visière : Vous me reconnaissez, n'est-ce pas? me dit-il, adieu, souvenez-vous de Jeanne et de moi; puis il me força de prendre son cheval et s'éloigna. La déroute était complète, on massacrait nos miliciens qui ne se défendaient plus, ou on les emmenait par troupeaux; MM. de Condé et de Nevers vinrent à passer, ils m'entraînèrent; et voilà comme ma vie fut sauvée. Ce gentilhomme, vous avez deviné, n'est-ce pas, mon père, que c'était le colonel Bonnivet? oui, c'était lui! échappé comme je l'ai su bientôt, de l'abbaye d'Origny qui a été pillée et brûlée, M. de Condé lui avait donné des armes, et il venait verser son sang pour nous, mon père, pour nous qui voulons le déshonorer. Eh bien! comprenez-vous maintenant que le mariage que vous me proposez est impossible?

— Eh bien! reprit le vieillard d'un œil morne et en même temps résolu, tu peux retourner seul à Laon ou à Paris, moi, je reste ici.

— Comment! mais, mon père, peut-être aujourd'hui même serez-vous libre?

— Tu t'en retourneras seul, te dis-je; j'aime mieux rester toute ma vie prisonnier des Espagnols que d'aller subir à la cour ma disgrâce et ma honte, et le triomphe insolent des Guise.

— Que dites-vous, mon père! et votre vieille gloire, et vos quarante ans de services?

— Les rois ont la mémoire courte, et si aujourd'hui Henri II se souvient de moi, c'est pour me maudire.

— La bataille de Saint-Laurent est un grand malheur, sans doute; mais les plus grands capitaines sont-ils à l'abri de la fatalité? Le victorieux François Ier lui-même n'a-t-il pas eu aussi ses mauvais jours? Ne vous abandonnez point ainsi au découragement, mon père; venez ressaisir vos droits et prendre votre revanche; vous êtes encore le connétable et le généralissime des armées de France.

— Eh! c'est justement pour que les Guise n'achèvent pas de me déshonorer en m'enlevant le commandement des troupes aux yeux de l'Europe entière, que je veux rester ici. Mon parti est pris: ou je retournerai à Paris pour y conclure ton mariage avec la fille du roi, ou je resterai ici.

— Vous me refusez? eh bien! moi aussi, je brise mon épée! moi aussi, je quitte le service du roi!

— Fort bien! dit le connétable en souriant avec amertume, que le fils suive l'exemple du père; que le nom de Montmorency devienne tout-à-fait odieux à la France, et qu'il soit dit qu'après l'avoir poussée sur le penchant de sa ruine, ils l'ont abandonnée lâchement.

— Oui, mon père, on dira cela si vous persistez dans votre funeste résolution.

— Mais, malheureux! s'écria le connétable avec désespoir, tu n'as donc ni cœur ni entrailles? Faut-il que ton vieux père se mette à tes genoux? qu'il verse des larmes comme une femme? eh bien ! sois satisfait, voilà que je pleure, et si ma blessure ne m'en empêchait, je serais aussi à tes genoux !

— Grâce ! mon père ! épargnez-moi ! Voyons, dites, que faut-il faire ? ajouta le jeune duc avec abattement, et vaincu par des prières et des larmes au moment où il aurait eu assez de force pour résister à la colère et à la violence.

— Eh ! mon Dieu ! reprit le connétable avec un tressaillement d'espoir, je ne te demande pas l'impossible ; je veux seulement que tu épouses madame de Castro ; c'est bien simple cela.

— Oui, et ma pauvre Jeanne ?

— Rassure-toi, François, on ne la violentera pas ; on lui demandera une renonciation libre et volontaire ; tu seras présent à tout. Je lui expliquerai la chose et lui promettrai tous les dédommagemens possibles ; enfin tout se fera à l'amiable ; tu verras.

— Au nom du ciel ! n'allez pas lui offrir un prix pour sa signature ; ne lui faites pas un tel affront !

— Eh bien ! si tu veux, c'est toi qui parleras. Elle est ici, vois-tu ; faut-il que je l'envoie chercher tout de suite ?

— Non, non, mon père !..... Cela est-il donc si pressé, et ne pourrions-nous pas attendre la fin de la guerre ?.....

— La fin de la guerre !..... s'écria le connétable avec angoisse, mais tu n'y penses pas, François? mais c'est justement pour que ce soit nous qui la finissions que je te demande ce mariage...

— Elle est ici! dites-vous?

— Oui, prisonnière..... Elle était à l'abbaye d'Origny, tu sais..... Je puis la faire venir; le duc de Savoie nous accordera sans peine cette entrevue. Voyons, es-tu prêt?

— Pas encore..... attendez.....

— C'est moi qui la recevrai, qui lui parlerai d'abord..... veux-tu?

— Si vous saviez, mon père, combien cela me coûte! Oh! ce que vous exigez de moi est bien cruel!

— Cela me fait mal aussi, à moi; que veux-tu, il faut se résigner..... Allons, je vais donner les ordres nécessaires, n'est-ce pas?

Le jeune duc fit un geste de résignation; le connétable, malgré sa blessure, se leva vivement, et revenant un instant après :

— Ah! reprit-il, je te remercie! Va, rien n'est encore perdu, nous nous relèverons de cet échec, François; et les Guise et les Espagnols apprendront que, pour avoir fléchi le genou un instant, je ne suis pas encore par terre. Ton mariage, François, c'est mon support; appuyé là-dessus, je vais être inébranlable. Madame de Valentinois aussi nous aidera, vois-tu, et nous serons de vrais manchots si nous ne te faisons pas avoir bientôt le bâton de maréchal.

— De grâce, mon père, épargnez-moi ces calculs; c'est le champ du potier que vous marchandez là avec le prix de l'honneur. Votre joie dans un tel moment me fait mal.

— Oui, François, je suis joyeux, et j'ai sujet de l'être, car c'est la vie que tu me rends. Oh! les Guise n'en sont pas encore où ils espèrent. Allons, fais comme moi, sois fort; c'est une barre à ôter de notre roue, et une fois débarrassés, nous irons comme le vent.

— Cette barre dans la roue, mon père, c'est le corps d'une femme!

— Eh! des femmes, tu en trouveras tant que tu voudras quand tu seras maréchal et gendre du roi!

— Et que fera le gendre du roi si le colonel Bonnivet vient lui dire qu'il est un menteur et un lâche?

— Le colonel ne te dira point cela parce que cela n'est pas, et que lui-même comprendra la nécessité où nous sommes; car il y va ici du salut de l'état et de l'avenir de la première famille du royaume.

— L'avenir? ne l'invoquez pas, mon père; il pourra venger le présent.

— Je prends tout sur moi, te dis-je: à moi les fatigues du labourage et de l'ensemencement, à toi les profits de la récolte.

— Dites mieux, mon père: à vous la faute, à moi l'expiation.

V.

La Rançon.

Le jour même de la bataille, Bonnivet, en rentrant à Laon avec quelques fugitifs qu'il était parvenu à rassembler, trouva deux lettres qui lui étaient adressées sous le couvert d'un nom ami, précaution qu'il avait prise depuis l'interception de ses messages et de ceux de Robertet.

La première était de Paul IV, lui-même.

Sa sainteté lui mandait qu'elle était toujours fermement résoluc à refuser les dispenses que sollicitaient les Montmorency, et qu'elle espérait la même fermeté de la part de Jeanne de Pienne. Leur cause à tous deux, disait le pape, était la même, et tous deux défendaient les intérêts de Dieu et les institutions de l'Eglise. Paul IV ajoutait que le but principal de son épître était de prévenir Bonnivet et sa sœur, que les Montmorency venaient de découvrir l'original d'une dispense accordée antérieurement pour un cas semblable à celui en litige, et revêtue de sa propre signature, à lui, Paul IV. Ils s'en font une arme contre moi, disait le saint-père, et pensent m'obliger par là, à leur octroyer l'autorisation qui leur est indispensable. Mais je viens de déclarer publiquement que je ne me reconnais point engagé par le précédent qu'ils invoquent, et voici en quels termes cette déclaration a été faite dans la dernière congrégation :

« Je n'ignore pas que les papes, mes prédécesseurs, n'aient donné assez de dispenses là-dessus ; ils sont devant Dieu pour en rendre compte. S'ils ont d'aventure failli, je ne veux les en suivre ; par ignorance le pourraient-ils avoir fait, et ce siècle-là pourrait n'avoir bien connu ce que les autres siècles vont ouvrant selon la parole de Jésus-Christ.

« Et pour ce qui se dit que j'ai donné une dispense en cas semblable, je ne voudrais pas que cela fût pour porter préjudice à la matière ; car Dieu sait que je ne l'ai jamais entendue (la dispense). En signature y a une tourbe de gens, prélats, référendaires et autres qui crient, qui de çà, qui de là. Un pape décrépit ne peut entendre bien par le menu à toutes choses; quant à moi, je proteste ne l'avoir jamais entendue; et si y a plus, que quand j'aurais comme homme erré en une chose ou autre, je ne voudrais y persévérer (1). »

Ensuite, Paul IV disait au colonel que cette circonstance d'une dispense signée antérieurement ne devait point le décourager, ni lui ni sa sœur, et qu'ils prissent garde de ne se laisser dévoyer ni surprendre. Sa sainteté finissait en leur envoyant sa bénédiction et en leur promettant sa fidèle protection dans ce monde et dans l'autre.

L'autre lettre était de Florimond.

Le jeune écuyer qui, aidé de d'Andelot, avait déterminé un hardi villageois, connaissant parfaitement le pays, à se charger d'un message et à se hasarder à travers les marais, détaillait à son maître tout ce qui lui était arrivé depuis son départ d'Italie; il lui parlait surtout du prétendu pèlerin auquel il avait imprudemment confié une lettre du pape, s'accusant sans ménagement d'une faute qui pouvait avoir des suites funestes, et ne cachant au colonel aucune des craintes qu'il avait conçues à propos de cet homme, qui peut-être était un agent des Montmorency, et en même temps un espion des Espagnols.

(1) *Jean le Laboureur,* Additions à Castelnau.

« Ce misérable, disait Robertet, est en ce moment dans le camp du duc de Savoie, et sa présence y est d'autant plus à craindre, qu'un de ses patrons, le connétable, s'y trouve prisonnier, comme nous venons de l'apprendre, et que votre malheureuse sœur est peut-être également tombée aux mains de l'ennemi. Oui, il faut tout redouter de l'habileté satanique de cet agent; si, comme je le présume, c'est le même homme qui nous a suivis à Villers-Cotterets, espionnés à la Fleur de Lis, sous le costume d'un valet; que j'ai revu deux fois sur la route d'Italie; à Rome, dans l'hôtellerie que j'occupais, et au Vatican, au moment où je venais d'obtenir de sa sainteté la lettre que vous me demandiez, et dont je vous envoie la substance.

« Maintenant, mon noble maître, ne m'accusez pas de lâcheté si je me borne à vous signaler le danger; lisez dans mon cœur, voyez-le combattu, déchiré par deux devoirs contraires, et pardonnez-moi si, après avoir compromis la cause de votre sœur, je ne cherche point à réparer le tort que je lui ai fait. Mais, hélas! aujourd'hui, ce n'est plus seulement à vous et à la vertueuse Jeanne qu'appartient ma vie, car, en donnant la liberté à cet infâme espion, j'aurai sans doute avancé la ruine de l'héroïque cité où je suis retenu, et je dois expier mon crime en versant tout mon sang pour sa défense.

« Je ne puis donc que vous avertir, et demander à Dieu que cette lettre vous arrive à temps! »

Vivement inquiété par la lecture de ces deux lettres, Bonnivet, qui était broyé de fatigue, ne prit pas même le temps de se reposer quelques heures; il courut aussitôt emprunter à MM. de Condé, de Nevers et à ses autres frères d'armes, tout l'or dont ils pouvaient disposer, s'élança sur un cheval frais et reprit la route de Saint-Quentin.

La nuit précédente, il avait fait dix lieues avec l'armée du connétable, et après avoir combattu toute la journée et refait avec les débris de l'armée française le chemin de Saint-Quentin à Laon, il devait parcourir, cette nuit encore, ces dix lieues déjà franchies deux fois.

Depuis onze heures du soir jusqu'à quatre heures du matin, il marcha donc sans relâche, évitant à grand'peine les partis ennemis qui battaient la campagne, et se fiant à sa bonne épée ou à la vitesse de son cheval pour se soustraire aux maraudeurs isolés qui poursuivaient les derniers fuyards et dépouillaient les morts.

Enfin, à la pointe du jour, il aperçut les pavillons du duc de Savoie.

Il alla droit vers un des postes avancés, s'arrêta à quelque distance de la première sentinelle, qui appela ses compagnons, et un capitaine allemand et quelques soldats vinrent le reconnaître.

— Menez-moi vers le duc Emmanuel Philbert, leur dit le colonel.

— De la part de qui venez-vous?

— C'est au prince seul que je dois répondre.

— Où sont vos titres de créance? car je ne vous connais pas, moi.

— Si vous refusez de me conduire, je vais aller plus loin.

— Halte-là, vous êtes mon prisonnier.

— Qu'est-ce à dire? vous n'oseriez pas, j'imagine, vous jouer ainsi du droit des gens?

— Camarade, tout est de bonne prise à la guerre, et puisque nos chefs ne nous paient pas, il faut bien que nous nous payions par nos mains.

— Est-ce un droit d'entrée qu'il vous faut? voyons, combien demandez-vous?

— D'abord votre bourse, votre cheval, tout ce que vous portez est à moi.

— Brigand!... eh bien! viens le prendre!

— L'ami, il faut vous exécuter de bonne grâce... Attention à notre prisonnier, vous autres!... Allons, pas de sotte résistance, vous y gagneriez quelque vilain horion, et je veux vous rendre sain et sauf à vos parens, moyennant bonne rançon toutefois.

—Eh bien, oui, monsieur le capitaine, reprit Bonnivet cédant à la nécessité et se résignant pour sa sœur, je me reconnais votre prisonnier, et ma rançon vous sera payée convenablement. Mais au nom du ciel, ne vous opposez pas à la mission que j'ai à remplir ici. Si vous craignez que je ne m'échappe, ne me quittez pas. Mais faites mieux, fiez-vous à moi, et acceptez ma parole de gentilhomme et de premier colonel-général de l'infanterie française.

— Sainte Gudule ! est-ce que vous seriez le colonel Bonnivet?

— Lui-même. Mais, je vous en conjure, hâtez-vous...

— J'ai eu l'honneur de combattre sous vos ordres, en Piémont, monsieur le colonel, répliqua l'officier allemand en se découvrant ; alors j'étais au service de la France, et j'y retournerai bientôt, s'il plaît à Dieu; car si sa majesté très chrétienne payait mal, sa majesté catholique ne paie pas du tout. Monsieur le colonel, vous me paierez votre rançon cinq cents écus d'or, et c'est bien peu pour un homme de votre mérite...

— C'est bien, monsieur, on vous les paiera. Mais je vous ai déjà dit que je suis pressé...

— En outre, monsieur le colonel, vous donnerez dix pistoles à chacun de ces braves... vous en ajouterez deux par jour pour votre nourriture, que j'aurai à payer, et qui est fort chère ici.

— Vous n'agissez point en soldat, monsieur, mais en juif!

— Pourtant, monsieur le colonel, je suis bon Allemand et de la pure religion réformée, de plus gentilhomme à seize quartiers et officier de fortune avec vingt ans de services et dix blessures.

— Tous vos calculs sont-ils faits?

— Je crois que oui, sauf erreur... mais par le grand Luther! cinq cents écus d'or pour un homme comme vous, c'est bien peu!

— Maintenant, monsieur, permettez-moi de vous adresser quelques questions. Avez-vous connaissance de l'expédition d'Origny?

— Je crois bien, j'en étais; je suis de toutes, monsieur le colonel. Riche abbaye, ma foi; c'est dommage qus nous ayons été obligés d'y mettre le feu, sans cela, ç'aurait été pour nous tous une aubaine comme il ne me souvient guère d'en avoir trouvé depuis que j'ai le pot en tête.

— Savez-vous le nom de l'officier espagnol qui enleva une religieuse?

— Le capitaine don Alvar? c'est avec lui que j'aime à marauder; je lui laisse les jolies filles, il m'abandonne les espèces.

— Le misérable! aurait-il osé se porter à quelque violence envers cette femme?

— Lui? il a plus tôt escamoté une pucelle que je n'ai avalé un poulet.

— Conduisez-moi vers lui à l'instant, monsieur le capitaine, faites-moi rendre ma sœur, et tout ce que je possède est à vous.

— Ah! c'est votre sœur?... rassurez-vous, il

n'y a peut-être pas encore beaucoup de mal de fait, d'ailleurs le capitaine don Alvar a été d'ordonnance hier toute la journée, on dit même qu'il a attrapé un coup de pointe à la bataille.

Dix minutes après, le colonel Bonnivet, aux pas duquel l'officier allemand s'attachait comme un usurier à ceux de son débiteur, était dans la tente du capitaine don Alvar.

— Ma sœur, senor! cria-t-il, qu'avez-vous fait de ma sœur?

— Notre-Dame del Pilar! s'exclama à son tour le Castillan, n'êtes vous pas l'homme que j'ai fait enfermer dans une cellule du couvent d'Origny?

— Oui, senor, et je me nomme le colonel Bonnivet. Mais, ma sœur, vous dis-je! ah! vous en répondrez sur votre vie si on lui a ôté un seul cheveu de dessus la tête!

— *Vaillante!* il est beau que les vaincus parlent aux vainqueurs sur ce ton, mais ce n'est pas prudent, monsieur le colonel, pas plus que de quitter la cuirasse du gentilhomme pour les braies du paysan. Quant à votre sœur, je vous avoue que j'ai perdu près d'elle toute la fleur de ma galanterie castillane, et si sa vertu court quelque danger en ce moment, c'est à plus haut que moi qu'il faut s'en prendre, car le duc de Savoie vient de la faire mander, sans doute pour la réunir à MM. de Montmorency, qui, m'a-t-on dit, la réclament.

— Au nom de votre mère, de votre sœur, senor, si vous en avez une, faites que je la voie à l'instant !

— Certes, il ne dépendra pas de moi que vous n'obteniez sur-le-champ cette entrevue; venez, monsieur; votre sœur est une belle et noble demoiselle !

— Ah ! senor, que n'ai-je tous les trésors du monde pour les mettre à vos pieds! Tenez, ajouta le colonel en vidant sa bourse sur un hamac, qui fut à l'instant couvert de pièces d'or, voici la rançon de ma sœur.

— Je voudrais, monsieur le colonel, vous rendre à la fois votre sœur et votre or, car cette noble demoiselle est une perle que rien ne pourrait payer; si donc j'accepte cette somme, ce n'est point à titre de rançon, mais pour donner du pain à mes soldats qu'on ne paie pas, et qui meurent de faim.

Et tous trois, car l'officier allemand ne voulait pas perdre de vue son prisonnier, se dirigèrent vers le pavillon du duc de Savoie.

VI.

Abnégation.

Cependant Jeanne de Pienne avait été conduite en présence du connétable.

En se voyant seule devant ce vieillard, au cœur aussi dur que le visage, première cause de tous ses maux et son persécuteur impitoyable, la pauvre jeune femme trembla dans tous ses membres.

— Rassurez-vous, *madame*, lui dit le connétable en lui présentant un siège, je ne vous veux point de mal, et si je vous ai fait appeler, c'est pour que nous causions amicalement.

— Je vous écoute, monsieur, répondit Jeanne un peu rassurée et surprise du témoignage de condescendance que venait de lui donner le vieux duc, en lui accordant un titre dont le refus était pourtant le principe du long martyre qu'il lui infligeait.

— Il paraît, madame, ajouta le connétable, en répétant cette appellation qu'il regardait du reste comme une concession sans importance, il paraît que vous êtes en ce moment la prisonnière d'un certain don Alvar, fort entreprenant avec les dames, et tout disposé à vous traiter en vainqueur?

— Il a respecté en moi le nom dont je me suis abritée, celui de votre fils, monsieur.

— Je lui en sais gré, madame; et, si vous le voulez bien, le nom de Montmorency continuera de vous être une protection ici et ailleurs.

— Que faut-il faire, monsieur? reprit Jeanne avec émotion.

— Peu de chose, madame; ce sera tout simplement de mettre votre nom au bas d'une renonciation en bonne forme que j'ai fait préparer sur l'objet que vous savez, et que voici.

— J'ai déjà dit, monsieur, à ceux qui me demandaient la même chose, que je n'étais pas libre de rompre des liens que la religion et l'honneur font indissolubles.

Le vieillard fit un mouvement, et un éclair de colère brilla dans ses yeux, mais il se contint.

— Ces liens, madame, ne sont pas aussi indissolubles que vous pensez, puisque voici une dispense accordée il y a peu de temps par sa sainteté pour un cas précisément semblable au nôtre.

La jeune femme parcourut le parchemin d'un regard rapide, et un nuage passa sur ses yeux, car elle avait compris toute la portée de cette pièce, et elle entrevoyait le moment où, abandonnée du chef de l'Église lui-même, elle allait être chassée ignominieusement d'une famille où tout le monde l'accusait d'avoir voulu entrer par surprise.

— Eh bien! répondit-elle en rendant la dispense au connétable, si sa sainteté me condamne je me résignerai, mais ce n'est point à moi à signer ma condamnation.

Un nouveau geste de violence échappa au connétable, qui voyait échouer la tentative sur laquelle il comptait le plus.

— Vous vous résignerez, c'est fort bien; mais en attendant vous ruinez ma fortune, celle de mon fils et l'avenir de toute ma famille!

— Daignez considérer, monsieur le connétable, l'état où je suis réduite et l'avenir que nous ferait à moi et à tous les miens le honteux divorce que vous exigez.

— C'est un malheur pour vous, je ne vous dis

pas non ; mais qu'y faire ? D'ailleurs puisqu'il faudra en venir là tôt ou tard, pourquoi ne vous décideriez-vous pas dès à présent ?

— Et quelle est en ceci l'opinion du duc François ?

— Voulez-vous la savoir de lui-même ? il est ci.....

— Oui, priez-le de venir, répondit Jeanne, qui depuis qu'elle avait lu la fatale dispense sentait faiblir sa résolution toujours davantage.

Plein de joie et d'espérance, le connétable courut chercher son fils. Celui-ci arriva pâle et affaissé.

— Laissez-nous, mon père, dit-il au vieillard qui rentrait avec lui.

— Je le veux bien, mais à condition que tu seras ferme ; je serai là, vois-tu, j'entendrai tout, et au premier signe de faiblesse... d'ailleurs la voilà plus qu'à demi vaincue ; pour l'achever il ne faut plus qu'un mot, aie le courage de le dire.

Quand il fut seul avec la sœur de Bonnivet : — Jeanne, lui dit le jeune homme, en soulevant vers elle un regard profondément triste, le malheur ne se lasse pas de nous poursuivre ; un instant j'avais espéré le vaincre ; je comptais que quelque éclatant service mettrait si bien mon père dans la faveur du roi qu'une union purement politique cesserait d'être une nécessité à ses yeux ; et voici que la bataille de Saint-Laurent, perdue par lui, le menace d'une disgrâce qui le tuerait. Tout à l'heure, Jeanne, il s'est mis à mes pieds, il y a pleuré; il m'a dit, comme un condamné qui supplie son juge : François, épouse madame de Castro, rends-moi l'amitié du roi, rends-moi la vie! Alors, Jeanne, je n'ai plus résisté, et je lui ai promis de sacrifier ma conscience à ce qu'il appelle son honneur.

— Vous ne serez pas seul à faire le sacrifice, François! répondit cette âme généreuse, que la violence n'avait pu abattre, et qui fondait devant un appel à ses idées d'abnégation, de dévoûment; si j'ai résisté jusqu'à ce jour, Dieu m'est témoin que ce n'était pas pour nuire à votre fortune ni à celle de votre père, en même temps que pour servir la mienne; je résistais, François, parce que je voyais dans cette renonciation au titre de votre femme un sacrilège pour moi et une honte pour les miens. Maintenant qu'il m'est permis de me retirer sans crime, puisque sa sainteté à déjà séparé deux époux qui s'étaient unis comme nous sans le consentement de leurs familles; maintenant surtout, qu'il y va de votre bonheur, François, car si votre père vous maudissait vous ne seriez jamais heureux, je ne vous suis plus rien, mon ami; adieu, épousez madame de Castro. Moi aussi, je vais contracter d'autres liens, et puisse l'époux que je vais prendre ne point me renier comme on vous a forcé de le faire!

Elle jeta un dernier regard sur François, qui ne releva pas la tête.

Où est cette renonciation, que je la signe? reprit-elle d'une voix altérée.

— La voici! répondit le connétable en rentrant brusquement.

Jeanne signa.

— Monsieur le connétable, ajouta-t-elle, vous m'avez promis la protection de votre nom, permettez-moi de la réclamer en ce moment pour traiter avec ceux dont je suis prisonnière des conditions de ma liberté.

— Je vais m'y employer à l'instant, madame.

Jeanne s'éloigna dans un profond abattement, car François, les yeux toujours fixés en terre, ne lui avait pas adressé un regard d'adieu.

A peine la toile de la tente fut-elle retombée, le connétable courut vers le jeune homme, et le pressant contre sa poitrine : Merci, mon fils! lui dit-il.

C'était la première fois qu'il donnait au jeune duc le nom de fils avec cette étreinte et cet accent paternels.

— Ne me félicitez pas, mon père, reprit François, car ce que je viens de faire est une action doublement lâche : j'aime madame de Castro.

VII.

Dernier Effort.

Conduit devant le duc de Savoie, Bonnivet, après s'en être fait connaître et lui avoir exposé tous les motifs de sa venue au camp, en reçut cette réponse :

— Votre sœur, monsieur le colonel, vous sera rendue ; j'avais d'ailleurs promis sa liberté à monsieur le connétable, qui vient de quitter le camp après m'avoir demandé que mademoiselle de Pienne fût comprise au nombre des prisonniers dont le rachat sera discuté ultérieurement. Et puisque le capitaine don Alvar a traité avec vous de sa rançon, vous pouvez l'emmener dès à présent. Toutefois, monsieur le colonel, je crains que vous n'obteniez pas de votre démarche tout le succès que vous en attendiez, car il me semble, si j'ai bien compris vos explications et celles de M. de Montmorency, qu'il s'agit d'un mariage contracté secrètement par votre sœur et le duc François?

— Oui, monseigneur... mais, je vous en conjure, dites-moi tout ce que vous savez... Oh! ce que j'appréhendais serait-il achevé?

— J'ai cru entendre, monsieur le colonel, qu'un désistement avait été signé...

— Par ma sœur?

— Oui, par mademoiselle de Pienne, en présence et à la sollicitation du duc François.....

— Du duc François? lui à qui j'ai sauvé la vie hier!... oh! le lâche!... Pardon, monseigneur, si je ne suis pas maître de mon indignation; mais si vous saviez à quels hommes, ma sœur et moi, nous avons affaire!

— Je regrette, monsieur le colonel, d'avoir été le messager d'une nouvelle qui vous afflige: en quoi du moins puis-je réparer un malheur auquel j'ai peut-être contribué involontairement?

— Oh! mais ils ne sont pas encore où ils espèrent!... Monseigneur, la seule grâce que je vous demande c'est de voir ma sœur à l'instant, c'est de partir avec elle!

— Maurice, dit le duc de Savoie à un de ses officiers, conduisez monsieur le colonel près de sa sœur, et préparez-vous à les accompagner à travers nos lignes..... Où vous rendez-vous, colonel?

— A Paris, monseigneur, car c'est là que je retrouverai les Montmorency!

— Alors, Maurice, vous servirez de sauve garde au colonel et à sa sœur jusqu'au-delà de Noyon, qui doit être occupé en ce moment par nos troupes. J'oubliais: vous choisirez vous même dans mes écuries, une mule et un cheval que vous ferez seller... car le vôtre, monsieur le colonel, doit être hors d'état de vous porter..... Maintenant, monsieur, adieu! bon voyage et bonne chance!

— Permettez, monseigneur, permettez, dit le capitaine allemand, en se plaçant entre le colonel et l'officier de Philbert, comme pour mettre opposition à la sortie du premier, monsieur le colonel est mon prisonnier sur parole, et à moins de cinq cents écus d'or, plus dix pistoles pour chacun des six soldats qui m'ont aidé à le capturer...

— Que signifie cela?..... est-il vrai, colonel, que vous soyez prisonnier du capitaine Ruddendorg?

— Oui, monseigneur; mais veuillez le prier

de me laisser partir, avec promesse de lui envoyer ma rançon aussitôt arrivé à Paris.

— Mais, monsieur le colonel, quel recours aurais-je dans le cas?...

— Il suffit, interrompit Philbert, capitaine Ruddendorg, c'est moi qui serai la caution du colonel... mais depuis quand monsieur est-il votre prisonnier? est-ce sur le champ de bataille de Saint-Laurent qu'il vous a rendu son épée? cela ne peut être, puisque le colonel est arrivé de Laon ce matin... voyons, expliquez-moi cela?

— Aussi, monseigneur, est-ce de ce matin que monsieur est mon prisonnier, répondit le capitaine Ruddendorg, en tourmentant d'un air fort embarrassé une des boucles de sa cuirasse.

— De ce matin?..... mais le colonel se rendait directement au camp; il venait me demander audience..... et vous l'avez arrêté?..... Capitaine Ruddendorg, vous ne faites point la guerre en gentilhomme, vous la faites en goujat.

— Ma foi, monseigneur, il faut vivre; et quand on ne paie pas le gentilhomme, il faut qu'il fasse comme le goujat, c'est-à-dire, qu'il se paie par ses mains!

— Taisez-vous!..... Colonel, je vous dégage de la parole que vous avez donnée à ce boucanier, et s'il osait aller vous réclamer le prix de sa félonie, c'est moi qui le lui paierais!

Le capitaine Ruddendorg mordit violemment sa moustache.

— Console-toi, lui dit en sortant son associé don Alvar, je partagerai avec toi la rançon de la dame, et tu me réserveras, pour me consoler à mon tour, la première jolie fille qui te tombera sous la main.

— Ça me va, topez, senor.

L'entrevue de Jeanne et de Bonnivet fut douloureuse et sombre.

— Vous avez donc signé, Jeanne? dit le colonel à sa sœur avec un accent de découragement et de reproche.

— Il le fallait, mon frère, la lutte m'avait brisée, et vous n'étiez pas là.

— Vous avez donc douté de moi, vous ne m'attendiez donc plus?

— Vos reproches me sont plus sensibles que tout le reste, ne m'accablez pas, mon frère..... J'avais tant besoin de repos, François était si accablé..... tout est fini, je suis contente.....

— Et pourtant vous pleurez?

— Ce n'est rien, c'est un dernier regret que j'éteindrai...... Ah! quels adieux, mon frère! pas un serrement de main, pas un regard..... il faut qu'il ait bien souffert à cause de moi pour m'avoir quittée ainsi.....

— Donc vous le regrettez, Jeanne?

— Non, mais je suis mortellement triste..... J'aurais voulu que du moins il me dît quelque chose..... mais il ne le pouvait pas ; je suis injuste, et il est malheureux autant que moi..... Pourquoi cet air sombre, mon frère? il fallait bien en venir là, voyez-vous; nous y avons été contraints l'un et l'autre..... et puis le pape a déjà accordé des dispenses.....

— Ah! s'écria le colonel avec impétuosité, voilà donc la fraude que m'annonçait Robertet! et c'est par là, malheureuse sœur, que vous vous êtes laissée surprendre! Des dispenses? tenez, lisez cette lettre du pape, voyez aussi celle de Robertet.....

— Oüi, mon frère, je le vois, sa sainteté renie cette dispense, et nous promet sa protection ; si je l'avais su, peut-être aurais-je eu plus de courage... N'importe, il est trop tard : j'ai signé.

— Mais je n'ai pas signé, moi, ni le pape non plus... ni Diane de France, ajouta le colonel en pensant plutôt qu'en exprimant ce nom. Je remplace votre père, Jeanne, et je déchirerai à coups d'épée le désistement qu'on a obtenu de vous par surprise.

— Non, mon frère, ne faites plus rien... il n'est plus temps... tout est fini entre François et moi...

— Alors, Jeanne, c'est avec moi qu'il a des comptes à régler... Oh ! comment n'avez-vous pas deviné le fourbe?

— Il n'est pas fourbe, mon frère, il n'est que faible ; c'est son père qui le conduisait, qui le faisait parler, son père dont la perte de cette bataille a compromis la fortune, et qui n'espère la relever que par madame de Castro.

— Femme simple et crédule, tous deux étaient complices, vous dis-je; mais leurs lâches calculs échoueront, je vous le jure sur mon honneur!

— Mon frère, encore une fois, je vous en supplie, ne vous exposez pas!... Cette malheureuse affaire est terminée, ne vous en occupez plus. Depuis un an vous vous êtes sacrifié pour moi, et qu'avez-vous obtenu?..... Rentrez au service du roi, et conduisez-moi dans un couvent, mon frère; j'ai trop souffert parmi les hommes, et Jésus-Christ est désormais le seul époux que je désire.

— En effet, François est trop indigne d'un cœur comme le vôtre, pour conserver désormais les moindres droits sur vous; aussi, en demandant le maintien de votre mariage avec ce lâche, me réservé-je pourtant d'obtenir de sa sainteté votre séparation temporelle. N'est-ce point aussi votre désir, Jeanne?

— Mon frère, vous avez sur moi tous les droits d'un père, je ferai tout ce que vous voudrez. Néanmoins, je vous le répète, j'ai un immense besoin de repos; ce que je désire, c'est le cloître, et j'y serais tout-à-fait heureuse si vous vouliez me prometttre d'oublier comme moi les Montmorency.

— Oui, je le sais, ma sœur, toutes vos forces se sont épuisées dans cette lutte inégale, mais, je vous en conjure, encore un effort, ce sera le dernier, sinon pour vous, Jeanne, du moins pour votre famille, dont l'honneur est perdu si vous reculez !

— Me voilà résignée, mon frère.

En ce moment on vint dire au colonel que tout était prêt pour le départ; le frère et la sœur sortirent du camp sous la sauvegarde de l'officier de Philbert, et prirent la route de Paris.

VIII.

Lutte au dedans, Lutte au dehors.

Le levain de division, déposé dans la ville par le pèlerin, fermenta rapidement : le clergé, qui jusque là avait déployé la plus grande énergie et le zèle le plus dévoué, venant à savoir la véritable cause de ce qu'il avait appelé l'indifférence religieuse des chefs de la garnison, commença à douter que des armes hérétiques pussent-être bénies de Dieu. Dès lors son patriotique enthousiasme languit et s'affaissa ; ses prédicateurs, n'osant promettre aux habitâns une victoire qu'ils n'espéraient plus eux-mêmes, les laissèrent abandonnés à leur découragement; et tous les prêtres, chanoines et religieux, ne considérant plus les maux du siège comme une épreuve glorieuse, mais comme un châtiment, courbèrent la tête avec humilité sous cette croix et en laissèrent tomber tout le fardeau sur eux et leurs ouailles. Fanatiques en raison de leur ignorance, le bas clergé et les ordres mendians soulevèrent par leurs récriminations violentes la partie infime de la population. Les villageois, plus désespérés encore que les habitans, parce qu'ils savaient leurs villages ruinés ou incendiés et qu'ils voyaient les grains et bestiaux qu'ils avaient amenés dans la ville séquestrés par l'amiral et dévorés de jour en jour par la garnison, commencèrent à se refuser hautement à un service qui exposait leur vie, le seul bien qui leur restât. Les bourgeois eux-mêmes et les notables, victimes résignées à périr en leur cité, leurs familles et leurs vies allèrent comme de coutume au travail et à la défense, mais ils y allèrent sombres et consternés, et semblables à des condamnésou des martyrs; dans les hôpitaux et les abbayes les femmes cessèrent de suffire au service des blessés, tous les jours plus nombreux, et parmi lesquels se trouvaient leurs frères, leurs maris, leurs enfans ou leurs pères. Et pour comble de désolation et de terreur, les

Espagnols, qui jusque là ne s'étaient en quelque sorte que préparés à l'attaque, tout fiers désormais de leur funeste victoire et impatiens de marcher vers la capitale, ramassèrent toutes leurs forces, entassèrent tous leurs soldats, dressèrent toutes leurs batteries; et cinquante mille hommes et cent pièces de canon s'acharnèrent nuit et jour sur une malheureuse ville démantelée, trouée de trois mines profondes, déchirée de onze brèches, et réduite enfin à huit cents hommes de guerre et à un pareil nombre de bourgeois armés, par vingt-deux assauts successifs.

Ce fut dans de telles circonstances que le grand cœur de Coligny, toujours plus grand que ses désastres, développa tout ce qu'il avait de puissance et de force. Seul, il resta lui-même au milieu de la démoralisation générale; seul il suffit à tout, quand les chefs militaires et bourgeois ne savaient plus commander, ni les soldats et travailleurs obéir. Voyant combien la présence et le désespoir des villageois étaient funestes aux bourgeois et à la garnison, sans compter que c'était une grande quantité de bouches à peu près inutiles qu'il fallait nourrir, il leur fit dire, par les sieurs d'Amerval et de Caulaincourt que, s'ils voulaient sortir de la ville, ils en étaient libres. Sept ou huit cents d'entre eux se décidèrent simultanément, et Philbert consentant à leur livrer passage, ils retournèrent dans leurs villages, ou se replièrent sur les villes voisines. Le motif du général espagnol, en faisant cette concession à l'amiral, était d'épouvanter les populations par la vue de cette masse de fugitifs et le récit qu'il leur feraient des maux soufferts dans Saint-Quentin, et de préparer ainsi sa marche sur Paris.

— Maintenant, dit Coligny à ceux qui restaient, maintenant que nous voilà débarrassés des paresseux et des lâches, j'espère que vous autres vous allez faire votre devoir.

Mais la plupart n'en continuèrent pas moins à se reculer des arquebusades et des boulets; Coligny leur parla encore, et n'ayant rien obtenu envoya demander à Philbert le passage d'une nouvelle bande de manans à travers ses troupes; mais celui-ci avait réfléchi que l'amiral n'agissait ainsi que parce que les vivres commençaient à manquer dans la place, et il refusa.

— Vous travaillerez ou vous sortirez! répéta Coligny aux récalcitrans; ils reculèrent encore, et quelques heures après, une compagnie d'arquebusiers chassait devant elle six cents paysans qui ne se firent pas trop prier pourtant, espérant que les Espagnols ne leur feraient pas un parti pire qu'à leurs compagnons, mais il en arriva tout autrement; les assiégeans les refoulèrent dans les fossés ou vers les portes qui restèrent impitoyablement fermées; et ceux qui s'obstinèrent à traverser le camp y furent traqués et battus de façon si rude, que les réfugiés restés dans la place, et que l'on força à être témoins de ce traitement, promirent de donner dorénavant bon aide aux bourgeois. Ils le dirent, mais ne surent pas le faire long-temps, et, cette fois, ce ne fut qu'à force de coups de fouet et de bâton qu'on put les faire rester sur les remparts et travailler aux brèches. Peut-être même eussent-ils préféré ce châtiment aux balles et boulets qui pleuvaient comme grêle sur la ville, si l'amiral ne leur eût dit dans son langage énergique que la corde était au bout du bâton.

Les embarras suscités à l'amiral dans le service intérieur de la ville venaient compliquer encore cette pénible situation, car il ne suffisait pas que les bourgeois fussent résignés à mourir et restassent immobiles sur les murailles comme les canons sur leurs affûts, il eût fallu qu'ils lui épargnassent ces mille détails de prévoyance, d'ordre et de police dont l'oubli entraînait de graves conséquences pour la défense de la place. Mais une partie de leurs notables, syndics et capitaines de compagnies étaient morts; mais des scrupules de religion les mettaient en défiance contre l'amiral et son frère, et le dernier effort dont ils se sentaient capables après l'immense sacrifice auquel ils avaient consenti, c'était, nous le répétons, de rester à leur poste et d'y mourir.

Nul toutefois parmi eux ne fit, ni à demi-voix

ni à voix haute, la proposition de se rendre : tous comprenaient que, l'armée et la noblesse détruites, les populations terrifiées, M. de Condé en Italie, un bond suffirait à Philbert, si Saint-Quentin lui ouvrait ses portes, pour tomber sur Paris; tous savaient combien chaque jour de résistance et de retard pesait dans la balance des suprêmes destinées de la patrie; tous se souvenaient du serment qu'ils avaient prêté à l'hôtel-de-ville entre les mains de l'amiral, et comme l'amiral, tous le gardèrent jusqu'au bout.

Le lendemain de la bataille, les travaux du siège étaient poussés, nous l'avons dit, avec une vigueur furieuse; vers le soir, Jean Peuquoy conduisit Robertet aux endroits où l'artillerie ennemie avait donné avec le plus d'opiniâtreté, et lui dit ces paroles significatives : — Venez, jeune homme, je vous apprendrai l'itinéraire des stations du pèlerin; tenez, il a prêché ici, il s'est agenouillé là... ou plutôt demandez aux boulets des Espagnols, ils sont encore mieux instruits que moi.

Le jeune homme baissa la tête et resta muet.

La même nuit, Coligny, debout sur l'un des angles du boulevart de la Reine, attachait des regards perçans sur les masses d'ombres qui enveloppaient les marais de la Somme; son geste brusque imposait silence à un groupe d'officiers placé à quelques pas de lui, et parmi lesquels se trouvaient le jeune enseigne et le capitaine des compagnons de l'arc; l'impatient amiral eût voulu sans doute aussi faire taire tous les bruits lointains qui s'élevaient sourdement des travaux des remparts et des tranchées espagnoles; et ses regards plongeaient toujours plus profondément dans les ténèbres, et il écoutait longuement sans respirer.

Tout à coup un glapissement aigu s'éleva du fond des marais : Enfin ! s'écria l'amiral avec joie, les voici ! En même temps, il fit signe à un soldat qui attendait ses ordres, mèche allumée, à côté d'une pièce d'artifice; le soldat abaissa la mèche, une fusée partit, et ses étincelles en retombant dans le fossé, montrèrent un homme debout sur le revers, qui agita un moment son chapeau vers les remparts, puis se rengagea dans les marais.

— C'est Vaulpergues, reprit Coligny en se retournant vers ses officiers, le messager de la bonne nouvelle : messieurs, dans une demi-heure, trois cents braves arquebusiers, que m'envoie M. de Bordillon, seront dans la place. Cela nous fera grand bien, car le service devient rude ici, mais, Pasques-Dieu ! ce renfort va nous mettre en état de tenir encore quinze bons jours. D'ici là, M. de Condé sera sur Paris, sinon dans ces environs, et vive la France, vive le roi ! Descendons vers la poterne, messieurs, allons recevoir nos braves.

Ces mots étaient à peine achevés, qu'une bruyante décharge de mousqueterie se fit entendre dans la direction de Rocourt.

— Qu'est-ce que ceci? s'écria l'amiral d'une voix altérée, auraient-ils été découverts?

Le bruit redoubla; des cris et des plaintes s'y mêlèrent.

— Répondez à l'amiral, jeune homme, dit Jean Peuquoy d'une voix basse et sombre à l'enseigne, et dites-lui la dernière station du pèlerin en face du clocher de l'église.

— Grâce, grâce! répondit Florimond d'une voix suppliante.

Bientôt une centaine d'hommes, épars, désarmés, sanglans, entrèrent dans la ville. C'était le reste des trois cents arquebusiers de La Fère que les Espagnols avaient chargés et massacrés dans les marais.

— Vous vous êtes donc laissé surprendre, malheureux? leur dit violemment l'amiral; on ne vous a donc pas dit ce que valait votre vie et votre arquebuse, à chacun? ou bien on vous a trahis peut-être... Et que voulez-vous que je fasse de vous maintenant? Vous êtes sans armes, et je n'en ai pas à vous donner, vous êtes blessés et nos hôpitaux sont pleins. Chiens d'Espagnols! mais aussi c'est une faute de M. de Bordillon, pourquoi ne vous a-t-il pas fait appuyer à droite et à gauche de deux troupes de cavaliers qui auraient donné l'alarme au camp pendant que vous seriez passés au milieu? A cette heure, messieurs, acheva Coligny en se retournant vers ses officiers, il n'y a plus de secours à espérer, les passages doivent être gardés partout, remettons-nous entre les mains de Dieu!.. Mais, par la mort! que personne ne me parle de se rendre!

Le lendemain, les assiégeans donnèrent un assaut à l'une des brèches du boulevart Saint-Martin; une compagnie d'arquebusiers et les compagnons de l'arc soutinrent le choc. L'enseigne et Jean Peuquoy combattirent côte à côte; Florimond fit des prodiges de valeur. Non content de rester le premier à la tête de la brèche, il se jeta plusieurs fois au milieu des Espagnols, et s'il échappa à la mort, ce fut en quelque sorte un miracle, car il semblait la chercher avec je ne sais quelle frénésie de désespoir.

Quand le combat fut terminé, Jean Peuquoy prit à part l'enseigne : — Comme vous y allez! mon jeune maître, lui dit-il; par saint Quentin! il est bon d'être brave, mais non pas imprudent, la vie de chacun de nous est précieuse, vous l'avez entendu dire à l'amiral.

— La mienne m'est insupportable, répondit Florimond avec une sombre énergie, et j'ai une trahison à expier.

— Une trahison! qu'est-ce à dire?... Ah! je comprends, le pèlerin... Soyez raisonnable, jeune homme, et donnez son nom à chaque chose : vous avez été crédule, voilà tout... qu'il ne soit plus question de cela; pour ma part, je ne vous en reparlerai plus jamais, je vous le jure.

— Merci, mais je ne pourrai l'oublier, moi.

— Consolez-vous, par Dieu! le mal n'est peut-être pas si grand que vous vous l'imaginez et que je l'ai cru. Ce maudit Judas est venu épier ici, je vous l'accorde, les endroits les plus endommagés et les plus faibles, et, depuis, les canonniers espagnols les ont choisis pour points de mire; mais notre situation n'en est guère empirée pour cela, car les murailles de ma pauvre ville ne sont plus à présent qu'une plaie; et qu'on tire ici ou là, il n'en faudra pas moins finir par nous trouver de plain-pied avec l'ennemi... Les traîtres, voulez-vous les connaître? Ce sont les damnés maçons qui ont bâti ces remparts; ils y ont mis je ne sais quel ciment d'enfer, qui lorsqu'un boulet vient à s'y fourrer, se détache comme sable et croule avec tout un pan de mur. Quant au chocher de l'église, possible est que le pèlerin n'ait rien vu ou compris, et ne se peut-il pas que Philbert ait avec lui des physiciens et ces outils de verre qui font venir à eux les objets?

— Au feu! au feu! le feu est aux Jacobins! hurla en ce moment le porte-voix du guetteur, en l'accompagnant des bonds de sa cloche lugubre.

L'instant d'après, une épaisse fumée rousse, parsemée d'étincelles, s'éleva du quartier désigné, et couvrit toute la haute ville, d'un sombre panache; les assiégeans poussèrent des clameurs de joie, et les détonnations plus pressées de leur artillerie vinrent ajouter leurs épouvantes à l'horrible tumulte qui éclata, et grossit d'instant en instant dans la ville.

Une grande partie des maisons du quartier des Jacobins étaient couvertes en chaume, aussi l'incendie se propagea-t-il avec une rapidité effrayante. On crut un moment que toute la ville allait prendre feu, tant le vent poussait les flammes avec violence; heureusement il tomba, et le cercle dévorant, livré à ses propres forces, cessa brusquement ses progrès, et tourbillonna sur lui-même comme une trombe; la population tout entière, la garnison elle-même, étaient accourues sur les lieux, les brèches et les remparts restaient déserts; et si la place ne fut pas emportée ce jour-là à la faveur du nouveau désastre, on le dut encore à Coligny, qui employa toute l'inflexible vigueur de son caractère à ramener, sur les murailles, les bourgeois armés et les soldats. Alors il retourna vers l'incendie, dirigea les secours avec précision; et, pressé de toutes parts, le foyer incandescent se rétrécit, s'épuisa et s'éteignit enfin.

Après cette catastrophe, il n'en restait plus qu'une à subir, et elle était imminente.

LIVRE SIXIEME.

UN HOMME.

I.

La Catastrophe.

Philippe II, qui attendait pour prendre la route de Paris, que Saint-Quentin fût emporté, resta dix-sept jours devant cette ville; dix-sept jours tonnèrent toutes ses batteries, et se multiplièrent les assauts, secondés des explosions des mines; puis le soleil du 26 août se leva.

Alors éclatèrent les gémissemens des femmes, des enfans, des vieillards; tous s'étaient souvenus du fatal ajournement du pèlerin, et le jour marqué était arrivé. Les bourgeois les plus éclairés ne purent se défendre eux-mêmes de ce mouvement superstitieux, comprenant d'ailleurs que les derniers moyens de résistance étaient épuisés, puisque sur toute la ceinture en lambeaux de leur malheureuse ville pas une tour n'était restée debout, et que, de quelque côté que Philbert voulût tenter l'assaut, il était sûr d'emporter la place. La panique avait gagné jusqu'aux soldats, assez clairsemés maintenant pour ne pouvoir plus former une ligne d'un homme de front sur les principales brèches. Aussi, avant qu'un seul Espagnol fût entré, la ville était déjà prise.

Il ne fut pas même permis à l'amiral, à MM. de Breuil et de Gibercourt, à Florimond et à Jean Peuquoy, non plus qu'à une foule de citoyens obscurs, mais non moins héroïques, de mourir à leur poste : la brèche par laquelle se ruèrent les ennemis n'était pas défendue par eux. Plusieurs points étaient encore disputés chaudement que toutes les rues étaient pleines d'Allemands et d'Espagnols. Beaucoup de citoyens et de soldats furent tués dans le premier moment de l'irruption ; puis Philbert fit cesser le carnage et prit paisiblement possession de sa conquête. L'amiral ayant été amené devant lui, en fut noblement complimenté.

Le lendemain de la prise de la ville, Philippe II, de retour, proposa de nouveau à son conseil la question que dix-sept jours auparavant il avait résolue négativement.

— Maintenant, messieurs, dit-il à ses généraux, marcherons-nous sur Paris ?

Mais, cette fois, tous furent d'accord que la chose était impraticable : la mésintelligence se prononçant tous les jours davantage entre les Espagnols et les Anglais ; le mécontentement et la désertion des bandes allemandes, dont quelques-unes même allaient proposer leurs services à la France ; les pluies précoces de l'automne ; les maladies ; le manque de vivres ; le découragement. Du côté des Français, au contraire, l'activité de Charles de Lorraine, les armemens rapides, les recrues nombreuses, les dons gratuits, l'arrivée du duc de Guise et des troupes du Piémont, les soulèvemens patriotiques de la noblesse, des divers ordres de l'état, des populations tout entières, l'entrée de deux corps auxiliaires ; tout fut exposé dans le conseil, où cette formule : — Il est trop tard ! fut successivement répétée, comme cette autre : — Marchons sur Paris ! l'avait été précédemment ; et Philippe II, contraint de licencier la meilleure partie de son armée, se résigna à rester dans Saint-Quentin, dont il releva les remparts, et à envoyer occuper les autres places du Vermandois, pendant qu'un de ses lieutenans allait porter la guerre dans l'est et se jetait sur la Bresse, dans l'espoir de soulever cette province et la Savoie contre la domination française.

Ainsi la France, qu'avait couchée par terre cette

terrible bataille de Saint-Laurent, comparable aux funestes journées de Crécy, de Poitiers et d'Azincourt, se releva pendant que Saint-Quentin, la glorieuse sentinelle du nord, poussait ce cri généreux que d'Assas répéta plus tard en le formulant : — A moi, France ! ce sont les ennemis !

Ainsi, comme l'a dit un fils de la cité martyre :

Une ville s'immole et la France est sauvée !

Le capitaine des compagnons de l'arc, quand il vit que tout était fini, brisa son épée et gagna d'un pas lent et triste la grande collégiale, où il alla s'agenouiller comme dans le dernier asile, le suprême sanctuaire de la cité natale.

Du haut des combles, où il se réfugia pour y mourir libre, il vit sa pauvre ville pillée, outragée, ruinée par tous les fléaux d'une occupation militaire. Accoudé tout le jour derrière une des lucarnes de la vieille et sainte église, il pleura, blasphéma, rugit de douleur à chaque nouvelle profanation qu'il vit s'accomplir. La prédiction du terrible pèlerin se réalisait de point en point : la malheureuse cité s'en allait par lambeaux, croulait pierre à pierre ; au pillage des soldats se joignait le pillage des chefs. Les magnifiques tentures de l'église furent enlevées, ainsi que tous les tableaux et riches ornemens dont l'avaient successivement dotée les rois de France ; et ces saintes dépouilles passèrent plus tard des bagages du duc de Savoie pour aller décorer l'Escurial, pompeux *ex-voto* dédié au protecteur des Espagnes le jour où Philippe reçut la nouvelle de la victoire de Saint-Laurent. On dépouilla aussi l'hôtel-de-ville, et l'on enleva même d'un de ses piliers, où elle était incrustée, une plaque de cuivre portant un rébus explicatif de la date de sa construction.

Et comme, pour Jean Peuquoy, le bouc émissaire de ce vandalisme était le pèlerin, le tisserand patriote assumait sur cet espion tout le poids de sa haine; son exaspération, sa soif de vengeance s'envenimèrent de jour en jour et crûrent à un tel degré que s'il l'eût aperçu dans la ville et qu'il eût espéré l'atteindre, il se fût précipité sans hésitation du haut de l'église pour l'écraser dans sa chute. Mais ce fut en vain qu'il épia pendant plusieurs jours le passage d'un mantelet à coquilles et d'un bourdon, il ne vit passer et repasser dans les rues que des soudards ivres ou chargés de butin. — Stupide que je suis! s'écriait-il en quittant sa lucarne avec rage, s'il est espion, comme j'en jurerais sur le salut de mon âme, comment aurait-il conservé son costume de marchand de neuvaines? Malgré cela Jean Peuquoy était sans cesse ramené à la lucarne et cherchait toujours avec des yeux avides le mantelet et le bourdon.

La nuit, il quittait avec précaution sa cachette, se glissait dans la ville endormie, ramassait quelques-uns des débris abondans de la grande orgie espagnole, qui se renouvelait chaque jour, regagnait son refuge, et, dès les premières lueurs de l'aube, recommençait à contempler l'agonie de la cité vaincue; et comme un enfant agenouillé devant le lit de mort de son aïeule, il pleurait, il sanglotait, jusqu'à ce que sa vue troublée ne lui permît plus de distinguer les objets.

Il fut bientôt témoin d'un spectacle qui combla sa désolation, en même temps qu'il lui rendit un tressaillement de joie et d'orgueil. Philbert ayant proclamé Saint-Quentin cité espagnole, ceux de ses habitans qui restaient encore aimèrent mieux abandonner leurs maisons que de passer sous la domination étrangère; le clergé et les chanoines, qui possédaient en abbayes et couvens à peu près le tiers de la ville, consentirent aussi à cette abnégation patriotique, bien que Philbert les eût maintenus dans leur droit de propriété, et, se mettant à la tête de la migration avec les vases sacrés de leurs églises et les reliques de leurs saints, ils allèrent demander asile aux chapitres des villes voisines. Les blessés eux-mêmes et les malades se firent transporter hors de la *ville espagnole;* et Jean Peuquoy resta seul dans ce grand débris, comme le souffle qui tremble aux lèvres d'un mourant, comme le dernier murmure que jette un instrument brisé. Unique représentant d'une nationalité qui s'éteignait, il se cloua dans les combles de la collégiale, comme le pavillon d'un navire démâté et troué par les boulets, à l'heure où il s'engloutit sous les vagues.

Mais, avant de mourir, il lui semblait qu'une justice était à faire, et il voulait que, comme le Dieu de cette Eglise, vengé par la mort infâme de Judas, sa ville chérie fût vengée aussi de l'espion; et il attendait sa victime avec confiance, comme la hache attend le condamné. Vous dire parquels moyens il comptait que cette justice serait faite, il ne l'aurait pu lui-même, car il ne le savait pas, mais il en était sûr.

Et, comme il l'avait pressenti, cette justice s'exécuta.

Un jour, le duc de Savoie et ses principaux officiers montèrent au clocher de l'église pour embrasser d'un coup d'œil le théâtre du siège, et l'ensemble des opérations de l'attaque et de la défense. Cette curiosité, bien naturelle à des vainqueurs qui veulent prolonger la joie de leur triomphe et en jouir dans ses moindres détails, réveilla toute l'indignation, toute la sainte haine que le généreux tisserand avait vouée aux destructeurs de Saint-Quentin. Comme un vieux lion qui recule dans son antre à la vue des chasseurs insolens qu'il ne lui est plus donné de combattre, il se retira dans un enfoncement obscur; et, caché par plusieurs grosses poutres, il vit passer tour à tour devant un des lumineux orifices de la voûte, comme en une glorieuse auréole, le fastueux généralissime, puis les chefs des vieilles bandes espagnoles, des capitaines allemands, des chevaliers anglais, et toute cette cohue d'officiers namurois, wallons, liégeois, plus nombreux que ne l'étaient les soldats de Coligny.

Tout à coup, parmi les dernières têtes qui traversèrent l'encadrement de l'orifice, il en vit une qu'il reconnut au premier coup d'œil, bien qu'elle fût dépouillée de sa barbe blanche et de son chapeau à coquilles : un élégant costume espagnol avait remplacé la robe de bure, et le vieillard était devenu un jeune homme d'une trentaine d'années au plus. Malgré cette complète transformation, Jean Peuquoy sentit que c'était *lui;* un rugissement de bête fauve sortit de la poitrine du vieux Saint-Quentinois, ses yeux étincelèrent dans l'ombre comme ceux d'une hyène; comme une hyène il sortit à pas sourds de la voûte, alla se poster à un angle du toit, derrière une des portes de la galerie extérieure où la troupe ennemie devait passer à son retour, et attendit une heure entière dans des angoisses horribles; car des vertiges l'aveuglaient, un tremblement convulsif agitait tout son corps, et paralysé, vaincu d'émotions violentes, il avait peur que sa vengeance ne lui échappât.

Enfin le cortège descendit du clocher et reparut sur la galerie; Philbert-Emmanuel et tous ses officiers tournèrent les uns après les autres l'angle du toit, et la porte derrière laquelle Jean Peuquoy était accroupi, tout prêt à bondir sur sa proie.

Chacun passait avec précaution, car, à cet endroit la ballustrade en fer s'interrompait, et quoique la saillie présentât une largeur de plus de trois pieds, l'élévation en était telle au-dessus du sol que les plus hardis n'osaient détourner la vue au dessous. Pour quelqu'un qui eût été le confident et le témoin de la pensée, du regard, des mouvemens de cet homme à l'affût d'un autre homme c'eût été quelque chose de terrible que de voir, sur le bord d'un abîme, la marche lente de ce cortège, dans lequel une victime était choisie; et chacun s'avancer tour à tour; et leur juge faire un pas, puis reculer : — Le voici! — Non, pas encore! — Celui-ci? — Non. — Cet autre? — Non.

Tous avaient passé; il n'en restait plus qu'un. Deux cris partirent en même temps et se confondirent. Le tisserand avait bondi comme un tigre, et l'espion roulait dans le gouffre.

A ce cri, quelques officiers se retournèrent, et virent au même instant, à vingt pieds au-dessous d'eux, sur la plate-forme d'une des tours latérales de l'église, leur compagnon qu'un hasard extraordinaire avait retenu, et qui, baigné dans son sang et la tête renversée, ne donnait aucun signe de vie. Il ne vint à personne le soupçon que cette chute était une vengeance, car Jean Peuquoy restait debout contre l'angle opposé, d'où il pouvait voir sa victime, sans être aperçu lui-même.

Quand on se fut procuré des cordes, et qu'on fut parvenu à hisser l'espion sur la galerie, il reprit progressivement ses sens, regarda avec étonnement autour de lui; et sans doute que la secousse qui l'avait précipité en bas avait été bien imprévue et bien rapide, car il ne démentit point les explications différentes que l'on donnait autour de lui à sa chute. Mais, au moment où on l'emportait, le visage tourné vers l'angle fatal, une tête y apparut, contractée par une effrayante expression de vengeance satisfaite; à cet aspect, qui lui apprenait tout, le malheureux jeta un cri, fit un geste comme pour désigner son assassin à ceux qui l'entouraient; mais l'émotion et cet effort l'avaient épuisé, sa tête se renversa de nouveau et il ferma les yeux.

II

L'Amputation.

Quand maître Martin rouvrit les yeux, il se trouva dans celle des maisons de la ville qui lui était échue et qu'on avait réparties entre les divers officiers espagnols, anglais et allemands. Un jeune soldat était près de son lit, épiant avec anxiété le moindre de ses mouvemens, le plus léger indice de retour à la vie.

Maître Martin promena quelque temps autour de lui des yeux égarés; puis rencontrant le re-

gard à la fois heureux et triste du jeune homme :
—Ah ! c'est toi, Estevan, dit-il, si tu savais quel rêve affreux je viens de faire !... j'étais précipité du haut d'une église, j'avais le corps broyé...

— Hélas ! maître, répondit Estevan, ce n'est point un rêve que vous avez fait ; mais rassurez-vous, vos blessures ne sont pas dangereuses...

— Tu as raison ; oui, voilà mes douleurs qui se réveillent... Ah ! misérable Jean Peuquoy, je me vengerai !

— Auriez-vous un meurtrier, maître, et ne serait-ce point par accident que vous êtes tombé du haut de cette malheureuse galerie ?

— Au fait, murmura l'espion en se parlant à lui-même, de quoi me vengerais-je ? et le châtiment que ce bourgeois m'a infligé a-t-il rien que de juste et de loyal ? nous avons joué une partie difficile, et je l'ai perdue, voilà tout. Estevan, aide-moi à examiner cette jambe, je ne puis la remuer sans éprouver d'horribles angoisses ; voyons dans quel état elle se trouve.

— Y pensez-vous, mon bon maître, mais à peine vient-on de poser le premier appareil...

En ce moment entra un médecin espagnol, qui s'approcha gravement du blessé, examina l'ensemble de ses traits et lui tâta le pouls avec un froncement de sourcils involontaire.

— Maître Baldérius, lui demanda maître Martin d'un ton résolu, vous savez que je suis un homme et que je ne crains pas la mort, ainsi dites-moi toute la vérité. Tout malade ou blessé a deux chances, quelle est pour moi la plus mauvaise?

— C'est, répondit froidement le médecin espagnol, de succomber en deux ou trois jours à la fièvre qui vient de se déclarer en vous.

— Et la bonne chance?

— C'est que vous supportiez convenablement l'amputation...

— L'amputation de quoi? s'écria maître Martin dont les yeux s'agrandirent d'épouvante.

— De votre jambe blessée.

— De ma jambe! et vous appelez cela la bonne chance? mieux vaut mille fois l'autre. Me couper une jambe! et que voulez-vous que je devienne après cela?

— Mais on vit fort bien avec une jambe de moins; sans doute on marche un peu moins vite avec une béquille, mais enfin on marche; et puis il y a des chevaux, des mules...

— Oui, tout cela est fort bien pour les autres, mais pour moi c'est différent. Maître Baldérius, souvenez-vous que le diable et la fièvre pourront m'ôter la vie, mais que ni vous ni votre bistouri ne m'ôterez ma jambe.

— Plaise à Dieu que nous puissions vous conserver l'une et l'autre, répondit le médecin, qui se retira après avoir donné quelques prescriptions au jeune Espagnol.

— Tu l'as entendu, Estevan, reprit maître Martin exaspéré, me couper la jambe! le misérable!

— Hélas! maître, si c'est le seul moyen de vous sauver la vie?

— La vie? qu'est-ce que me fait la vie sans ma jambe?

— Mon Dieu! que ne puis-je sacrifier la mienne pour que vous conserviez la vôtre!

— Certes, Estevan, si cela se pouvait, j'accepterais de grand cœur, sauf à te dédommager par tout ce qui pour toi serait du bonheur... Car, Estevan, tu ne sais pas combien ces deux jambes-là sont précieuses... si tu connaissais ma vie, mes besoins... si tu savais qu'avec une jambe de moins je tombe net au milieu de la plus belle carrière... Mais encore une fois, Estevan, je veux m'assurer par moi-même de l'état de cette jambe.

— Vous ne le ferez pas, mon bon maître! s'écria le jeune Espagnol effrayé; votre jambe peut guérir, et il y aurait le plus grand danger à la tourmenter; le médecin vous prescrit un repos absolu.

— Je le veux, te dis-je! reprit maître Martin d'un ton qui ne souffrait pas de réplique. Et lui-même découvrant sa jambe et la débarassant de l'appareil qui l'enveloppait, se mit à l'axaminer en détail.

Toutefois le premier aspect de ces vingt plaies

qui n'en faisaient qu'une l'avait fait singulièrement pâlir.

Il la sonda en tous sens, essaya de faire rentrer en leurs places les parties d'os brisés dont quelques-uns perçaient la chair, et tout cela sans jeter un cri, sans pousser une plainte. Puis, voyant l'inutilité de ses tentatives : Par l'enfer ! s'écria-t-il avec un accent d'horrible colère, le médecin a dit vrai, cette jambe est au diable ! N'importe, reprit-il avec un geste furibond, je ne veux pas qu'on me la coupe. Estevan, si je m'évanouissais de nouveau et que je fusse sans défense entre leurs mains, jure-moi de les empêcher de toucher à cette jambe ?

— Je ferai tout ce que vous voudrez, mon bon maître, répondit le jeune Espagnol en tremblant.

— Car, je le répète, la mort vaut mieux pour moi que la perte d'une jambe.

Et comme la jambe de l'espion, violemment fatiguée par l'examen qu'il venait d'en faire, s'endolorissait cruellement de minute en minute, maître Martin ne put résister aux nouvelles angoisses qui le reprirent, et il retomba sur son lit sans mouvement.

Estevan épouvanté se mit à appeler du secours, mais comme la maison était vide et que le voisinage même était peu habité, personne ne vint. Alors le jeune Espagnol retourna précipitamment vers son maître, et tout en essuyant les larmes qui à chaque instant lui obscurcissaient la vue, replaça l'appareil autour de la jambe du blessé; lui frotta les tempes de vinaigre, et fut heureux enfin de lui voir rouvrir les yeux.

Mais déjà la fièvre avait envahi le cerveau de l'espion et ses regards erraient de tous côtés avec une expression délirante. Estevan lui adressa quelques paroles; les réponses de maître Martin, incohérentes et vagues, apprirent au désolé jeune homme le nouvel état du blessé; et se jetant à genoux au chevet du lit, Estevan se mit à invoquer tous les saints de son pays en faveur de son malheureux maître.

Le jeune Espagnol était fils d'un petit gentilhomme castillan ruiné, mais toujours entiché de son hidalgie; timide, faible et maladif, Estevan fût entré volontiers dans les ordres, mais son père n'y consentit jamais, et il profita de la guerre qui venait d'éclater entre la France et l'Espagne pour jeter son fils, simple soldat, dans une compagnie qu'il n'était pas assez riche pour lui acheter. Il se trouva que cette compagnie était commandée par maître Martin, qui distingua bientôt le faible enfant au milieu de ses rudes compagnons. Puis, comme tout ce qui est fort sent instinctivement le besoin de défendre tout ce qui est faible, maître Martin eut bientôt soustrait le frêle et timide jeune homme aux brutalités des soldats; il se l'attacha particulièrement, et dès lors commença entre ces deux êtres de natures si diverses, un attachement qui se resserra chaque jour, et qui les rendit bientôt indispensables l'un à l'autre. Estevan avait pour maître Martin une affection exclusive, dévouée, ardente; et, de son côté, l'espion aimait le jeune Espagnol comme une mère son enfant; ou plutôt c'était la tendresse protectrice du lion pour le chien qu'on a enfermé dans la cage du terrible animal.

Ce qui rendait encore indissolubles les liens qui unissaient ces deux hommes, c'est que l'un et l'autre s'étaient réciproquement sauvé la vie dans plusieurs circonstances. Habituellement maître Martin trouvait quelque prétexte pour retenir au camp son jeune protégé quand il devait y avoir quelque affaire; une fois pourtant force lui avait été de l'emmener avec lui; et, tout en remplissant les devoirs de son grade, il avait veillé sur le faible jeune homme avec tant de sollicitude que plusieurs fois il avait sauvé sa vie menacée. D'autre part, la compagnie de maître Martin avait été surprise dans une nuit épaisse, et un soldat ennemi, qui avait pénétré dans la tente du chef, allait l'égorger dans son sommeil lorsqu'Estevan se jeta au-devant du soudard en poussant un grand cri, maître Martin, réveillé subitement, avait débarrassé son jeune sauveur du soldat ennemi, rallié les siens et repoussé victorieusement l'attaque nocturne.

Cependant la fièvre et le délire augmentaient rapidement. Bientôt le médecin vint consulter de nouveau les plaies de la jambe; il y trouva une inflammation effrayante et un commencement de gangrène : l'amputation fut décidée. Elle se fit malgré les cris, les pleurs et les résistances d'Estevan, qui fut entraîné hors de la chambre du blessé. Quoique en proie au plus violent délire, et peut-être à cause de cela même, le patient poussait des cris effroyables; et en effet l'amputation d'un membre était alors une chose aussi dangereuse et aussi terrible qu'aujourd'hui elle est naturelle et ordinaire; et comme on ignorait encore l'art de rattacher les troncs veineux et artériels, on y passait le fer rougi à blanc : épouvantable cautérisation!

Quelques jours après, Estevan se retrouvait près du lit de maître Martin, attendant avec une anxiété toujours plus douloureuse que son maître annonçât par quelque signe son retour à la raison; car la diminution de la fièvre était la seule chance de vie qui restât à l'amputé.

Enfin les yeux de maître Martin s'ouvrirent; on y lisait toujours un profond égarement; néanmoins ils semblèrent reconnaître progressivement les objets.

— Estevan! ce fut la première parole qu'il prononça en voyant la figure de son jeune ami penchée ardemment vers la sienne.

Puis le passé lui revint rapidement en mémoire.

— Estevan, reprit-il avec joie, je ne sens plus de douleurs... ma jambe est guérie, elle est guérie, n'est-ce pas?

Le jeune homme ne répondit que par des yeux tristement baissés et un morne silence.

Alors maître Martin, inquiet et troublé, rejeta violemment les couvertures de son lit; et ne voyant plus qu'un tronçon enveloppé de linges: Les misérables! s'écria-t-il avec un hurlement de rage, ils me l'ont coupée!... et tu les as laissés faire?...

— Hélas! mon bon maître, répondit le jeune Espagnol en pleurant, c'était le seul moyen de vous sauver la vie; et puis on m'a entraîné de vive force loin de votre chevet.

— Ah! ah! ah! reprit quelques instans après maître Martin avec un rire sauvage, les maladroits m'ont dépareillé; que n'ont-ils coupé l'autre jambe aussi, ça aurait fait la paire!

— Calmez-vous, mon bon maître, ajouta Estevan effrayé de la bizarre gaîté de l'espion, ne provoquez pas le retour de la fièvre; vous voilà plus qu'à demi sauvé.

— Estevan, c'est fini, je ne ferai plus jamais de rigodons.

A la suite de cet entretien, maître Martin s'ensevelit dans un silence morne, qui dura plusieurs heures, et pendant lequel un grand travail sembla se faire dans son esprit; après quoi, sa physionomie devint sérieuse et calme, et d'un accent familier, quoique un peu faible : — Estevan, dit-il, à son jeune garde-malade, c'est fini, j'ai vaincu en moi le vieil homme, je renonce à mes idées, à mes besoins d'autrefois, et me résigne à vivre de la vie de tout le monde, sans passions excentriques, sans boutades orageuses, comme un quadrupède ou une plante... C'est peut-être ce qu'il y a de mieux au monde... oui, je veux en essayer... d'ailleurs il le faut bien... nous ne nous quitterons plus. Estevan, je te mènerai dans mon petit bourg d'Artigues, je t'achèterai une maisonnette, à côté de la mienne, un champ; je te choisirai, parmi les plus jolies filles de nos campagnes toulousaines, une petite femme douce, fraîche, avenante; tu ne feras plus la guerre qu'avec elle; tu auras de jolis petits enfans autour de toi; de bon vin dans ta cave; des jambons, des langues, des andouilles, des oies fumées dans ta cuisine; du blé dans ton grenier; en été des olives et des figues fraîches. Cela vaudra bien, n'est-ce pas, les parchemins jaunis de ton vieux gentilhomme de père? et tu deviendras gras comme un abbé, et tu seras plus heureux qu'un roi. Hein! qu'en dis-tu?

— Partout où je serai avec vous, maître, je m'y trouverai heureux, répondit le jeune homme, en souriant pourtant au naïf tableau que lui déroulait le blessé.

— Mais, reprit celui-ci, avant que tu t'attaches ainsi à moi, et que tu renonces aux ambitieuses espérances de tes glorieux parens, il faut, ami, que tu saches au juste quel je suis; et quoique il y ait assez long-temps que ton étoile est entrée dans mon signe, tu ne me connais guère encore, j'imagine ?

— Je sais seulement que vous m'avez toujours fait du bien, que votre main m'a été tendue quand celle de mes parens s'est retirée de moi, et que seul, sans appui, j'étais livré à la violence de tous, et à des fatigues qui m'eussent tué : je sais cela, et vous êtes aujourd'hui mon seul, mon véritable père !

— Ecoute toujours, enfant, et considère au moins quel père tu te donnes.

III.

Maître Martin.

— D'abord, je ne suis Espagnol d'origine directe ni indirecte, les lieux et les hommes m'ont fait positivement Français..... Cela t'étonne? en effet, il semble assez singulier qu'on serve dans une armée étrangère contre sa propre patrie; mais mon récit contiendra d'autres choses plus singulières encore, et qui porteront peut-être leur explication en elles-mêmes, sinon leur justification.

« Je suis né au bourg d'Artigues, de parens

demi-paysans, demi-bourgeois, braves gens, comme tout le monde, adorant leur roi, respectant leur curé, et payant la gabelle et disant leur chapelet fort régulièrement; du reste assez à leur aise et mettant la poule au pot tous les dimanches.

« Ils m'employèrent, dès le plus jeune âge, à garder leurs vaches et leurs chèvres, et l'on me rendait dans le pays cette justice de dire qu'il n'y avait pas à dix lieues à la ronde de gardeur de bêtes plus intelligent que moi. Donc je déployais les plus brillantes dispositions, lorsqu'un jour, en grimpant avec mes chèvres dans nos montagnes, je découvris un pauvre vieillard couché sous la saillie d'une roche et mourant de faim. Je lui donnai ma gousse d'ail et mon quartier de pain de seigle, qu'il dévora avec une prestesse fort réjouissante. Puis ce pauvre vieux se mit à pleurer en me baisant les mains; moi aussi je pleurai, et dès ce moment nous fûmes amis.

« C'était un prêtre de la religion réformée qui était venu chercher dans nos solitudes un asile contre la persécution qui le traquait.

« L'idée que je pourrais, moi, un enfant de dix ans, protéger et nourrir un homme qui en avait soixante, m'exalta et me grandit; et dès lors commença pour moi, contre la société, cette lutte que je devais conduire sur de plus larges champs de bataille, et qui devint bientôt le principe unique de ma vie. Au récit des maux dont on avait accablé mon vieux prêtre, si bon, si inoffensif, si vénérable, je me sentais animé contre les hommes de cette haine précoce, qui plus tard se changea en mépris; j'éprouvais un ardent besoin de mesurer mes forces d'enfant avec ces puissances iniques qu'on nomme église romaine et royauté. Je te le répète, Estevan, de ces premières impressions date le cours régulier de ma destinée.

« Le vieux luthérien resta deux ans entiers dans mes rochers. Je pourvoyais à sa nourriture, à son vêtement, à son coucher, et pour lui procurer tout ce bien-être, la nécessité développa énergiquement les ressources naturelles de mon esprit; de son côté, le bon prêtre m'apprenait à lire dans sa bible; bientôt même il m'eut enseigné assez de latin pour que je pusse la comprendre. Puis il me racontait l'histoire des peuples anciens, celle des modernes; les crimes des papes, ceux des rois; il me montrait la terre en proie aux vices, aux mauvaises passions; les justes opprimés, les scélérats dans l'opulence; les nations parquées comme des troupeaux de moutons, et dévorées par les rois, ministres, abbés, gentilshommes, soldats, leurs bergers et leurs bouchers. Le monde, ainsi peint par lui, m'apparut comme une vaste arène où les faibles étaient accablés par les forts, les bons par les méchans; et comme un jeune lion, à qui sa mère apprend à fortifier ses griffes en les raidissant contre le rocher, je m'aguerris silencieusement à la lutte qui bientôt allait commencer pour moi.

« Un matin, que je venais, comme de coutume, apporter sa nourriture à mon vieil ami, je vis des soldats qui l'emmenaient en l'insultant et en le frappant. Il me tendit les bras, je m'y précipitai ; puis, quand les gardes voulurent nous séparer, je les battis ; mais ils étaient plus forts que moi et nombreux ; ils m'attachèrent à un arbre, me donnèrent les étrivières, et partirent avec le vieux prêtre. Tu comprends, Estevan, combien ma haine des hommes dut s'envenimer du sentiment de mon impuissance ; car ma défaite, au lieu de m'humilier, doubla, au contraire, mes forces ; et j'attendis, pour venger le vieillard et moi, que je fusse devenu grand.

« Il y avait à Artigues et aux environs beaucoup de pâtres comme moi, mais dont la plupart étaient déjà hommes ; voyant que je les méprisais, ils me prirent en haine, et me persécutèrent, comme les papistes avaient persécuté mon vieil ami. J'aurais rougi de me plaindre, et pour déjouer tout seul leur ligue, j'appris à m'armer de la prudence du serpent, de la finesse du renard, de la malice du singe, de la patience du tigre à l'affût. Aux attaques de mes lâches ennemis, je répondais par des stratagèmes qu'ils ne soupçonnaient pas, et je les traitais comme on fait des loups et des autres bêtes malfaisantes. Il y eut, je te jure, plus d'un bras cassé dans mes piéges ; plus d'une vache, mise en fureur par moi, éventra son maître.

« J'appris aussi à manier la fronde et le bâton ferré d'une façon terrible. En même temps, mes forces s'accroissaient avec rapidité ; et, à quinze ans, il n'y avait pas d'homme que je craignisse à la lutte, au pugilat, et qui soulevât plus facilement que moi de lourds fardeaux.

« Vers cette époque, j'aimai une jeune fille du pays, comme on peut aimer quand c'est la première fois et qu'on a passé toutes ses jeunes années dans l'isolement et la haine. Elle me trompa, je la tuai. Je sais aujourd'hui qu'on appelle cela crime, mais quand je l'aurais su alors, je ne crois pas qu'aucune puissance humaine eût pu m'empêcher d'exécuter cet acte de justice instinctive contre une trahison qui surexcita jusqu'à la rage les fibres de mon jeune cœur.

« J'étais tombé dès lors dans une si noire mélancolie que j'eusse accepté sans résistance le châtiment que les hommes infligent au meurtre ; mais comme, en trouvant le cadavre de la jeune fille au pied d'une roche du haut de laquelle je l'avais précipitée, on attribua sa mort à un accident, je ne fus soupçonné, ni inquiété.

« Cependant, mes parens qui devenaient vieux, et qui ne voulaient plus travailler, songèrent à me marier. Je me laissai faire : j'étais trop affaissé pour vouloir quelque chose ou me refuser à quoi que ce soit. Bertrande Rossi, la fille que j'épousai, point trop jeune, point trop jolie, était une assez bonne pâte de femme, au baptême de laquelle on aurait pu tirer des pétards, car elle n'avait pas inventé la poudre. Elle employait tout son génie à tenir son ménage propre, et mettait toute son ambition à paraître à la messe avec une belle cotte neuve.

« Nous avions un peu de bien, je ne travaillais point trop; tout le monde dans Artigues enviait mon bonheur; en effet, pour être heureux comme un poulet dans une chartreuse je n'aurais eu qu'à vouloir. Mais, ou je ne voulus pas, ou je ne pus pas, car bientôt, ma charrue et mes bœufs, mon enfant et son maillot, ma femme et sa cotte neuve, mon père et son grognement perpétuel me devinrent horriblement insupportables; j'avais des envies furieuses de me casser la tête contre les murs, comme on dit que font les aigles emprisonnés contre les barreaux de leur cage. Puis, un beau jour, père, enfant, femme et charrue, je jetai tout là, comme un bonnet, quand on a trop chaud; et, un bâton ferré à la main, un pain dans mon bissac, j'allai tout droit devant moi, en respirant comme une chose nouvelle et suave l'air des montagnes, le vent frais qui soufflait dans mes cheveux, l'arome des pins sauvages qui venait à moi par bouffées. Oh! Estevan, avec quel avidité je m'emparais de tous les horizons inconnus qui s'ouvraient démesurément devant moi! j'étais comme un cheval qui a brisé son mors et qui, les crins hérissés, le cou tendu, aspire la liberté par ses naseaux brûlans; je commençais à vivre!

« Par momens, je me figurais être ce Christophe Colomb, dont je m'étais fait si souvent répéter l'histoire par mon vieux prêtre luthérien, et qui, me disait-il, avait découvert des terres, des peuples, des royaumes, ignorés du reste des hommes, et dont l'existence même n'était pas soupçonnée. Moi aussi! m'écriai-je avec transport, je vais voir, je vais connaître, je vais découvrir!

« Je franchis les Pyrénées, en assommant deux ou trois bandits qui pensaient trouver en moi un mouton à tondre, et qui, au lieu de laine, ne touchèrent que des griffes. Ceci ayant eu lieu dans une gorge assez étroite qui terminait les Pyrénées et touchait à l'Espagne, j'avais été vu des hauteurs de la route par un voyageur de qualité, le cardinal de Burgos : Mon brave, me dit-il, veux-tu entrer à mon service? Comme il ne me restait, pour gagner mon pain, d'autre parti à prendre que de mendier, ou d'imiter les routiers que je venais de dépêcher, j'acceptai tout de suite.

« Le susdit cardinal avait réfléchi que je valais à moi seul une escorte ; et comme il aimait les expéditions galantes et qu'il était fort poltron, il trouva moins gênant et tout aussi sûr de se contenter de moi.

« Je repris sous ce senor mon éducation assez long-temps interrompue. En même temps que je devins passé maître dans l'art de l'escrime, quoique je n'en eusse pas besoin et que mon bâton ferré pût se croiser avantageusement avec toutes sortes d'armes, j'appris à connaître complètement, en les voyant de près, tous ces illustres de l'Eglise et de l'armée, que le peuple adore d'en bas, et que je m'habituais, moi, à juger d'en haut.

« Ma haine et mon mépris contre cette tourbe de tyrans, d'hypocrites, de lâches, se réveillèrent avec énergie quand je me trouvai au centre de ce foyer de corruption ; et comme cette haine n'avait plus pour correctif les conseils religieux et tendres du vieux ministre, elle me dessécha rapidement le cœur. Oui, Estevan, je devins impitoyable comme le bourreau, acéré comme sa hache.

« Une autre circonstance servit encore à jeter bas mes dernières croyances et les débris de mes préjugés. Dans le cabinet du cardinal se trouvaient tous les livres de Luther, de Zwingle et des autres hérésiarques de l'époque, qu'étudiait mon maître pour les combattre. Je les lus aussi, moi, et cet esprit d'audacieux examen dont ils étaient remplis développant les germes d'incrédulité qui bouillonnaient en moi, je ne vis plus dans cette religion si funeste aux hommes et sapée aujourd'hui par eux, qu'une œuvre antique de leurs mains ; j'en vins même à nier Dieu, qu'eût accusé l'épouvantable désordre où je contemplais les nations, et je ne voulus plus voir sur la terre que des faits.

« Mais ces faits, dont la plupart me révoltaient, si je les changeais, me disais-je! si j'employais pour la défense des petits cette puissance dont je me sens doué?..... Mais, me demandais-je ensuite, comment ôter aux loups leur voracité et donner des ongles aux agneaux? Dans la nature et sur toute l'échelle des élémens et des êtres, les forts détruisent les faibles, et comme la pluie éteint le feu et que le lion mange le chevreuil, l'homme hardi opprime l'homme timide..... C'est une nécessité infranchissable, un cercle éternel dans lequel tournent inévitablement l'humanité et l'univers entier.....

« Alors je pris les hommes et les choses en pitié, en dégoût; et le ressort de ma vie, si violemment tendu, puis relâché tout à coup, faillit se briser dans le suicide.

« De toutes mes passions, renversées dans ce cataclysme de mon être, il n'en resta qu'une debout, le besoin de choses nouvelles, une curiosité ardente; et ce fut elle qui me sauva de l'ennui qui me tuait.

« Je savais par cœur le cardinal de Burgos et tout son entourage; et, après les prêtres espagnols, dont la vue m'était nauséabonde, je voulus examiner les gens de guerre. Le frère du cardinal occupait un grade élevé dans l'armée, je m'offris à lui, il m'accepta. Les gens de guerre, mon pauvre Estevan, ne valent pas beaucoup mieux que les gens d'Eglise : avec les mêmes passions, ils ont du moins de la franchise, et j'aime mieux, vois-tu, de la brutalité que de l'hypocrisie..... Voilà pourquoi j'ai servi le duc de Montmorency aux dépens du duc de Lorraine, quoique, à vrai dire, l'un ne vaille guère mieux que l'autre..... je te ferai comprendre cela dans un instant. Le duc de Burgos m'emmena en Flandre, et comme la guerre m'amusait, je ne tardai pas à devenir guidon, et des médailles d'honneur me furent pendues au cou. Tu les a vues, Estevan, et tu sais qu'il n'y a pas de mule espagnole qui puisse faire sonner autant de grelots à son collier; mais, va! cela ne me rendit guère plus fier : ce n'est point un homme de mon espèce qu'on amuse avec de pareils hochets; c'est bon tout au plus pour les mules que cela excite, et qui en marchent un peu plus vite peut-être.....

« Tout guéri de préjugés que je me croyais, j'éprouvai pourtant je ne sais quelle répugnance la première fois qu'il fallut me battre contre des Français. J'avais beau me dire que les hommes de l'Aragon et de la Navarre étaient plutôt mes voisins que ceux de la Bourgogne et de la Picardie; qu'il devait m'être égal de croiser l'épée contre les Suisses au service de la France ou contre les Allemands au service de l'Espagne; et qu'à tout prendre il n'y avait d'ennemis de fait et de véritables intéressés que les rois, ducs et gentilshommes, lesquels gagnaient ou perdaient à la guerre des provinces, des principautés, des marquisats : malgré moi, je sentais remuer dans mon cœur ces vieilles émotions d'enfance, qui le faisaient palpiter à chaque nouvelle victoire du roi François Ier... Il fallait toutes les forces de ma raison pour me défaire de cette superstition et la renvoyer avec les fantômes dont on peuple ridiculement les ténèbres, et j'y parvins en me répétant nuit et jour, que les Espagnols me donnaient du pain, et que les Français avaient tué mon vieil ami.

« Quand je fus arrivé au grade que j'occupe, et que je vais bientôt quitter, l'ennui commença à me reprendre, et je songeai à me donner d'autres distractions.

« C'est ici, mon ami, mon naïf, mon candide Estevan, que de blanc ou de gris que je te semble, je vais te paraître tout noir.

« N'est-il pas vrai qu'il n'y a rien au monde de plus odieux, de plus méprisable, de plus vil qu'un espion? Eh bien! je me fis espion; oui, moi qui te parle; seulement ce ne fut ni par besoin ni par cupidité : je voulais avoir un rôle à jouer, des cartes à brouiller, des marionnettes à faire danser; et puis je trouvai drôle d'emprunter aux métiers inventés par les hommes, le plus ignoble, le plus bas, pour mieux m'élever au-dessus d'eux de toute la hauteur de mon mépris et de mes sarcasmes.

« Donc j'espionnai tantôt pour l'un, tantôt pour l'autre, ne suivant de règle que mon caprice, jouant ma tête à tout coup, et trouvant je ne sais quelles joyeuses titillations dans ces périls renaissans d'heure en heure ; démolissant un jour ce que j'avais construit la veille ; faisant trébucher les vanités les plus raides contre les angles de la vérité nue ; donnant du pied au derrière aux plus dignes personnages, et des chiquenaudes aux plus augustes nez ; prenant toutes les formes, tous les tons, toutes les allures ; tour à tour tigre ou singe, perroquet ou vautour ; traversant la boue et l'or sans me souiller ni me dorer ; bref, secouant les rois et leurs courtisans comme des noix dans un sac ou des couleuvres dans un panier, vivant d'action, de lutte, d'ironie, et portant la pensée et le temps sans en sentir le poids. C'était beaucoup.

« Aussi dois-tu concevoir maintenant que je ne me sois pas résigné sans peine à quitter avec ma jambe ces intrigues monarchiques et princières dont les nœuds mystérieux étaient connus de moi seul ; ce labyrinthe où j'attirais tant de gens de tous états et dont j'étais le Minotaure, et toute cette vie si mêlée et si pleine dont la solitude de mon cœur avait besoin.....

« Des combinaisons qui m'ont fait déployer le

plus d'intelligence et d'activité, il en est une dont le succès est à peu près certain, et que j'aurais regret d'abandonner, parce qu'elle m'a coûté des peines inouïes; c'est le mariage de François de Montmorency avec Diane de France. Songe, Estevan, que pour le mener à bien, il m'a fallu désarçonner un pape et ses trois neveux, un fin diplomate, un grand capitaine, une jolie femme, une femme malheureuse, un nouveau Bayard, un écuyer endiablé et je ne sais combien de subalternes! Et qu'avais-je pour alliés? un roi entre deux intrigues, une jument entre deux cavaliers, un connétable entre deux colères, un fiancé entre deux femmes; en un mot ce mariage était une éventualité entre deux incertitudes.

« Je compte donc sur toi, mon enfant, pour clouer la dernière planche à mon pénible échafaudage; puis nous gagnerons Artigues, où nous vivrons comme deux honnêtes bourgeois, deux Roger Bontemps, si c'est possible.

« Oui, encore une fois, j'ai ce mariage à cœur; que veux-tu, Estevan, c'est mon chef-d'œuvre. Que dirais-tu d'un pâtissier qui, après avoir construit un magnifique gâteau, et lorsque son four est chauffé à point, irait se coucher? Que la France, l'Espagne, l'Italie, l'Allemagne, l'Angleterre s'arrangent comme elles l'entendront, je ne me mêle plus de leurs affaires, mais je veux mon mariage! Après avoir fait aller les Français à l'enterrement, je dois bien, par Dieu! les envoyer un moment à la noce. »

Maître Martin entra ici dans des détails qui seraient pour nous une répétition, puis il donna des instructions bien circonstanciées au jeune Espagnol, qui prit le lendemain la route de Paris.

IV.

Une Comédie.

Transportons-nous maintenant dans la grande salle du château de Compiègne, où un théâtre a été dressé, et où la cour réunie attend l'arrivée des acteurs en causant bruyamment.

— Comment! dit le jeune duc d'Aumale à son frère le cardinal de Lorraine, près duquel il est assis, la comédie, une noce, dans les circonstances où nous sommes!

— Mais, Claude, répondit le ministre à demi-voix, les circonstances sont bonnes; pour nous surtout elles n'ont jamais été meilleures.

— Il faut, certes, que ce vieux sanglier de Montmorency soit cuirassé d'impudence; oser assister à des divertissemens, lui qui a mis le deuil dans tant de familles de France, et qui est encore le prisonnier du duc de Savoie, car on dit qu'il n'est ici que sur parole!...

— Laissez-lui cette joie, Claude; c'est la dernière peut-être que nous lui permettrons.

— Cependant, mon frère, voici que son fils devient le gendre du roi?

— Sans doute il eût été avantageux pour nous d'empêcher ce mariage, qui trompe tous mes calculs, toutes mes prévisions; mais, après tout, ce sera d'un mince profit pour cette famille, et quand nous emportons la partie d'emblée, nous pouvons bien laisser prendre un point à nos adversaires.

— Dites une revanche; car madame de Castro a l'oreille du roi, et tout ce que ses parens demanderont.....

— Ils ne l'auront pas: Claude, madame Diane de Castro est fière, fière comme sa patronne; elle ne veut rien demander et ne sait rien obtenir; à son regard altier que n'adoucit jamais une larme, à sa voix presque virile, qui ne sait point l'accent de la prière, nous opposerons les yeux voilés et doux et le suave sourire de Marie Stuart; nous laisserons Diane dans ses bois sauvages, et Vénus obtiendra tout de Jupiter.

— Puissiez-vous dire vrai, mon frère, puisse l'intercession de la belle Marie nous maintenir à toujours la droite de Dieu le père.

— Tu le vois, Claude, reprit le cardinal en riant, nous avons pour nous la mythologie et le christianisme.

— Ne disiez-vous pas tout à l'heure, mon frère, que tout allait bien pour nous?

— Oui; et en voici des preuves : Sache d'abord qu'il a suffi de l'arrivée de notre frère François, pour tirer le pays de sa torpeur et faire fuir l'ennemi qui avait envahi la Bresse; ensuite, tu as pu voir, en arrivant ici, quelle quantité de troupes est rassemblée autour de la ville, et combien elles montrent d'enthousiasme; notre frère est leur âme, leur héros, leur dieu; toujours le harnais sur le dos, toujours à cheval, il les organise, les exerce, les passe en revue, il ne les quitte jamais. Lui et moi, mon ami, ajouta le cardinal en s'approchant encore plus de l'oreille de son frère puîné, nous sommes les rois de France!

— Alors, sire, reprit le duc d'Aumale en riant, permettez-moi de vous recommander le plus affectueux de vos parens et le premier de vos sujets.

— Nous avons songé à toi, Claude; et, en attendant mieux, tu vas avoir sous tes ordres un corps d'armée..... Mais je ne t'ai pas tout dit:

Cette fête, dont les Montmorency ont l'honneur, en réalité c'est pour nous qu'elle se donne.

— Encore une énigme, mon frère ?

— Oui ; et dont le mot, comme pour toutes les autres, est vive les Guise ! Claude, ces jeux, cette comédie qui va commencer, ce mariage qui va s'accomplir, ils cachent une des plus glorieuses expéditions que puissent imaginer un ministre adroit et un grand capitaine : les Montmorency ont donné la Saint-Laurent à la France, nous voulons, nous, lui donner Calais ; ils ont laissé déchirer nos frontières et exposé la capitale, nue, à l'épée de Philippe II, et nous rendrons à la grande cité sa cuirasse et sa lance, leur ceinture à nos frontières ; et nous chasserons pour toujours le dernier Anglais du sol Français !

— Puisse ce beau rêve se réaliser, mon frère !

— En effet, l'Europe prendra cela pour un rêve ; mais nos calculs sont faits, ami, le succès est certain !

— Et sans doute, frère, vous m'avez gardé mon rôle ?

— Nous avions nos intentions en te faisant accourir en poste de ton gouvernement : dès demain, tu partiras avec M. de Nevers pour l'Argonne ; vous avez l'air d'attaquer le Luxembourg, l'ennemi y rassemble toutes ses forces, alors vous faites une pointe vers la Picardie maritime, vous y arrivez à marches forcées ; vous rejoignez mon frère à Boulogne, vous tombez tous ensemble sur Calais, qui n'a qu'une faible garnison, car le gouvernement anglais s'imagine que sa réputation suffit à garder ce poste important, dernier fleuron de la couronne de France que sa main tienne encore; vous l'emportez en huit jours, oui, Claude, car je te le dis, nos mesures sont prises! Puis, le printemps venu, les chemins séchés, les fourrages repoussés, vous entrez dans le Vermandois, et les Guise, ramassant l'épée échappée des mains du connétable, la rejettent fièrement dans la balance européenne!

— Ce n'est pas là qu'il faudra la rejeter, mon frère, c'est dans mes mains, qui ne la lâcheront pas, je vous jure; vous et mon frère François, vous vous contenterez, s'il vous plaît, du sceptre et de la main de justice.

—Je ne puis, frère, te promettre que le bâton de maréchal, d'autant que l'épée du connétable commence à devenir bien vieille et bien rouillée, et qu'elle ne va plus guère qu'avec des mains décrépites.

— Je veux bien le bâton de maréchal, mais à condition que vous y ajouterez quelques clous d'or.

— Nous l'en couvrirons, Claude; mais veille à ce que ta chère belle-mère, madame Diane de Poitiers, ne fasse pas trop ombre à notre soleil levant..... Tiens, la voici qui s'évertue à consoler son vieux connétable.

— Oui, c'est une vieille folie dont j'enrage tous les jours, et dont Louise de Brézé désespère de guérir sa mère.....

— Il faut que ce vieux coq ait le diable au corps..... Je ne vois plus qu'un moyen, c'est de lui envoyer des potions calmantes.

— Cela n'y ferait rien, madame Diane émoustillerait un mort. Si nous faisions savoir au roi quelque chose de leur intelligence?

— Gardons-nous en bien; le roi douterait plutôt de Dieu que de sa maîtresse; il en est tellement coiffé qu'il n'y voit goutte en plein midi; oh non! c'est une arme qu'on retournerait dangereusement contre nous.

— Mais elle, comment a-t-elle pu se laisser coiffer par un buffle de l'espèce du connétable? Quand je vivrais mille ans je ne le comprendrais pas!

— Demande à feue Pasiphaé de mythologique mémoire; souviens-toi aussi d'Europe que ne put mieux séduire le grand Jupiter qu'en empruntant les belles formes du taureau; rappelle-toi enfin ces rudes galans, nommés les Centaures, et fort heureux, dit-on, auprès des dames; eh bien! madame de Valentinois trouve réunis chez le connétable les charmes du taureau et les grâces de l'étalon; voilà tout le mystère.

— Eh bien! disait à quelques pas de là Diane de Poitiers au vieux connétable, le voilà donc mené à bonne fin, ce mariage qui nous a donné tant de peine ; je regrette seulement qu'on n'ait pas attendu la dispense que ne pouvait plus nous refuser sa sainteté après celle qu'elle avait signée antérieurement.

— Sa sainteté, répondait Montmorency, nous aurait fait attendre jusqu'à la fin du monde, et le roi a pris le bon parti ; d'ailleurs le décret que nous venons de faire rendre par le parlement contre les mariages clandestins a tranché la question ; l'avis du pape devenait inutile, et désormais nous pourrons régler nous-mêmes ces sortes d'affaires.

—A propos, savez-vous que la compagnie est fort mécontente qu'on l'ait violentée pour obtenir d'elle que l'effet de la loi fût rétroactif en notre faveur.

— Bon, bon, nous lui en préparons d'autres, à la compagnie !

— Elle avoue que le décret est bon en lui-même, en ce qu'il réprime une foule de désordres où l'autorité des pères était méconnue, mais elle dit, et assez haut encore, qu'il est dommage qu'une mauvaise cause en ait été le prétexte.

— La compagnie est une insolente, à laquelle, vous dis-je, nous apprendrons à vivre.....

— Mais voyons donc, connnétable, vous ne me dites pas que vous êtes content de moi ; je mérite pourtant toute votre reconnaissance, car le roi vous en voulait grandement, à cause de cette malheureuse bataille ; et d'abord il ne jurait rien moins que de vous laisser toute votre vie prisonnier des Espagnols... Enfin je l'ai radouci, puis je lui ai fait comprendre combien vous lui êtes utile...

— Oui, corps du Christ! je lui suis utile, et il m'a rappelé à temps pour que j'empêche la maison de France de devenir vassale de celle de Lorraine.

— Et moi, mon ami, je me suis opposée à bien des choses qu'on préparait contre vous...

— Ce François de Guise, ne voilà-t-il pas qu'il tranche du monarque... le fanfaron, le héros de parade!

— C'est bien malgré moi qu'on lui a donné la lieutenance générale du royaume, mais il a mis ce haut prix à ses services, et le roi qui ne comptait plus sur vous...

— Le roi, le roi... si on le laissait faire, les choses iraient grand train, il lui faut une bonne tête et heureusement me voilà.

— Si vous saviez, connétable, comme votre double malheur m'a affligée! nous avons été séparés si long-temps...

— Je m'en suis aperçu, car vous ne savez que pleurer, vous, lorsqu'il faudrait agir... les mauvais plaisans disent que vous êtes la jument du roi, quant à moi, je sais que vous avez besoin de l'éperon.

— Ce sont les calvinistes qui disent cela, n'est-ce pas, connétable? reprit la duchesse en souriant avec amertume, oh! je vous le jure, ils me me paieront cher ce propos et tous les autres.

— Mon Dieu! j'ai entendu de bons catholiques le répéter.

— Et vous ne les avez pas châtiés ?

— Au contraire, j'ai fait chorus avec eux, et cela pour n'en pas faire penser et dire davantage.

— Oh ! vous vous entendez fort bien à défendre mes intérêts... et les vôtres : vous êtes ingrat, connétable.

— Et vous, Diane, vous êtes diablement chatouilleuse : quand la chose est vraie, qu'importe le nom qu'on lui donne ?

Un peu plus loin, Henri II s'entretenait avec Diane de France.

— Déridez donc, ma belle Diane, disait le prince à sa fille, déridez ce front triste, et où il me semble voir écrit le reproche du sacrifice que vous me faites.

— Je regrette de ne pouvoir vous démentir ; oui, sire et très honoré père, c'est un sacrifice.

— Je le comprends, ma Diane bien-aimée, mais, hélas ! à chacun sa croix ; comme un autre je porte la mienne, et elle est lourde. Entre une couronne d'or, voyez-vous, et une couronne d'épines, il y a peu de différence.

— Il est vrai, mon père, j'ai honte de mes soucis quand je songe aux vôtres ; qu'est-ce en effet que le chagrin d'une femme, obligée de se donner à un homme qu'elle n'aime pas, auprès des angoisses d'un prince qui a vu son royaume à la veille de sa perte ?

— Oh oui! Diane, j'ai été un mois durant dans des transes affreuses : voir l'antique héritage de ses pères tomber aux mains d'un ennemi, et d'un ennemi qu'on méprisait ; tant de rois illustres et de glorieuses batailles déshonorés en un jour ; un règne commencé dans la conquête et fini dans l'envahissement! Oh! ma bonne ville de Saint-Quentin, ma brave védette picarde, tu seras récompensée!

— Mais maintenant, sire, que le danger est passé, je vous dirai à mon tour : déridez ce front toujours sombre.

— Le danger est passé, je le crois, et la France ne sent plus sur sa gorge le pied de Philippe II, mais, moi, je sens toujours sur ma couronne la main des Guise. Ah! Diane, ce cardinal et ce duc me font payer cher les services qu'ils me rendent! Pourquoi ma renommée et le pays ne peuvent-ils se passer de ces deux hommes? Savez-vous bien, Diane, qu'à l'heure qu'il est ils sont plus rois dans mon royaume que moi-même! savez-vous qu'il m'a fallu leur donner les pouvoirs les plus illimités; qu'il disposent de mon sceau sans que j'aie rien à y voir, qu'ils reçoivent et dépêchent des ambassadeurs en mon nom, et que si cela continuait, le nom de Charles et de François aurait bientôt fait oublier celui de Henri?

— J'ai bien compris, sire, qu'à cette puissance il fallait en opposer une autre, et que c'est pour cela que vous avez fait rentrer en grâce les Montmorency.

— Oui, j'ai besoin d'eux ; ils sont la branche qui sauvera mon autorité du naufrage.

— Et la branche tiendra ferme, sire, dit le connétable qui venait de s'approcher.

— Oui, mon compère, reprit le roi en serrant la main du vieux duc, car, bien que la foudre t'ait frappé, tu es encore un chêne robuste.

— Je vous aurais encore mieux soutenu et défendu, sire, si vous n'aviez pas brisé mon épée de connétable.

— Tu te trompes, Montmorency, l'un n'exclut pas l'autre... d'ailleurs, vois-tu, j'y ai été contraint ; tu me manquais, et j'ai pris les Guise parce que je n'avais pas mieux... mais te voilà, et s'ils sont un de mes bras, toi et les tiens, vous serez l'autre.

En ce moment, la toile se leva et deux acteurs parurent sur la scène.

La pièce que l'on allait jouer était une comédie en cinq actes et en vers de huit syllabes, intitulée *le Brave*, et composée par Jean-Antoine de Baïf. C'était une imitation du théâtre des anciens, comme toutes les pièces de ce temps, où pourtant une certaine originalité commençait à poindre, et fort comparables à ces enfans affublés d'habits de vieillards et bégayant encore. Telles étaient l'*Andrienne* de des Perriers, l'*Hécuba* de Bouchetel, la *Mascarade* de Jodelle, les *Abusés* de Charles Etienne, etc.

Les deux personnages qui venaient d'entrer en scène étaient un fanfaron de bravoure, le héros de la pièce, et un écornifleur qui, semblable au renard de la fable, vivait aux dépens de celui qui l'écoutait. Le faux brave racontait ses grands coups d'épée, le flatteur renchérissait sur toutes les exagérations de son patron, et caressait surtout la prétention qu'avait ce dernier de faire tourner la tête à toutes les femmes; et la cour de rire et d'appliquer malignement à différens seigneurs toutes les rodomontades de ce ridicule personnage; le vieux Montmorency, si vain de sa prétendue renommée militaire, était surtout le point de mire où allaient ricocher les éclats de rire et les allusions.

— Ne trouvez-vous pas, sire, disait à Henri II le connétable qui ne s'apercevait de rien, que c'est là le portrait tout craché de messire Bonnivet, lui aussi, à ce qu'il paraît, se vante de faire choir toutes les dames?

— Ne me parlez pas de cet insolent! répondit le roi en fronçant le sourcil; s'il n'eût pas quitté mon service et la cour, je vous garantis que j'en eusse fait un exemple.

— J'ai craint jusqu'à ce moment qu'il ne vînt troubler cette fête, car le mariage qui va se célébrer le contrarie, dit-on, plus pour lui-même que pour sa sœur.

— Pensez-vous, connétable, qu'il eût eu l'audace de paraître ici ?

— Par ma foi! sire, je vais vous avouer une chose puérile, mais je ne serai tout-à-fait tranquille qu'après la cérémonie.

— J'imagine, connétable, que vous ne doutez pas de notre parole?

— Dieu m'en garde ! sire, mais madame d'Angoulême a un faible pour ce muguet, et s'il venait en pleine église, il est assez hardi pour cela, faire une nouvelle protestation...

— Lui? par ma couronne, s'il faisait cela, ce serait le dernier jour de sa vie!

— Et si les Guise l'appuyaient publiquement? un lieutenant-général du royaume peut beaucoup, sire!

— Vous me rendriez fou, connétable, avec vos suppositions! Laissez faire, je suis le roi et je le prouverai bien!

— Et si madame d'Angoulême, saisissant cette opposition au vol, et feignant un scrupule...

— Aurait-on machiné quelque chose de pareil? parlez franc, connétable; Dieu me damne! je ne vous ai jamais vu si embarrassé, si ambigu!

— C'est que, quand on reçoit des ambassadeurs à la place du roi, on peut bien.....

— Mais encore, savez-vous quelque chose? interrompit le roi avec impatience et en pâlissant de colère.

— Rien de positif; seulement j'ai lieu d'appréhender.

— C'est bon, je donnerai des ordres en conséquence.

Après la première scène, qui fut fort longue, comme toutes celles de ces comédies sans action, dont se contentaient pourtant les novices spectateurs de l'époque, un troisième personnage parut, un valet fripon, qui, s'adressant au public, lui détailla de la manière la plus divertissante qu'il put, l'exposition de la pièce : « Nous sommes en telle ville, voilà ce que nous avons fait, voici ce que nous voulons faire. — J'étais, il y a peu de temps, au service d'un gentilhomme fort gagalant, qui aimait une fort jolie garcette; contraint de s'éloigner pendant quelques semaines, à son retour il ne trouva plus sa belle, qu'avait séduite et emmenée *le Brave :* nous découvrons leur retraite; je m'insinue dans les bonnes grâces dudit Brave, qui me reçoit au nombre de ses domestiques; je perce une porte secrète dans un pavillon touchant à une maison voisine, et je proprocure des entrevues à la belle et à son premier amant, jusqu'à ce que je puisse mieux faire; et c'est ce que vous apprendrez plus tard.

Le maître de la maison voisine était un de ces aimables vieillards, ami des jeunes gens et assez vert encore pour partager quelquefois leurs plaisirs, plein de tolérance pour leurs faiblesses, et leur rendant au besoin tous les services possibles, une sorte de Roger Bontemps plein de feu, charmant le public par sa facile morale, l'électrisant de son chaud épicurisme; un de ces caractères tout d'une pièce, complet comme les imaginait Térence. Sa maison servait aux entrevues des deux amans; le factotum du Brave juché sur les toits où il était allé poursuivre une guenon, découvre, dans la cour de son voisin, ce qu'il ne cherchait pas, la mignone de son maître s'entretenant fort amoureusement avec un inconnu, chose qu'il ne peut comprendre, car lui que le Brave a chargé de garder la belle a dans sa poche les clefs de toutes les portes et n'en laisse jamais une ouverte. Néanmoins, il se prépara à raconter à son maître ce qu'il a vu.

De son côté, l'aimable vieillard a aperçu le factotum sur les toits, et l'a vu guettant les deux tourteraux.

— L'ami, dit-il au valet fripon, l'argus est sur notre piste.

— Eh bien, il faut le dépister.

— C'est précisément ce que j'allais te dire en t'offrant mon aide. Comment allons-nous nous y prendre?

— Voici.

Le moyen proposé est adopté, le valet fripon s'efforce de persuader à l'argus que ses yeux l'ont trompé, et que celle qu'il a cru reconnaître pour l'amoureuse de leur maître est une autre femme;

l'argus résiste. — Eh bien ! tu vas en avoir la preuve. Alors le valet fripon entre chez le vieillard et en ressort avec la belle.

— C'est cela, répond l'argus, voilà bien l'amoureuse de notre maître ; mais comment est-elle sortie de chez nous ?

— Ce n'est pas elle, te dis-je, c'est une de ses sœurs ; rentre et va dans la chambre de dame Aimée, tu verras plutôt.

Un instant après l'argus revient stupéfait ; il a vu Aimée couchée sur un lit de repos et sommeillant.

A peine a-t-il achevé d'exprimer sa surprise, qu'Aimée reparaît sur la porte du vieillard, avec son premier costume ; l'argus, qui a toujours ses clefs dans ses poches et qui s'est assuré que toutes les portes sont bien fermées, est confondu.

— Tu vois bien, reprend le valet fripon, ce n'est pas Aimée, c'est une de ses sœurs.

— Il faut bien que cela soit. Et l'argus s'en retourne convaincu.

Cependant ce manège a grandement réjoui le public, qui témoigne sa satisfaction par des applaudissemens et des rires.

Ce premier danger éludé, le valet fripon, le complaisant vieillard et le galant débattent entre eux le moyen d'enlever la belle Aimée au Brave. Et voici ce qu'ils arrêtent : Le vieillard, qui connaît des commères de toute espèce, va en prendre deux des plus délurées et des plus jolies. Il leur propose de mystifier le Brave et de servir deux gentils amoureux ; elles acceptent ; il leur apprend leur rôle.

Le public se prête de la meilleure grâce du monde à ce moyen de continuer la comédie, qui paraissait achevée du moment où le trou étant fait au pavillon, la belle pouvait s'enfuir avec son premier galant ; mais comme il faut à ce benin public cinq actes de plaisir, il est très tolérant sur la façon dont on lui en procure, et très reconnaissant des bonnes intentions de l'auteur. *Quantum mutatus ab illo !* Et puis l'objet de la pièce n'est-il pas la mystification d'un fanfaron?

Or, cette mystification s'exécute de la manière suivante :

Le valet fripon jure au Brave que toutes les femmes se meurent d'amour pour lui. — Si je ne savais, lui dit-il, qu'accablé d'adorations comme vous êtes, vous vous souciez peu de conquérir de nouveaux myrtes, je vous rendrais compte chaque jour de plus de vingt messages dont je suis chargé.....

— Dis un peu, cela me distraira, car les lauriers dont ma tête est couverte me pèsent.

— Eh bien, je sais deux belles dames entre autres qui me persécutent à cause de vous et qui me rendraient bien riche si je n'étais incorruptible..... Mais, madame Aimée, qu'en feriez-vous ? ne pourriez-vous la rendre à ses parens !

— Sans doute, mais elle m'aime trop, elle n'y consentirait jamais.

— Alors il faudrait la forcer à partir, car les deux belles dames en question sont fort jalouses et ne souffriraient pas de rivale.

Sur ces entrefaites, arrivent deux chambrières, portant épîtres assassines. Le Brave ne sait à qui entendre; pour l'achever, les deux belles, sans attendre le retour de leurs chambrières, paraissent au fond du théâtre, gémissantes, éplorées, prêtes à expirer d'amour. Le brave court avec anxiété de l'une à l'autre, sans parvenir à les consoler, puis revenant vers le valet fripon : — Il faut, lui dit-il, renvoyer tout de suite Aimée.

Aimée accourt en désordre : — Je ne veux pas vous quitter ! s'écrie-t-elle, plutôt mourir !

Le Brave parvient à la décider à force de présens; le valet fripon, qui est aux aguets, fait venir à l'instant un marinier, portant un emplâtre sur l'œil, et qui n'est autre que le galant déguisé.

Aimée entre toute en larmes dans le bateau qui vient la prendre, et le Brave reste seul avec celle des deux commères qu'il a choisie, et dont il réclame très vivement les faveurs. Après une défense habilement calculée, la rusée lui donne rendez-vous dans la maison du vieillard; le Brave s'y faufile; puis tout à coup il en sort en jetant de grands cris et en s'efforçant d'échapper aux coups de pied, de poing, de bâton et de balai, soufflets, que lui distribuent très généreusement une foule de caillettes, villotiers, voisins et voisines, très joyeux de pouvoir châtier comme il le mérite, un fanfaron de galanterie et de bravoure.

Ce facétieux dénoûment s'exécuta à la grande joie de la cour, qui se livra surtout à un fou rire, à un rire homérique, quand elle vit le connétable qui se tenait les côtes, tant il riait lui-même d'un personnage où chacun s'obstinait à voir le vaincu de Saint-Laurent.

Au moment où cette représentation s'achevait, une circonstance, bien futile en elle-même, vint prouver combien l'impopularité du connétable s'était accrue de cette défaite qui coûtait tant à la France, et comme on voyait avec dépit le retour de faveur que lui témoignait le roi : un page, que son maître avait envoyé un instant dehors, trouve en rentrant sa place prise.

— C'est aujourd'hui la Saint-Lambert, lui répond celui de ses camarades à qui il la réclame, qui quitte sa place la perd.

— C'est aujourd'hui la Saint-Laurent, lui répond naturellement celui-ci, qui perd sa place la reprend.

L'allusion à la défaite et à la rentrée en grâce du connétable était facile à faire ; on battit vivement des mains à cette réplique que le page avait prononcée assez haut pour qu'elle fût entendue de tous ses voisins. En un instant le propos circula, il fit fortune; et quand le rideau fut baissé, les nombreux partisans des Guise sortirent de la salle en chantant à tue-tête ces paroles dont l'application sanglante devint rapidement populaire :

C'est aujourd'hui la Saint-Laurent,
Qui perd sa place la reprend.

V.

L'Feu de Guerre.

C'était le 10 novembre 1557 que se jouait au château de Compiègne la comédie dont nous venons de donner l'analyse. Quelques jours auparavant, deux mendians, accroupis sous le porche de la principale église, s'entretenaient à voix basse tandis que l'un d'eux examinait attentivement toutes les personnes qui entraient ou sortaient. Celui-ci avait une jambe de bois, sur laquelle ses yeux se fixaient de temps en temps avec colère; l'autre, qui paraissait beaucoup plus jeune, portait un bras en écharpe, et sa physionomie était triste et humble.

— Par le diable! s'écria le premier en frappant violemment le pavé de sa béquille, il faudra y renoncer! Corps-Dieu! échouer ainsi dans le port, et laisser à d'autres tout l'honneur quand j'aurai eu seul toute la peine! ah! Estevan, que ne peux-tu me donner tes jambes!

— Je le voudrais bien, maître, car elles me sont inutiles et ne peuvent pas même vous rendre service.

— Je ne te fais pas de reproche, Estevan, comment aurais-tu pu découvrir des gens que tu ne connais pas, et dans un pays dont tu ignores la langue? je maudis seulement la fatalité et ce misérable médecin qui m'a ôté une jambe et rendu la vie... le scélérat! il a profité de mon délire pour faire ce coup-là... Et toi qui ne l'a pas empêché... ne t'afflige pas, Estevan, je déraisonne; voyons, aide-moi à me lever, et allons nous installer à une porte de la ville; demain nous irons à une autre; puis nous ferons des stations en face de toutes les hôtelleries, et peut-être serons-nous plus heureux.

Pusieurs jours se passèrent, et maître Martin n'obtint aucun résultat de son espionnage à poste fixe.

— C'est fini, disait-il avec découragement, je

ne suis plus rien, je ne suis plus qu'un cadavre; il me faudra retourner à Artigues sans la consolation du triomphe que j'espérais; ce souvenir eût été pour mon existence morne un éternel rayon de soleil, et je vais aller m'ensevelir dans mon impuissance, dans la honte de moi-même... N'est-ce pas, Estevan, que la vie est une plaisanterie odieuse? sentir là, dans ce front, bouillonner du génie, et ne pouvoir rien de plus qu'un idiot, une grenouille, un caillou... tant de destinées attachées à la jambe d'un espion! car, je te le répète, Estevan, il me suffisait de vouloir pour secouer des couronnes et agiter des nations... et cet espion-géant réduit par un coup de bistouri à quelque chose de moins que Samson, lorsque Dalila l'eut tondu! misère! bouffonnerie!

— Puisque le mariage se fait demain, remarqua le jeune Espagnol, et que le colonel Bonnivet n'a point encore paru, c'est sans doute qu'il a renoncé à ses projets et que sa sœur se résigne; et dans ce cas, maître, ce ne sera pas à vous que le connétable devra le succès de cette affaire.

— Mais elle échouera, te dis-je; et si Bonnivet ne paraît point, c'est qu'il veut tomber au milieu de la noce, comme un boulet lancé dans la nuit; va, François de Montmorency est plus près du cercueil que du lit nuptial. Le colonel, vois-tu, je le sens dans l'air comme un orage...

Enfin vers le soir, et au moment où maître Martin, tout-à-fait découragé, allait quitter celle des portes de Compiègne qui s'ouvrait sur la route de Paris, trois voyageurs, parmi lesquels une femme, soigneusement enveloppés dans leurs manteaux, entrèrent dans la ville. L'espion, dont l'œil de lynx semblait percer les ténèbres, reconnut vite ces trois mystérieux personnages, dont il avait appris dix-huit mois auparavant les allures sur le chemin de Villers-Cotterets. Oubliant sa récente infirmité, il se leva d'un bond, fit un signe à Estevan, et se mit à suivre rapidement le trot des chevaux: on eût dit que sa force de volonté et de vie s'était communiquée à sa jambe de bois. Mais, au bout de quelques minutes, l'instrument avait fait faute à la pensée; ses cicatrices à peine refermées s'endolorirent si cruellement qu'il fut contraint de ralentir sa marche et de se servir de sa béquille qu'il avait d'abord jetée sous son bras. Cependant les trois cavaliers prenaient de l'avance; maître Martin faisait des efforts inouïs pour les rejoindre; d'instant en instant de profonds soupirs sortaient de sa poitrine, et trahissaient les violentes douleurs qu'il tâchait d'étouffer; une pâleur livide couvrait son visage; une sueur glaçée mouillait son front, enfin il tomba.

— Je ne puis! dit-il, je suis vaincu! Et comme le jeune Espagnol se précipitait vers lui pour le relever : — Eh non! reprit-il en le repoussant, laisse-moi là, et sois du moins bon à quelque chose en courant après ces trois voyageurs qui viennent de tourner à gauche, et en remarquant assez bien l'hôtellerie où ils vont descendre, pour pouvoir m'y conduire tout à l'heure.

Resté seul : — Hélas! maître Martin, tu le vois, se dit-il, ta carrière est finie; te voilà redevenu comme l'enfant qui ne sait point marcher, et qui, voyant une tartine à deux pas, veut aller la prendre et se casse le nez... Oh! maudit Jean Peuquoy, Saint-Quentinois du diable! pourquoi n'as-tu pas mieux mesuré le saut que tu m'as fait faire?... Merveilleuse allégorie, ma foi!..... Oui, je devais tomber de haut..... Seulement la Providence est dure de ne m'avoir laissé pour tout potage que ce pauvre petit candide Estevan : Jean Peuquoy me casse les jambes, et celui-ci me casse les bras; d'honneur, c'est trop!

Une demi-heure après, le jeune Espagnol revint dire à l'espion que les trois voyageurs étaient descendus à l'enseigne de *la Tortue d'or*.

— De la Tortue! Allons-y bien vite; c'est une hôtellerie qui est faite pour nous, mon bon Estevan..... Autrefois, reprit cet homme étrange, qui jetait souvent un éclat de rire au milieu d'une crise, et qui, à force de mépriser la vie et l'homme, les avait pris en plaisanterie, autrefois je ne logeais jamais qu'au *Grand Cerf*, au *Cheval Blanc* ou au *Lièvre au Gîte*; à présent *la Tortue* est ma dernière étape..... Avec cela que c'est un bon augure, car un jour la tortue l'emporta sur le lièvre, qui s'amusait en chemin; ce qu'il ne faut pas faire, ami. Vite, en route.

Le lendemain, 10 novembre, et au moment où la comédie venait d'être achevée, la foule se précipitait vers un champ clos disposé devant les fenêtres du château, pour que les dames pussent juger les combattans sans être exposées aux rigueurs de la saison. Comme c'était au nom de François de Montmorency que se donnait le tournoi, ses armoiries étaient appendues à la place d'honneur, et au dessous, deux boucliers, l'un pour le combat à armes courtoises, l'autre pour le combat à fer émoulu; ce dernier était tombé en désuétude, et c'était simplement pour ne pas déroger au formulaire consacré qu'on suspendait encore l'écu de guerre au poteau des tenans. A côté des armes de François on voyait celles des gentilhommes, ses amis.

Les chevaliers arrivèrent successivement et allèrent se placer dans l'enceinte qui leur était réservée. Le dernier qui se présenta était un cavalier de haute taille, monté sur un cheval noir, couvert d'armes noires; tout son luxe consistait en une écharpe blanche. Sa visière baissée cachait ses traits; mais le nom de Bonnivet circula bientôt parmi les dames et les gentilshommes, et l'on comprit sans peine que son écharpe figurait la bonté de la cause qu'il défendait et la vertu de

Jeanne de Pienne. D'ailleurs son écuyer l'eût fait aisément deviner : c'était Florimond Robertet, connu des seigneurs qui avaient fait les guerres du Piémont.

Au moment où tous deux perçaient avec peine la foule des bourgeois et manans agglomérés le long des trois côtés du champ clos, — le troisième était fermé naturellement par le château, — un mendiant à la jambe de bois posa la main sur le cou du cheval de Bonnivet comme pour le caresser, puis, l'élevant progressivement vers l'oreille du noble animal, l'y maintint quelques secondes. La presse était si grande que ce manège échappa à l'attention du colonel, il s'occupa seulement de réprimer les tressaillemens dont son cheval avait été agité tout à coup au milieu de cette foule confuse qui sans doute l'effrayait.

Cependant cette apparition du frère de Jeanne avait jeté du trouble dans la cour : François de Montmorency et Diane de France étaient devenus fort pâles, le connétable paraissait ému d'une vive inquiétude, le roi fronçait le sourcil, les dames chuchotaient entre elles, et les Guise et leurs partisans se félicitaient.

Un instant, Henri II eut la pensée de faire arrêter le colonel ; mais comment accomplir cet acte d'injustice et de violence au milieu d'une cour qui, en applaudissant tout haut au mariage qui allait se célébrer, le blâmait tout bas ? Et quel prétexte donner à cette arrestation, quand Bonnivet se présentait régulièrement et usait d'un droit acquis à tous les gentilshommes ?

— Que faire ? dit à demi-voix le monarque au vieux duc.

Celui-ci, dont l'embarras n'était pas moindre que ses appréhensions, répondit enfin : — Rien, sire, car on dirait que mon fils a eu peur.

— Mais la force et l'adresse du colonel sont terribles, je les ai moi-même épouvées ?

— Mon fils est brave, sire, et le prix qu'il va obtenir doit le faire invincible.

— Pourtant son émotion semble grande; regardez-le, connétable.

— Ce n'est rien, sire, rien qu'un dernier ennui de cette malheureuse affaire, que vient de lui rappeler l'arrivée de Bonnivet; souffrez, sire, que j'aille le remettre.

Quand il fut près de son fils : — Eh bien! est-ce que le cœur te manque ? lui demanda le vieillard.

— Oui, mon père, car voilà là-bas un homme qui pense de moi : — Lâche et parjure, ce qui est vrai.

— Celui que le roi prend pour son gendre n'est ni un parjure ni un lâche ; chasse ces visions, François, et fais ton devoir.

— Mon devoir est de donner ma vie à celui qui l'a sauvée.

— Non, mais de la défendre pour ton père et pour ton roi.

Mais déjà les trompettes retentissaient, car les chevaliers passaient tour à tour devant les poteaux armoiriés, en touchant avec grâce de la pointe de leur lance les écus de la joute courtoise.

Bonnivet vint le dernier, et frappa avec force l'écu de guerre, qui rendit un son éclatant et lugubre.

Un grand silence se fit.

Cette nouveauté, à laquelle personne n'était préparé, laissa tout le monde en suspens et stupéfait.

— Mais cela n'est pas une joute! s'écria le roi avec colère, c'est une provocation au duel, et jamais un duel ne se videra devant moi, c'est une insulte à mon autorité!

— Sire, objecta respectueusement le cardinal de Lorraine, il n'y a point de nouveaux édits sur les tournois, et les anciens autorisent la course de la lance à fer émoulu.

— Moi, aussi, ajouta le connétable, en toisant le cardinal avec arrogance, je demande à votre majesté le maintien de l'ancienne coutume en faveur de mon fils; il y aurait déshonneur pour lui à s'y refuser.

— Vous le voulez, connétable? eh bien, soit! mais malheur à cet audacieux s'il y a du sang de répandu!

— Cette lutte, reprit le cardinal avec un sourire équivoque, sera d'autant moins périlleuse pour le duc François que votre majesté pourra la faire cesser quand elle le jugera convenable.

— Vous avez raison, cardinal; c'est un droit dont je vous remercie de m'avoir fait souvenir; et certes, j'en userai.

— Mon fils ne veut point de faveur, sire, répliqua le vieux Montmorency, en insultant le cardinal d'un nouveau regard de mépris; promettez-lui de réduire son adversaire à demander merci.

— Nous ferons ce qu'il faudra, connétable, au revoir, les courses vont commencer, je vais fournir la première contre François.

Lorsque Henri II eut rompu gracieusement sa lance contre la cuirasse du jeune duc, qui chancela un instant sur ses étriers, soit que l'émotion lui eût enlevé les forces, ou que ce fût simplement un effet de l'habileté du roi, d'autres courses furent fournies successivement par les tenans de François et leurs adversaires.

Puis vint le tour du chevalier aux armes noires et à l'écharpe blanche.

Les barrières se rouvrirent, et Bonnivet et le jeune duc s'avancèrent l'un contre l'autre, au milieu de l'attente et de l'anxiété générales.

François vacillait sur son cheval comme un homme ivre; Bonnivet avait relevé sa visière.

Une pâleur solennelle couvrait sa face, et ses regards, luisant d'un feu sombre, ne devaient pas être une arme moins terrible que sa lance acérée.

Le cheval du colonel, dont un frisson convulsif parcourait tout le corps, et que le mors et la voix de son maître contenaient difficilement, ne vit pas plus tôt l'espace libre qu'il bondit des quatre pieds, et s'élança comme l'éclair sur la ligne où il était lancé. Sa course fut si rapide, si foudroyante, que les deux adversaires, ne pouvant mesurer leurs coups, passèrent sans s'atteindre le long de la balustrade qui les séparait.

Cet incident, qui, en toute autre circonstance eût semblé ridicule, n'excita pas un sourire, car on savait que dans le combat des deux champions il y allait de l'honneur d'une femme et de la vie d'un homme; et puis dans les yeux pleins de sang et de feu du cheval du colonel, dans ses naseaux écumans, ses frissonnemens brusques et son galop emporté, il y avait quelque chose de si fatal que tous les cœurs étaient glacés.

Furieux de l'indocilité de son coursier, Bonnivet lui enfonçait les éperons dans le ventre. Tout à coup le cheval, qui de temps en temps plongeait sa tête presque entre ses jambes et frottait avec rage une de ses oreilles contre son poitrail, prend le mors aux dents, et au lieu de regagner la barrière vers laquelle le poussait son maître, court ventre à terre vers le côté de la lice fermé par le château. Une immense clameur d'épouvante éclate; le cheval s'arrête un instant, puis, ressaisi du démon invisible qui semble l'aiguillonner, il franchit le câble tendu par des pieux le long de lice, va donner de la tête contre le pied de la muraille et tombe en lançant à dix pas le colonel, qui ne se relève pas.

On court, et François de Guise le premier, lui qui n'assiste qu'en spectateur à ces luttes théâtrales; on trouve le malheureux Bonnivet baigné dans son sang, ne faisant point un mouvement, ne donnant point un signe de vie...

Quand on l'eut emporté et que le cadavre du cheval eut été traîné hors de l'arène :

— C'est bien, dit le connétable en respirant longuement, la bête a fait justice à l'homme; sire, vous plairait-il que les courses fussent reprises?

VI.

L'Echéance.

Vers le soir, le connétable, que les cérémonies de cette journée avaient fatigué et qui souffrait encore de sa blessure, venait de quitter la la salle où se donnait le bal de noce, lorsqu'il fut accosté par un homme qui le salua de la mystérieuse formule : Le roi et Montmorency.

— Comment ! c'est toi, maître Martin ?... Ah ! ah ! un déguisement nouveau, une jambe de bois maintenant...

— Hélas! monseigneur, se déguisement-là, c'est le dernier, je n'en prendrai plus d'autre, jusqu'à ce qu'on me passe la chemise de bois.

— Dis-tu vrai? par la messe! c'est grand dommage... Comment donc as-tu fait ton coup?

— Ce n'est pas moi, monseigneur, c'est un autre; un mauvais plaisant qui m'a poussé... d'un peu haut, il est vrai; un nommé Jean Peuquoy, assez bon homme, mais rancunier en diable; doué du reste de fort jolis talens : lançant dextrement la navette comme un franc Saint-Quentinois qu'il est, et de force, dans ses momens perdus, à faire passer une flèche par le trou d'une serrure... de sorte, monseigneur, que je quitte le métier et viens vous faire mes adieux.

— Par ma foi, je te plains de tout mon cœur; mais nous ne nous quitterons pas comme ça, j'imagine; voyons, que puis-je faire pour toi?

— Il vous souvient donc, monseigneur, du marché que nous avons conclu?

— S'il m'en souvient, corps-Dieu! tu as trop bien tenu tes promesses, l'ami, pour que je n'acquitte pas toutes les miennes. Je t'ai juré de t'accorder ce que tu me demanderais, le jour où mon fils épouserait madame de Castro; à présent que la chose est faite, je suis prêt, parle.

— Monseigneur, je me tais et j'admire.

— Quoi donc?

— La reconnaissance d'un homme de cour,

qui pouvait me repousser du pied, me faire assommer par ses gens, m'envoyer à la potence ou à la question. Grand merci, monseigneur.

— Je ne suis pas de ces hommes de cour-là, moi, et j'ai de la mémoire pour le bien comme pour le mal qu'on me fait.

— Il est vrai, monseigneur, que je suis exact à l'échance, et que si j'eusse attendu à demain, peut-être eût-il été trop tard.

— Que veux-tu dire?

— Oh ! rien ; c'est une réflexion générale que je faisais à part moi... Vous êtes assez franc du collier, vous, monseigneur, et vous charriez un peu plus droit que d'autres... voilà, pourquoi je vous ai servi : je ne permets qu'à moi, voyez-vous, de prendre les chemins de traverse ; à chacun son métier, n'est-ce pas?

Tout à coup une idée traversa l'esprit du connétable :

— Tu étais, demanda-t-il à l'espion, au tournoi de cette après-midi ?

— Oui, monseigneur.

— Personne n'a compris l'emportement du cheval de Bonnivet ; pourrais-tu me l'expliquer, toi ?

— Il a été convenu entre nous, monseigneur, que je m'emploirais au mariage de votre fils, et rien de plus.

— Il suffit, reprit le vieux duc, comprenant

qu'entrer dans le secret des machinations de maître Martin, ce serait en accepter immédiatement la complicité.

— Oui, monseigneur, ajouta l'espion en répondant à la pensée du connétable, il suffit que le rôti soit bon et cuit à point, qu'importe de savoir comment le boucher a tué l'agneau?

— Tu aimes les énigmes, l'ami!

— Seulement les proverbes, monseigneur, et particulièrement celui-ci : A bon entendeur salut. Mais en me promettant de m'accorder ce que je vous demanderais, savez-vous que vous avez pris un engagement difficile peut-être a remplir?

— Il n'y a point de souhait de vilain qu'un Montmorency, duc et pair, connétable et favori du roi, ne puisse satisfaire.

— De la sorte, monseigneur, je comprends votre reconnaissance : les souhaits d'un gentilhomme peuvent être vastes comme la mer, mais ceux d'un vilain doivent être circonscrits dans les bornes d'une mare ou d'un abreuvoir?

— C'est quelque chose qu'un abreuvoir, et cela peut suffire à désaltérer bien des vilains.

— Monseigneur, grâce à Luther et à Calvin, un temps viendra où le vilain boira dans la même tasse que le gentilhomme.

— C'est ce que nous empêcherons, s'il plaît à Dieu. Mais à présent, l'ami, que ma tasse est pleine, hâte-toi d'y puiser autant de gorgées que ta soif en demande, et je serai bien malheureux si je ne puis, sans la tarir, remplir encore ta gourde de voyage.

—Vous avez eu raison, monsieur, de me créer chevalier dans le camp de Philbert, car je devais bientôt ne pouvoir plus aller qu'à pied comme un vilain, et puisque j'ai le droit d'aller à cheval, je vous demande un mulet.

— Mais, en perdant la jambe, as-tu perdu la tête aussi ?

— Non, monseigneur, et c'est pour tout de bon que je vous demande un mulet ou une mule pour moi, et un âne ou une ânesse pour un mien compagnon.

— Et c'est là tout ce que tu veux de moi ?

— Pas davantage, monseigneur.

— A mon tour, l'ami, je me tais et j'admire.

— Pourquoi, monseigneur ? il est tout simple que je ne vous demande que ce qui m'est nécessaire ; je n'ai du reste ni besoins ni passions, vos faveurs ne me serviraient donc à rien.

— L'ami, tu veux m'éprouver ?

— A quoi bon ? je vous connais.

— Ou tu fais le fier, et tu veux te montrer plus grand que moi ?

— Serait-ce m'élever bien haut ?

— Par la merci !... mais dis ce que tu voudras, et puisque je suis ton débiteur, paie-toi en insolences, si ça te plaît.

—Monseigneur, l'injure est l'arme de l'impuissance, et jusqu'à présent j'ai pu tout ce que j'ai voulu. Je ne suis ni gentilhomme, ni duc et pair, ni connétable, ni favori du roi, mais je sens en moi le droit de traiter d'égal à égal ceux qui le sont; les lâches et les faibles flattent les grands et leur mentent, moi je leur dis la vérité.

— Maître Martin, veux-tu entrer à mon service.

— Pourquoi faire? l'office d'un cheval couronné?

— On peut être boiteux, et n'être pas manchot; j'attends de toi toutes sortes de services.

L'espion rêva un moment.

—Non, reprit-il; je suis comme l'aigle à qui on a cassé une aile; il me faut être partout, et je ne puis plus être nulle part. Ce n'est pas assez que la pensée et l'oreille, il faut encore l'œil et la main. Moi, voyez-vous, je ne sais voir que de mes yeux, agir que de mes mains. Donner des conseils c'est fort bon; exécuter vaut beaucoup mieux. Et puis j'ai des outils, dont les ressorts ne connaissent que moi; vous viendriez mettre le nez dans ma pharmacie, et vous gâteriez tout; ou bien vous voudriez me faire passer par des chemins que je trouverais mauvais, et je me cabrerais sur vous. Définitivement, monseigneur, cette jambe de bois est une barre éternelle dans la roue de ma fortune, c'est la cheville qui arrête à jamais la machine de mon génie. Saluons le public et baissez le rideau. Un mulet et un âne, monseigneur ?

— Dans quelle hôtellerie demeures-tu ?

— A la Tortue d'Or.

— Demain matin tu auras ce que tu demandes. Au revoir, l'ami, souviens-toi de notre mot d'ordre, et toutes les fois que tu auras besoin de moi, viens me le répéter à l'oreille, jamais tu ne me trouveras sourd. Allons, bon voyage.

— A vous de même, monseigneur; car les chemins sont glissans à la cour.

— Laisse faire, j'ai le pied plus ferme que jamais.

— Ne vous y fiez-pas ; et pour plus de sûreté, restez accroché à la queue de la grande jument, et ne lâchez pas.

— Attaché à sa queue? ce serait trop piètre allure ; va, va, je suis bon écuyer et j'enfourche bien et beau étalons et jumens.

— Adieu donc, monseigneur.

— Est-ce adieu? j'aime mieux au revoir.

— Au fait, qui sait?... au revior.

VII.

Nuit Mortuaire.

Pendant ce temps-là, Bonnivet, qu'on avait transporté à l'hôtellerie de la Tortue d'Or, se mourait entre les bras de sa sœur et de Florimond. Un médecin, après avoir posé un appareil sur l'horrible blessure que le colonel avait au crâne, et détaillé certaines prescriptions à la jeune comtesse et à l'écuyer, s'était retiré sans aucun espoir.

Quand le blessé sortit de son long affaissement,

ses yeux, en se rouvrant, rencontrèrent ceux de Jeanne et de Florimond, placés l'un à la droite et l'autre à la gauche de son lit; il sourit tristement, et leur tendant à l'un et à l'autre une main affaiblie :

— Ah! c'est vous, mes amis... leur dit-il, mais où suis-je? quelle heure est-il? tout est-il consommé?... vous ne me répondez pas?... ah! je le vois, tout est fini; ils ont été à l'autel pendant que je mourais... mais vous, mes amis, hâtez-vous, sortez d'ici! vous le savez, ils ont empoisonné mon cheval...

— Les lâches! répondit Florimond, les assassins! ils n'ont pas osé vous attendre ni vous frapper en face... J'y périrai, s'il le faut, mais je vous vengerai!

— Me venger? non, mon ami, il faut sauver ma sœur et toi-même... oh! je vous en conjure, n'attendez pas à demain, fuyez!

— Fuir? vous quitter?.. oh! mon frère, que dites-vous?.. ne songez point à nous, ne parlez point, soyez calme, le médecin l'a ordonné... Nous vous guérirons, voyez-vous; Dieu est juste et bon, il nous consolera de l'injustice et de la persécution des hommes.

— Mais, Florimond, après moi, ce sera toi; puis, ma pauvre sœur restera seule... Encore une fois, évitez leurs trames, quittez-moi... qu'importe puisque je vais mourir?

— Ne dites point cela, mon bon, mon noble maître!... calmez cette agitation qui peut vous être nuisible, ne songez point à eux, à eux qui nous oublient; car maintenant qu'ils vous ont mis hors d'état de troubler leur odieux triomphe, que leur importent mes imprécations et les larmes de leurs victimes?

— Oui, mon frère, c'est à l'oubli qu'ils doivent en être venus, je le désire pour eux et pour nous... hélas! que n'en avez-vous cru mes prières!

— Encore une fois, vivez, monseigneur; votre vie est notre meilleure sauvegarde. Vous avez vu comme votre seule présence les a fait pâlir et trembler.

— Vous avez raison, Jeanne, et je le comprends à cette heure, c'est par le dédain, par le mépris que j'aurais dû répondre à leurs trahisons. Au lieu de vous entraîner dans cette lutte d'un orgueilleux point d'honneur, j'aurais dû vous aider à rompre cette chaîne vraiment honteuse. Pardonnez-moi, ma sœur, j'ai sacrifié deux années de votre vie à de vaines chimères; vous étiez plus sage que moi : du repos, me disiez-vous, de l'obscurité! Que voulez-vous? c'est dans les camps, c'est à la cour, dans les traditions de notre famille que j'avais puisé ces idées inflexibles et superbes. A cette heure suprême où toutes les vanités de la terre nous apparaissent dans leur nudité, je les apprécie, je les juge. Oui, Jeanne, vous étiez dans la bonne voie, demeurez-y, ma sœur.

— Dieu soit béni, mon frère, de cette résignation qu'il vous envoie. Ne vous fatiguez point à parler, écoutez-nous. A présent, mon frère, que nous voulons tous la même chose, laissez-moi arranger notre avenir. Aussitôt que vous serez guéri, nous irons nous réfugier dans la plus obscure de nos terres, nous y vivrons à trois, pour nous, sans nous préoccuper d'aucune illusion. Nous oublierons la cour et nous ne songerons aux hommes que pour leur faire un peu de bien.

— Oui, ma sœur, ces projets me sourient; ils se réaliseront, j'espère; oui, si Dieu permet que je ne vous quitte pas, toute mon ambition sera de vivre ainsi. Approchez-vous plus près de moi, ma sœur, j'ai une prière à vous faire.

Florimond s'étant un peu éloigné pour laisser le frère et la sœur débattre entre eux des intérêts de famille peut-être, Bonnivet reprit ainsi :

— Si je mourais, Jeanne, dites-moi, que feriez-vous?

— Vous parlez toujours de mourir, mon frère, répondit la jeune femme avec douleur, cela n'est pas possible, Dieu ne se joindrait point ainsi aux hommes pour nous accabler.

— Si pourtant Dieu voulait nous séparer, ma sœur, il ne faudrait point murmurer contre lui, mais accepter ce nouveau coup comme une dernière épreuve. Et alors, Jeanne, je vous le demande encore, que feriez-vous ?

— Désormais seule au monde, j'irais m'ensevelir dans le repos d'un couvent en attendant la paix de la tombe et en espérant les consolations du ciel.

— Non, ma sœur, ce n'est point à vingt ans que l'on clôt sa destinée et qu'on renonce à la vie. Vous pouvez encore être heureuse en ce monde, Dieu vous doit un dédommagement pour les longues souffrances que vous avez endurées. Tous les hommes ne sont pas des Montmorency; il en est un qui est digne de vous, ma sœur, et votre égal en noblesse de cœur, sinon en succession d'aïeux illustres. Florimond Robertet, seigneur d'Alluye, ne sera peut-être jamais duc et pair, ni maréchal de France; mais il saura vous aimer, ma sœur, vous honorer, vous défendre, vous rendre heureuse.

Jeanne à cette proposition si directe, si inattendue, fut émue d'un grand trouble. Tant qu'il lui avait été permis de se croire l'épouse de François, jamais l'idée que Robertet pourrait être pour elle autre chose que l'ami de son frère et l'un des rares défenseurs de sa cause ne lui était venue à l'esprit, car les sympathies mystérieuses ne se formulaient en désirs dans cette âme toute chrétienne que d'accord avec le devoir; mais, délivrée enfin de son joug légitime, et voyant se dresser tout à coup devant elle un rêve éclos à son insu dans les plus intimes parties de son cœur, elle avait tressailli de pudeur et de je ne sais quel vivace espoir. Brusquement revêtu par Bonnivet des couleurs de la réalité, ce rêve timide venait de briller sur sa vie refroidie et sombre comme une aube nouvelle; c'était le souffle de vent qui, tombant sur les cendres du foyer, les disperse et y ravive la flamme.

Le colonel, qui lisait sur le front de la jeune femme tous les secrets mouvemens de cette nature naïve et chaste, comprit sans peine sa rougeur et ses yeux baissés.

— Non, ma sœur, reprit-il avec conviction, vous n'éteindrez pas dans le cloître cette vie à peine commencée, ni le trésor de tendresse dont votre cœur est plein et qu'on a si durement méconnu; à votre âme jeune et vivante il faut une âme intelligente et noblement chaleureuse. Détachez-vous tout entière d'un passé déplorable et ouvrez vos bras à l'avenir. Vengez-vous des Montmorency en étant heureuse; leur vie à eux, je le prévois, sera une longue suite d'amertumes et de déceptions. — Florimond, reprit Bonnivet en rappelant le jeune homme, tandis qu'averti par un pudique instinct, Jeanne allait s'agenouiller à quelques pas, viens, ami, j'ai aussi des recommandations à te faire. Florimond, tu es un homme, et tu peux entendre la vérité; je sens que mon heure est venue; ma sœur va donc perdre son dernier protecteur naturel : je te la lègue, ami, promets-moi de me remplacer toujours auprès d'elle.

— Monseigneur, je vous avais dévoué ma vie, c'est à votre sœur maintenant qu'elle appartient tout entière.

—Tu as toujours loyalement tenu tes promesses, Florimond, j'ai confiance encore en celle-ci, et maintenant je puis mourir tranquille. Mais cette protection que je te demande pour Jeanne, il faut la sanctifier aux yeux de Dieu et des hommes.

— Que dites-vous, maître?... mon Dieu! je n'ose encore vous comprendre...

— Je mourrai heureux, Florimond, si tu me jures de purifier ma sœur du nom de Montmorency en lui donnant le tien?

— Quoi! cet ange serait à moi!... Ah! monsei-seigneur, vivez, vivez pour que j'aie le temps de me rendre digne d'un tel bonheur!

— Rapprochez-vous, Jeanne, et donnez-moi votre main; la tienne aussi, Florimond, reprit Bonnivet; et levant les yeux vers le ciel : Mon Dieu, dit-il, unissez votre bénédiction à celle qu'un mourant dépose sur ces deux têtes innocentes!

VIII.

Nuit Nuptiale.

Au moment où Bonnivet rendait le dernier soupir, le bal de la cour approchait de sa fin. Sans doute des agens étaient apostés à la Tortue d'Or, car le récit de cet évènement circula bientôt dans les groupes de danseurs. La nouvelle duchesse de Montmorency, qui dansait le dernier pas avec le seigneur de Montberon, son beau-frère, comprit ce qui venait d'arriver, à quelques lambeaux de conversation échangés derrière elle ; tout à coup elle devint pâle et s'arrêta brusquement au milieu du pas qu'elle exécutait. Mais, au même instant, rencontrant le regard du roi et ceux des gentilshommes qui, toutes les fois qu'elle dansait, faisaient cercle autour d'elle pour l'admirer, elle comprima son émotion, et, souriant et avec un geste plein de grâce comme pour s'excuser d'une distraction, elle acheva son pas de la manière la plus brillante.

Un peu après, François de Montmorency était conduit dans la chambre nuptiale, près de sa belle épouse, qui venait de congédier ses femmes.

Alors il se trouvait dans une situation morale bien singulière : il sentait toujours sur lui le regard fatal du colonel, et l'effroyable accident qui avait fait cesser un combat qui devait lui devenir si funeste lui jetait incessamment à l'esprit le soupçon d'un lâche guet-apens, d'une odieuse vengeance, où peut-être son père avait trempé, et dont lui-même sans doute serait accusé; la mort de Bonnivet, qu'il venait d'apprendre, l'avait frappé comme un remords ; mais en même temps l'idée que Diane était à lui l'agitait puissamment, il la trouvait si belle, il l'aimait tant! Oh! pour dissiper toutes les sombres images qui tourmentaient sa conscience, pour le faire ivre de bonheur, François n'attendait qu'un sourire de la radieuse épousée.

Mais ce sourire Diane ne l'accorda point.

Descendue de ce haut théâtre, où il avait fallu jouer jusqu'au bout son rôle de fille de roi, et débarrassée du masque qu'il lui avait fallu se faire, en même temps que de son splendide costume, la noble princesse était en ce moment blanche comme la robe dont on l'avait revêtue, et un deuil profond couvrait son front délivré des joyaux de fête.

— Monsieur le duc, dit-elle d'une voix grave à François qui demeurait immobile près de la porte, maintenant que nous sommes seuls et libres de nous expliquer, permettez-moi de vous dire toute ma pensée. En acceptant ce mariage, j'ai fait au roi le sacrifice de ma volonté; je me suis résignée, je vous le répète, à une nécessité politique. Les devoirs qui me sont imposés, je les comprends et les remplirai tous. Je serai une intermédiaire toujours docile entre sa majesté et votre famille; en outre, je vous laisserai l'entière direction des biens que je vous apporte; je vous suivrai partout où vous voudrez que j'aille, j'habiterai où vous voudrez que j'habite, vous règlerez en un mot ma conduite comme vous l'entendrez et jamais vous n'aurez de résistances à combattre chez moi...

— Que dites-vous, Diane? interrompit François avec une hésitation pleine d'amour, moi, vous commander, moi, agir avec vous en maître! Toutes mes volontés, au contraire, tous mes vœux, tout mon avenir, je le mets à vos pieds!

— Daignez me laisser achever, monsieur le

duc, reprit la princesse, le regard sévère et presque indigné ; je vous l'ai dit, je vous cède tous mes droits sur la direction de mes biens et la conduite de ma vie, je vous obéirai en toute chose, je serai votre femme devant les hommes ; mais ne me demandez rien de plus.

— Mon Dieu! que me fait tout le reste, si vous me refusez cette affection dont j'ai tant besoin; car, voyez-vous, mon cœur est déchiré de pensées funestes ; plus que vous peut-être je souffre de tous les maux qu'a causés notre mariage...

— Pardonnez - moi, François, si je me suis trompée un instant sur vous, vos paroles de tout à l'heure et les sentimens qu'elles semblaient exprimer m'avaient fait mal; la tristesse où je vous vois vous honore, elle vous réhabilite à mes yeux. En effet, quand la malheureuse Jeanne de Pienne vient de tout perdre, serait-il possible que vous eussiez des paroles d'amour pour une autre ?

Le jeune duc courba la tête avec confusion.

— Conservez, continua Diane, conservez toujours une place dans votre cœur pour votre première épouse, je ne m'en plaindrai pas, je vous en saurai gré, au contraire. A votre tour, François, permettez-moi de conserver toujours le souvenir d'un homme qui fut bien noble, comme Jeanne, et comme elle aussi bien malheureux. Je vous l'avoue à cette heure, François, oui, j'ai aimé Bonnivet, je l'ai aimé d'un amour que je n'ai jamais éprouvé et que je n'éprouverai jamais pour nul autre. Je suis sa veuve du cœur, comme Jeanne l'est de votre nom; pleurez-la comme je le pleure, et faisons-leur à chacun un tombeau dans notre âme.

Confondu de cet amour, qu'il avait cru jusque là une calomnie, et surtout de la franchise de cet aveu, qui témoignait que Diane n'avait pour lui qu'une indifférence bien complète, François ne trouva point une parole à répondre : le désordre de son âme était comblé par ce renversement de son nouvel amour; après avoir fait une femme victime, il était dominé par une autre; il espérait se consoler de l'oppression et des fautes du passé dans les joies d'un avenir également coupable, et il n'était sorti d'une prison que pour entrer dans un désert.

Quand le premier étourdissement fut passé, il réfléchit froidement à toutes ces choses, et trouvant le châtiment qu'on lui infligeait mérité, et l'expiation nécessaire, il se résigna.

— François, reprit Diane en s'agenouillant devant son prie-Dieu, que cette nuit soit pour nous celle des morts; je vais prier pour l'âme de Bonnivet; allez prier aussi pour ce noble infortuné; voici votre appartement; adieu.

Le jeune duc tressaillit; puis, traversant la chambre nuptiale d'un pas morne, il alla achever la nuit dans la chambre voisine.

IX.

Le Sosie.

Le lendemain, maître Martin et Estevan, montés sur deux belles mules, marchaient vers le midi.

— Voilà, certes, une insipide manière de voyager, dit le boiteux; oh! Estevan, comme j'aimerais à marcher par ce beau froid! quel plaisir de lutter contre le vent, de sentir la terre fuir sous ses pieds, d'exercer contre ces collines la vigueur de ses jarrets! C'est une activité, une lutte perpétuelle, et chaque pas semble une victoire. On marche, on marche, on foule la terre, on la repousse du pied, on sent sa force. Mais sur ces mules, c'est une véritable immobilité! Ah! mon pauvre Estevan, quand on n'a qu'une jambe on ne vit plus qu'à moitié!

— Si vous trouvez que marcher est un si grand plaisir, ne serait-ce point, maître, parce que vous ne le pouvez plus? Pour ma part, je vous avoue qu'une mule me semble une chose fort douce.

— Non, ami, ce n'est point cela; j'ai toujours aimé le mouvement, vois-tu; je suis une de ces fortes natures auxquelles il faut de l'action, et je sens maintenant que chaque jour de ma vie va être un supplice. Toi, enfant, tu es presque une femme, tu aimes le repos, le loisir.

— Hélas! encore une fois, que ne puis-je vous donner mes jambes, moi à qui elles sont si inutiles, et vous qui en sentez tant le prix.

Après un moment de silence :

— Savez-vous, maître, reprit le jeune Espagnol, que le colonel Bonnivet est mort d'une manière bien tragique, et que c'est un singulier hasard que cet emportement de son cheval au moment où il allait peut-être renverser d'un coup de sa lance tout votre échafaudage! Certes! il doit y avoir là sortilège de la part des Montmorency!

Maître Martin regarda son jeune compagnon en souriant.

— Tu soupçonnes, vraiment, qu'il y a de la magie dans cette affaire? tu crois donc à la magie, enfant?

— L'Eglise nous ordonne d'y croire, maître!

— C'est juste. Garde tes croyances, ami.

— Maître, dois-je vous dire une idée qui me tourmente depuis hier?

— Sans doute.

— Mais si cette idée est offensante?

— Va toujours : on peut tout dire à qui sait tout entendre.

— Eh bien! maître, il me semble que vous avez dit quelques mots à l'oreille du cheval...

— Ah! ah! ah! et as-tu entendu le cheval me répondre?

— Non, mais il a frissonné aussitôt que vous lui avez eu parlé.

— Ainsi tu me prends pour le diable?

— Non, maître, mais les sorciers...

— Sorcier, moi! va, si je l'avais été, j'aurais sauvé ma pauvre jambe. Rassure-toi, l'ami, si je parle à des bêtes c'est en langage humain, et si diable je suis, je suis un pauvre diable. M'en voudrais-tu donc beaucoup, Estevan, si j'avais été pour qnelque chose dans l'accident arrivé à Bonnivet?

— Oh! maître, vous êtes incapable d'une semblable action!

— C'est juste. Garde tes croyances, ami.

— Je vous en supplie, maître, détruisez ces doutes qui me font mal !

— Lesquels ?

— Vous le savez bien, cette fureur du cheval et la mort du colonel.

— Comprends-tu ces royales maximes : La fin justifie les moyeus, et le succès a toujours raison.

— Non, maître.

— En ce cas, parlons d'autre chose, et... ne mets jamais d'éperons.

— Vous pensez donc que c'est parce qu'il a été trop vivement éperonné, que ce cheval....

— Ah çà ! mais, interrompit maître Martin, en arrêtant sa mule, qu'est-ce donc qui vient de rouler là ? un écu d'or, je pense.

— Oui, maître, répondit Estevan, qui mit aussitôt pied à terre, voyez plutôt, un écu d'or au coin de François Ier... encore un... mais c'est de votre bourse qu'il vient de tomber... trois, quatre, cinq... en voilà une pluie : Dieu ! maître, que vous êtes riche !

L'espion regardait avec étonnement cet or dont la route était jonchée :

— C'est le connétable... pensa-t-il, l'insolent ! il croit donc aussi que je fais mon métier pour de l'argent..... Je vais lui reporter cette somme..... non, ce sera la dot d'Estevan ; qu'au moins dans ma vie je fasse un heureux. — Eh bien ! as-tu tout ramassé ?

— Je crois que oui ; maître ; en voilà cent vingt-sept.

— Voyons, reprit maître Martin en soulevant le côté de la selle d'où l'or s'était échappé, et en découvrant un long sac que le frottement avait troué, voyons, si j'ai mon compte.

Les courroies qui tenaient le sac ayant été détachées, il s'y trouva, avec la somme ramassée par Estevan cinq cents écus d'or. L'espion les enferma dans la ceinture de cuir qui lui ceignait les reins, et les deux voyageurs se remirent en marche.

Cependant, à mesure qu'il approchait du bourg natal, maître Martin était agité d'une émotion qu'il se refusait à comprendre, et contre laquelle il luttait en vain : son cœur, dont il savait d'ordinaire régler tous les mouvemens, résistait à la compression de sa main et battait avec force, et son âpre regard se voilait de larmes. Quand il distingua, au-dessus de la brume du soir, le clocher de l'église d'Artigues, qu'il n'avait pas revu depuis dix années, cette puissante émotion le domina tout-à-fait.

— Arrêtons-nous un moment... que je respire... dit-il d'une voix éteinte et entrecoupée à son jeune compagnon ; c'est là, Estevan..... oui, c'est là que je suis né..... mon père et ma mère sont-ils encore vivans?... et ma femme... et mon enfant..... vais-je les retrouver?... Aide-moi à descendre, Estevan, j'ai besoin de me reposer...

Ils attachèrent leurs mules au bord du chemin, à une haie, et montèrent sur un rideau, dominé par un de ces chênes gigantesques, qui ont vu passer cinq ou six générations sous leur voûte, et qu'adopte chaque village comme un patriarcal représentant des temps anciens. Estevan s'agenouilla devant le crucifix abrité sous les premières branches de l'arbre vénérable; et maître Martin, s'abandonnant aux impressions délicieuses qui l'inondaient en foule, se mit à contempler, à reconnaître avidement tous les sites aimés de son enfance, et qu'il retrouvait aussi jeunes, aussi beaux que lorsqu'il les avait quittés. Et les montagnes de la patrie, étincelantes des feux du soleil couchant, semblaient saluer avec joie son retour; et le timbre du clocher, sonnant lentement l'angélus du soir, était comme la douce et mélancolique voix de l'aïeul, rappelant au seuil natal l'enfant prodigue.

Quelques instans après, l'organisation de fer que s'était faite l'espion avait repris le dessus, et les deux voyageurs entraient dans Artigues.

A la faveur des ténèbres qui s'épaississaient dans les rues, ils s'avancèrent sans être remarqués.

Arrivé à quelques pas de la maison paternelle,

qui en même temps était la sienne, maître Martin, craignant, s'il entrait immédiatement, de causer un saisissement peut-être dangereux à ses vieux parens et à sa femme, s'arrêta; et, comme il se demandait s'il leur enverrait Estevan, ou s'il ne ferait pas mieux de s'adresser à quelque voisin, il s'aperçut que la grande salle de la maison était vivement éclairée, et un bruit confus de voix et de rires parvint tout à coup jusqu'à lui.

— Il paraît, Estevan, que ma famille prend sa peine en patience et m'attend gaîment... Entends-tu comme ils font ripaille?

— C'est un festin, maître, et toute la chrétienté fête aujourd'hui la Noël.

— Ah, c'est Noël? tant mieux, ma foi! oui, certes, il vaut mieux trouver cette chère famille noyée dans le vin que dans les larmes. Et puis il est bon que la table soit mise, car j'ai une faim d'enfer. Et toi, Estevan?

— Moi aussi, maître, j'ai grand'faim, et surtout grand froid.

— Allons, gai, gai, l'ami, tu vas trouver bonne table et bon feu. Mais, avant de tomber là comme deux réveillons de nouvelle espèce, il est bon de savoir quelles gens nous allons trouver, et de compter combien de parens et d'amis en plus, et combien en moins.

Les deux voyageurs attachèrent leurs mules aux anneaux de la muraille, et s'approchèrent avec précaution des étroites verrières qui s'ouvraient sur la salle du festin.

Une vaste table était dressée au milieu; des mets nombreux, aussi nombreux que les convives, la garnissaient. Le cochon de lait à la cuirasse dorée y reposait triomphalement sur un lit de cresson, et glorieusement entouré des gâteaux de Noël, décorés d'un enfant Jésus en sucre. Au haut bout de la table étaient assis un beau vieillard à cheveux blancs, et une vieille femme à l'œil alerte et au geste vif.

— Estevan, voilà mon père et ma mère.

A côté des deux vieillards était une femme de vingt-six à vingt-huit ans, fraîche, grasse, réjouie, brune et vermeille, et parée d'un joli chaperon et d'une cotte éblouissante.

— Voilà ma femme et sa cotte neuve, reprit maître Martin.

A côté de Bertrande Rossi, il y avait un homme d'une trentaine d'années, d'une taille petite et robuste, à l'œil noir et vif, au teint brun et chaud, aux lèvres fortes et colorées.

— Santa Maria! s'écria le jeune Espagnol, que l'homme que voici vous ressemble, maître!

— Il se nomme Arnault du Tilh dit Pansette, du lieu de Sagias; mais, ajouta maître Martin en réfléchissant, comment se trouve-t-il chez nous à cette place d'honneur?

— Ce n'est pas votre frère, maître? mais voyez donc!

Maître Martin se rapprocha de la verrière.

— Par la mort ! il embrasse ma femme et de façon bien familière ; et la coquine le laisse faire sans trop de façon... Comment ! il lui entoure la taille et elle s'appuie sur son épaule, et ils restent ainsi, et mon père et ma mère et tous les convives tolèrent cela !

— A la santé de Martin Guerre, de notre hôte ! s'écria en ce moment une voix, à laquelle répondirent de bruyantes acclamations.

— Les voici qui boivent à ma santé ! et cet autre qui caresse toujours ma femme !

— C'est Martin Guerre que vous vous nommez, maître ? reprit Estevan.

— Oui, c'est mon nom de famille. Mais voyons ce que ça deviendra ; il me semble, ami, d'après tout ce qui se passe, que j'aurais tout aussi bien fait de ne pas revenir.

— Merci, mes bons amis ! répondait en ce moment l'individu que maître Martin avait désigné au jeune Espagnol sous le nom d'Arnault du Tilh, merci ! — Jérôme ? ajouta-t-il en s'adressant à un valet qui accourut, remonte-nous encore quelques brocs de vin, et du meilleur !

— Définitivement ce coquin agit en maître aussi bien qu'en mari... Ah ! je commence à comprendre... Tu trouves que cet aventurier me ressemble, n'est-ce pas, Estevan ?

— Ah ! maître, c'est prodigieux ! et si je ne

vous voyais pas là, si je n'entendais pas votre voix, je jurerais que lui, c'est vous.

— Eh bien! je me souviens qu'il s'attacha à moi il y a cinq ou six ans, j'étais alors en Espagne; son esprit hardi et entreprenant me plut; je lui donnai quelques missions, qu'il remplit toutes avec beaucoup d'adresse, et je trouvais d'autant plus d'avantage à notre ressemblance que je pouvais être à la fois dans deux endroits différens, et prouver au besoin mon *alibi*. Il me parlait souvent de mon pays, de ma famille; il me demandait des détails sur mon enfance, sur ma jeunesse, et je satisfaisais sa curiosité sans me douter le moins du monde de l'emploi qu'il voulait faire de mes confidences. Il paraît qu'il avait une idée, j'aime les hommes qui ont des idées; et comme je me suis fait doubler par lui assez souvent et toujours avec succès, il s'est imaginé, pour n'en pas perdre l'habitude, de me doubler dans ma propre maison et près de ma propre femme. Ma foi, je n'aurais pas fait mieux. Bien joué! oui, ce gaillard-là a de la tête. Dis donc, Estevan, tiens-tu à vivre ici plutôt qu'ailleurs?

— Je vous l'ai dit, maître, partout où vous vous trouverez bien, j'y serai heureux.

— Si nous remontions sans bruit sur nos mules, et allions chercher un perchoir ailleurs? ce serait mal obligeant à nous de déranger des gens qui se mettent si à leur aise et qui paraissent si bien d'accord? Allons-nous en, hein?

— Je crois, maître, que c'est le bon parti, car il y aurait danger pour vous à entrer dans cette maison où vous seriez probablement pris pour un imposteur ; dix années ont dû vous changer assez pour que vous ne puissiez jamais avoir raison contre cet homme ; et puis tous ces gens-là ne voudront jamais convenir qu'ils ont pu se laisser duper si long-temps, et pour se justifier, se tranquilliser eux-mêmes, ils vous chasseront. En supposant même qu'il y ait doute, songez que les absens ont toujours tort, et que celui qui donne à dîner a toujours raison. Allons-nous en, maître.

— Ah! il y a là danger? Entrons, Estevan, reprit vivement maître Martin en qui le vieil homme se réveilla tout à coup, et que la perspective d'une lutte dramatique fit tressaillir, comme un vieux cheval de guerre qui dresse l'oreille au bruit de la mousquetade.

Jérôme venait de remonter, chargé de deux brocs ; les gobelets avaient été remplis jusqu'au bord, et tout le monde s'était levé pour trinquer avec l'hôte, lorsque maître Martin, se montrant subitement à la porte de la salle, et saisissant un flambeau qu'il approcha de son visage, s'écria d'une voix retentissante :

— Un instant, mes maîtres! vous allez boire à la santé de Martin Guerre! mais auquel, s'il vous plaît! car, ce me semble, il y en a deux ici?

A cette apparition inattendue, aux éclats de cette voix dont les vibrations connues réveillèrent brusquement dans l'âme des deux vieillards, de Bertrande Rossi et de la plupart des convives, des impressions long-temps assoupies et confusionnées pas d'autres, ce fut dans toute la salle un silence de stupéfaction. Tous les yeux, fixés avec terreur sur le nouvel arrivant, ne s'en détachaient pas.

Arnault du Tilh, le faux Martin Guerre, était devenu très pâle.

Les deux vieillards balbutiaient, cloués à leur place.

Bertrande Rossi se serrait, épouvantée et tremblante, contre Arnault.

Mais ce qu'avait prévu Estevan arriva : dix ans d'absence, de voyages sous tous les cieux, de fatigues sous tous les harnais avaient fait de Martin Guerre un être tout nouveau, et les dissemblances réelles qui, dix ans plus tôt, eussent rendu impossible une méprise entre ces deux hommes, étaient en ce moment tout-à-fait disparues. Aussi chacun des spectateurs, repoussant cette rapide perception de la vérité que le regard et la voix de Martin Guerre leur avaient jetée, fit-il entendre presque aussitôt un murmure de doute et de menace.

Profitant de ce mouvement favorable, et d'une voix qu'il s'efforça de rendre ferme, mais qui malgré lui trahissait toute la peur que lui causait son ancien maître, Arnault du Tilh s'écria :

— Que veut cet insolent trouble-fête, ce misérable mendiant? jetons-le dehors, mes amis! et vous, Saturnin, Jérôme, appelez le berger et tous les valets!

Et tout en excitant ainsi les autres à se ruer sur Martin Guerre, lui-même osait à peine quitter sa place.

Tout le monde se leva en tumulte. Alors Martin Guerre s'acculant contre la muraille et saisissant son bâton ferré :

— Arrière, mes maîtres! s'écria-t-il d'une voix stridente et moqueuse, ou plutôt venez, venez tous ensemble, et si vous ne pouvez reconnaître le visage de Martin Guerre, venez reconnaître son bâton!

Cette parole et le rapide moulinet qui l'accompagna arrêtèrent les plus hardis : on se souvenait de l'adresse redoutable de l'ancien pâtre, et cet hommage spontané qu'on lui rendait était un commencement de reconnaissance. Arnault du Tilh y aidait lui-même en n'osant rien de décisif, maîtrisé qu'il était par son émotion; et quelques-uns des spectateurs, surpris de cette pusillanimité soudaine du plus intrépide de leurs compatriotes, regardaient déjà les deux rivaux avec hésitation.

Comme on en était à cette suspension d'armes,

un des valets de la ferme traversa la foule en conduisant un vieux chien de montagne, qu'il venait de détacher et qu'il excitait de la voix et du geste ; et le terrible animal, grondant sourdement et le poil hérissé, roulait autour de lui des yeux sanglans comme pour reconnaître l'ennemi qu'on lui promettait.

Tous les convives s'étaient écartés, et un assez large espace restait vide entre Martin Guerre et le chien, qui au même instant fut lancé contre lui.

Le hardi boiteux ramassa rapidement son manteau tombé à ses pieds, l'étendit d'une main devant lui, de l'autre leva son bâton ferré et attendit en serrant les dents et sans un clignement d'yeux.

Le chien bondit, puis tout à coup il s'arrêta : la fureur qui l'animait s'éteignit; au lieu de son féroce grondement il fit entendre un cri doux et plaintif, agita vivement la queue, et se traîna vers maître Martin en rampant et en faisant joyeusement onduler tout son corps.

Isoard ! c'est toi, Isoard ! dit Martin Guerre en se baissant pour caresser l'énorme tête du chien qui lui léchait les pieds.

Il y eut un second mouvement dans l'assemblée.

— Ne voyez-vous pas, reprit Arnault du Tilh, que cet homme est un sorcier ? Le laisserons-nous interrompre et profaner plus long-temps cette sainte fête de Noël ?

Cette insinuation était adroite et réussit un moment : un effroi superstitieux se répandit sur toutes ces faces béantes.

— Arnault du Tilh, répliqua Martin Guerre sans se déconcerter, si j'étais ce que tu dis, j'aurais commencé par te faire disparaître ; et puisque j'ai pu me faire reconnaître de ce bon vieux chien, qui a plus d'instinct que ma famille n'a d'intelligence et de cœur, j'aurais pu également fasciner les yeux de tous ces braves gens, mais le nom de Martin Guerre est lourd à porter, voyons si tu le soutiendras jusqu'au bout.

Et s'approchant du foyer, il prit le tube en fer qui servait de soufflet à cette époque, et qu'on retrouve aujourd'hui dans un grand nombre de villages.

— Que personne n'ait peur, et toi-même, Arnault du Tilh, rassure-toi, je ne veux que reprendre ma table et mon lit. Tu as ma taille, mon visage et à peu près ma voix, c'est fort bien ; tu as même en ce moment une jambe que je n'ai plus, mais mon poignet me reste, et vous savez, vous autres, si dans tout Artigues il y en a un pareil. Voyons, l'ami, prends ce tube, et plie-le en deux rien qu'avec tes mains et ton genou ; si tu réussis, je ne suis qu'un imposteur et je me retire.

— Moi ! reprit Arnault du Tilh troublé, risquer ma femme, mes enfans, mes vieux parens, ma maison dans une ridicule épreuve avec le premier venu ?

— Malheureusement, mon cher ami, je ne suis que le second venu. Mais tu parles de tes enfans? je n'en avais qu'un, moi, quand je partis... n'importe, ce qui est fait est fait, sans compter que *pater is est quem nuptiæ demonstrant...* Vous comprenez, monsieur le bailli, vous avec qui j'ai parlé latin autrefois? eh bien! l'ami, tu refuses? faut-il que je commence?

— Il faut accepter, mon neveu! dit alors à Arnault du Tilh un des oncle de Martin Guerre qui commençait à soupçonner la vérité.

— Oui, il le faut! répétèrent la plupart des spectateurs.

Reculer était impossible, Arnault se décida, espérant d'ailleurs en sa force, qui était également prodigieuse.

Il prit le tube, l'appuya sur son genou, raidit tous ses muscles, changea plusieurs fois de position; mais toujours la douleur le forçait de s'arrêter, et ses efforts inouïs n'aboutirent à rien; alors jetant avec rage le tube contre terre : Ce misérable demande l'impossible! s'écria-t-il; lui-même n'y réussira point, qu'il essaie!

Martin Guerre releva tranquillement le tube; mes amis, dit-il aux convives, comme je n'ai qu'une jambe pour me soutenir, et qu'il serait difficile de rompre une barre de fer contre un genou de bois, je vous demande la permission de m'asseoir.

Cependant Bertrande et les deux vieillards étaient remués par toutes ces choses jusqu'au fond des entrailles, et, comme toute l'assemblée, ils attendaient dans une indescriptible anxiété l'issue de cette scène tout homérique, et qui rappelait le retour d'Ulysse dans son palais et l'épreuve de l'arc et des douze anneaux.

— D'abord, mes amis, reprit Martin Guerre, un coup de vin, s'il vous plaît, car la brume m'a tout engourdi, et depuis la dînée, je suis à jeun.

Un plein gobelet lui fut versé; il le vida d'un trait; puis, saisissant le tube le plus loin qu'il put des deux bouts, et déployant tout ce qu'il avait de vigueur et ménageant les secousses avec habileté, il ploya le lourd ustensile comme un jonc, le retourna en sens contraire, et en fit deux morceaux qu'il jeta dans le foyer, comme la branche morte que rompt sans peine une ménagère.

Un cri unanime d'étonnement et d'admiration s'éleva.

— Je vous l'ai dit! s'écria Arnault du Tilh en devenant toujours plus pâle, cet homme s'entend avec le malin, s'il n'est le malin lui-même.

— Si cela ne suffit point! reprit vivement Martin Guerre, que ceux qui se souviennent du coup de corne que me donna le taureau furieux que j'arrêtai seul, quand chacun fuyait dans Artigues, que ceux-là s'approchent et viennent mettre le doigt dans ma cicatrice!

En même temps il ouvrit son pourpoint, et tout le monde vit la marque encore profonde et rouge.

— Mon fils! s'écria la vieille femme, en se jetant dans les bras que le boiteux lui tendait.

Le vieillard s'y précipita à son tour, puis tous les parens, amis et voisins.

Bertrande seule resta derrière, l'œil baissé, le sein haletant, et la contenance pleine d'embarras en même temps que de crainte.

Quand ce premier tumulte fut un peu apaisé, on chercha Arnault du Tilh; il était disparu.

— Ah çà! mes amis, reprit Martin Guerre, je ne suis pas venu pour troubler la Noël; et puisque les gobelets sont pleins, et qu'au moment où je suis entré on allait boire à la santé de Martin Guerre, buvons donc à la santé de Martin Guerre et à la mémoire de la jambe qu'il a laissée à la bataille!

L'enthousiasme redoubla, et cent gobelets furent vidés comme un seul.

— Et vous, ma mie, ajouta le nouvel Ulysse en lorgnant Bertrande du coin de l'œil, que faites-vous donc là toute honteuse? Par Dieu! ne rougissez pas; c'est l'intention qui fait l'œuvre, et vous avez été trompée comme tout le monde? Tous ici, nous ne connaissons que Martin Guerre; c'est Martin Guerre qui vous a caressée, Martin Guerre qui vous a donné des enfans... Combien vous en a-t-il donné?

— Deux.

— Ce n'est pas trop, j'ai été raisonnable ; soyez-le aussi, et venez m'embrasser.

Bertrande s'approcha toute confuse.

— Coquine ! lui dit Martin Guerre à l'oreille, si tu n'étais pas devenue si jolie, je te ferais payer les baisers que tu m'as donnés sur la bouche d'un autre !

— Je vous jure, maître, répondit Bertrande sur le même ton, que j'ai cru que c'était vous.

— Je ne te demande pas ce que tu as cru, sournoise, je te dis seulement qu'il faut être sûre que ces baisers, c'est à moi que tu les as donnés.

On se remit joyeusement à manger et à boire.

Tout à coup : — J'avais un compagnon de route ! s'écria maître Martin, où est-il ?

— Il y a là, dans la cuisine, répondit quelqu'un, un jeune homme qu'on a trouvé à la porte, et à qui on a donné à souper.

— Faire souper mon Estevan à la cuisine ! un gentilhomme qui a une dot de cinq cents écus d'or, et qui vient chercher une femme et une maison dans ce pays ! Vite, allez le chercher, amenez-le ici... Mon cher oncle, à qui la jolie fille que je vois à côté de vous ?

— C'est ta cousine, mon neveu, et ma fille cadette.

— Qu'on mette mon Estevan près d'elle... Je suis revenu, mes chers amis, pour faire des noces, des festins, des baptêmes !

Estevan fut trouvé du goût de tout le monde, et surtout de celui de la jolie cousine, qui prit le timide adolescent sous sa protection, et lui fit très gentiment les honneurs de la famille et de la maison.

Martin Guerre raconta ses voyages, et quelques-unes de ses aventures, qu'il arrangea pour la plus grande satisfaction de chacun. Cela dura jusqu'à deux heures du matin; puis on quitta la table, les convives regagnèrent leur logis, et maître Martin alla se coucher avec sa femme qu'il aida fort dextrement à se déshabiller.

La chronique ne dit pas si l'Aurore renouvela en faveur des deux époux la galanterie qu'elle fit jadis à Ulysse et à Pénélope; il est à présumer toutefois qu'il y eut compensation, car maître Martin et dame Bertrande, plus jeunes que le rusé prince d'Itaque et sa chaste épouse, n'étaient point placés, comme eux, sous la protection immédiate de la déesse de la Sagesse.

X.

Dans les Coulisses.

Six mois après, Estevan était marié avec la cousine de Martin Guerre. Etabli dans une jolie maison très voisine de l'ancien diplomate, ce gentil couple fut très heureux, dit la chronique, et eut beaucoup d'enfans.

Le pauvre Arnault du Tilh, qui eut le malheur de tomber entre les mains de la justice, *fut condamné par le tribunal de Rieux, et après appel, par le parlement de Toulouse, en son arrêt du 12 septembre 1560, à faire amende honorable devant l'église d'Artigues; ensuite, après avoir été conduit dans tous les carrefours du lieu, être pendu devant la maison de Martin Guerre, et ses biens adjugés à sa fille, quoique provenante du faux mariage avec Bertrande Rossi*. L'autre enfant qu'il en avait eu était mort.

L'arrêt fut exécuté, « et, dit Etienne Pasquier, Arnault du Tilh confessa tout et mourut très repentant. »

— Finir entre ciel et terre, c'est une belle mort sans doute, dit Martin Guerre qui ne demandait pas tant, et qui n'avait pu rien faire pour le condamné; n'importe, c'est dommage; j'eusse fait mon successeur de ce gaillard, et, par ma foi, il eût été loin.

Jeanne de Pienne, après avoir rendu les derniers devoirs à son frère, et donné une année aux convenances, dans un couvent libre où elle s'était réfugiée, en sortit pour épouser Florimond Robertet, seigneur d'Alluye, nommé peu auparavant secrétaire des commandemens, par l'entremise du roi de Navarre. Ce prince, à qui il avait rendu quelques services, lui avait conseillé d'accepter cette place pour prouver qu'il n'était pas, comme quelques-uns l'en accusaient, un ennemi secret de Henri II; et Robertet s'était résigné pour épargner de nouveaux dangers et assurer une protection plus efficace à la sœur de Bonnivet.

Ce mariage étonna grandement la cour. Voici ce qu'en dit Brantôme :

« .... Cette demoiselle (Jeanne de Pienne) était fille de l'une des meilleurs maisons de France, et des plus honnêtes, et elle avait refusé en son temps de si hauts et si grands partis, qu'il n'y avait point de raison qu'un petit secrétaire des commandemens l'épousât ; qui l'épousa pourtant après, plus par humeur et caprice qu'il en prit à la fille que par raison. Ainsi je l'ai vu dire à force gens de notre cour alors, et connu. »

Quant à Diane de France, il paraît qu'elle se lassa de tenir rigueur à son mari, et que si elle le traita quelquefois comme sa patrone fit Actéon, au dire de certains mémoires, elle lui permit quelquefois aussi de jouer le rôle d'Endymion. Le scandale de ce mariage politique et de la violation des droits du pape et de ceux de Jeanne de Pienne s'oublia peu à peu. « Il n'en fut, dit Jean Le Laboureur dans ses *Additions à Castelnau*, autre chose tant que le pape et le roi vécurent ; mais soit que le maréchal de Montmorency (François fut nommé maréchal en 1559) en fit depuis quelque scrupule, et qu'il attribuât le peu de succès de plusieurs grossesses de sa femme, qui n'eut qu'un enfant vivant de plusieurs qu'elle conçut, et qui mourut incontinent après, ou pour quelque autre raison, il eut derechef recours au saint-siège, et envoya une supplique au pape Pie IV, par laquelle il demandait absolution à cautèle. Le pape Pie IV, qui n'avait pas les mêmes intérêts de son prédécesseur, n'y apporta point tant de façon et lui envoya une bonne et ample dispense. Cette dispense mit sa conscience en repos, et ne changea pas le sort de son ménage, qui continua d'être stérile. »

— Avant de détourner nos regards de cette singulière figure de Martin Guerre, écoutons l'entretien qu'il eut avec Estevan, un soir d'été de l'année 1559.

— Eh bien! l'ami, tu viens d'apprendre les grands et solennels évènemens que célèbrent en ce moment toutes les cloches d'Artigues?

— Oui, maître, on dit que la paix générale vient d'être conclue, et que Philippe II épouse Elisabeth de France, et le duc de Savoie, madame Marguerite, sœur du roi.

— Et que penses-tu de tout cela, Estevan?

— Ma foi, maître, pas grand'chose; si tout le monde est content, je le suis aussi.

— Tu n'entendras jamais rien à la politique, mon ami, et je perds à te l'expliquer mon espagnol, mon français et mon latin. Tout le monde content? dis donc des rois, des reines, des ducs, et encore! Estevan, les bergers et les bouchers viennent de s'accorder pour tondre et tuer plus commodement les moutons. Assieds-toi là, que je te fasse comprendre tout ceci.

— Maître, c'est que ma petite Marianne m'attend pour souper...

— Assieds-toi là, te dis-je ; corps-Dieu ! je ne trouve personne à qui parler dans ce trou ; mes idées m'étouffent, et tu m'abandonnerais !

— Venez souper avec nous, maître, nous causerons tant que vous voudrez ?

— Du tout ; quand Marianne est là, tu as des distractions, tu m'écoutes mal ; reste ici.

Estevan se rassit près du boiteux, sur le banc établi à la porte de celui-ci, et se prépara à subir la dissertation politique de l'ancien espion, en jetant d'instant à autre un coup d'œil dans la direction de sa maisonnette, pour voir si Marianne ne viendrait pas à son secours.

— Je te disais donc, reprit Martin Guerre, que la paix qui vient de se conclure est une paix mauvaise, et qui sera fatale aux peuples, et particulièrement à la France. Suivons les évènemens depuis 1557. François de Guise emporte Calais et chasse les derniers Anglais du territoire national ; les populations, heureuses et fières, se saignent une seconde fois et font à Henri II le don de trois millions d'écus d'or, que le glorieux monarque dépense aux noces du Dauphin et de Marie Stuart. Puis, comme on fait mal la guerre sans argent, l'armée essuie un rude échec en Flandre. François de Guise, qui est partout où il y a de beaux coups à donner, et qui sait que c'est aussi sur des trophées de guerre que s'élève la fortune d'une famille, rassemble toutes les forces du pays et vient présenter la bataille au duc de Savoie. Les deux rois arrivent en personne dans les deux camps, et l'on s'attend à quelque grande journée qui doit donner définitivement la prépondérance à l'un des deux puissans états. Mais, avec Henri II, est arrivé le cardinal de Lorraine, le fin renard, et Philippe II voit plus loin que son nez, lequel est fort long. On s'entend mal quand on tire des coups de canon, aussi pas une amorce n'est brûlée, et, au lieu de poudre, on use de l'encre diplomatique et des bottes de courriers. C'est fort bien, et certes peuples et rois gagneraient fort à cette manière de guerroyer. Mais voyons le dessous des cartes. La paix! la paix! s'écrie à haute et intelligible voix le brutal connétable, qui ne veut pas donner le reste de ses vieux lauriers aux marmitons ennemis. La paix, dit aussi, mais à voix basse, le rusé cardinal. La paix! voyons, répond Philippe II, qui sait bien ce qu'il sait et qui veut bien ce qu'il veut. Les négociations se prolongent; et un beau jour, le 3 avril de la présente année, la nation apprend qu'on vient de lui faire conclure avec l'Espagne un traité, par lequel ladite nation s'engage de rendre à Philippe II, Marienbourg, Damvilliers, Yvoy et Montmédy, dans le Luxemboug, et Vaenza, dans le Milanais; à Philbert-Emmanuel, le Piémont, la Savoie et la Bresse; la Corse aux Génois, et enfin d'évacuer toutes les places de la Toscane. En échange, Philippe II rend à la France Saint-Quentin, Ham, le Catelet et le reste du Vermandois. C'est un beau marché, ma foi! et Philippe II entend bien les affaires. Mais si le roi de France est content, son peuple ne l'est guère, et il accable de malédictions le connétable, qui se vante d'avoir moyenné à lui tout seul cette belle paix, lorsqu'il n'a fait qu'ôter les marrons du feu pour les Guise qui les mangent. Car, vois-tu, Estevan, le vrai moyenneur de cette paix, c'est le cardinal de Lorraine, qui s'est fait à coup sûr le raisonnement suivant: La majorité de la nation est catholique, et le véritable but de Philippe II est de rasseoir le catholicisme sur le monde; il est probable qu'il réussira; donc attachons-nous à la majorité de la nation et à Philippe II. Philippe II veut la paix avec la France pour mieux faire la guerre à l'hérésie, accordons-lui la paix, et qu'il sache bien que c'est à nous qu'il la doit: son appui peut nous être utile. D'autre part, mon frère a conquis par la guerre autant de popularité que possible; et maintenant que les deux partis religieux se dessinent nettement en France, il leur faut des chefs; les chefs du catholicisme français ce sera nous! Laissons à nos pieds les Montmorency et ce pauvre connétable qui achève de se faire anathématiser en assumant sur lui à son de trompe la paternité de mon traité de paix, et marchons vers l'avenir ! — Et Henri II, comment s'est-il résigné à ce marché déplorable ? son ministre lui a fait comprendre que les intérêts des couronnes de France et d'Espagne étaient fraternels, et que l'hérésie en voulait à tous les pouvoirs ; et Henri II a sacrifié le pays à la royauté, et voici qu'il fait le beau dans les carrousels, où il rompt des lances en l'honneur de sa grande jument. Luther, Zwingle et Calvin, les nouveaux Christ, s'étaient levés ; vous les avez laissé crucifier, peuples ; malheur à vous ! Estevan, les deux grands hommes de ce siècle, ou plutôt, les deux grands fripons, ce sont Philippe II et Charles de Lorraine. Et quand je pense que j'ai fait la partie de ces gens-là, et que sans l'illustre Jean Peuquoy, j'eusse pu empêcher beaucoup des choses qui viennent d'arriver, oh ! je suis furieux, je suis fier ! — Estevan, j'ai fini ; et voici Marianne qui vient te chercher.

Quinze jours après, Martin Guerre était encore sur sa porte avec le jeune Espagnol, lorsqu'un courrier, qu'il avait connu à Burgos, s'arrêta pour le considérer, descendit de cheval et lui sauta au cou.

— C'est toi, Perez ! et d'où viens-tu ?

— De Paris.

— Où vas-tu ?

— A Madrid.

— Quoi de nouveau?

— Henri II est mort.

Ce prince, blessé à mort dans le grand tournoi du 29 juin, par Montgomery, l'un des capitaines de ses gardes, avait langui quelque temps et était expiré le 10 juillet.

— Au revoir, maître Martin.

— Bon voyage, Perez. — Estevan, voilà maintenant les Guise assis sur le trône de France.

Saint-Quentin, rendu aux Français, ne tarda pas à se relever; ses habitans y rentrèrent après un exil de deux années, et Jean Peuquoy y reprit glorieusement son rang et son influence.

Il y a dans les poëmes-épitaphes de Pierre de Ronsard quelques vers très nationaux, sinon très poétiques, qui résument avec assez de netteté et de concision la période historique que ce livre embrasse.

Les voici : c'est de Henri II que parle Ronsard :

Voulant avitailler la picarde muraille,
Du faible Saint-Quentin il perdit la bataille,
Où tout le sang français fut presque répandu;
Fit une paix contrainte, après avoir rendu
En un jour le Piémont (ô chances mal tournées),
Et tout ce que conquit son père en trente années :
Le labeur et le sang de tant d'hommes guerriers...

FIN.

POST-FACE.

POST-FACE.

Je venais de terminer toute cette partie de ma chronique, relative au siège de Saint-Quentin, que j'étais allé écrire sur les lieux, lorsque le docteur Sarazin entra sans bruit et vint déposer sur mon bureau, comme de coutume, un amas de livres de tous formats, in-4°, in-8°, in-12, in-18, etc., notez que ledit bureau en était encombré à céder sous le poids.

— Ma foi, docteur, lui dis-je en me frottant les mains, avec cette joie espiègle d'un écolier qui attrape son maître, cette fois vous arrivez trop tard, mon siège est fait.

Vous ne connaissez pas le docteur Sarazin? Je veux vous faire son portrait, et, si je puis, vous raconter son histoire.

Le docteur Sarazin est un petit homme d'une quarantaine d'années, tout rond, membré fortement, d'une franche et solide carrure; assez haut en couleur, un peu brun; gai, malin, bonhomme, et n'étant jamais moins solennel que lorsqu'il veut le paraître davantage; bref, un vrai docteur de l'école de Rabelais.

Comme en Rabelais, il y a en lui quelque chose de cette philosophie joyeuse et légèrement bouffonne qui empêche de prendre les hommes et les choses trop au sérieux, et de cet amour infatigable de la science qui est la passion des hommes qui n'ont point de passions. Comme Rabelais, certes, il eût porté dignement le froc monastique en même temps que la robe doctorale.

J'ai fait la connaissance du docteur à la bibliothèque de la ville; car le docteur a deux domiciles, d'abord son domicile politique et conjugal, situé rue du Collège, précisément au point où cette rue devient celle du Gouvernement, et son domicile d'affection et d'habitude, c'est-à-dire la bibliothèque, établie au Palais-de-Justice.

Je m'étais adressé au bibliothécaire qui, feuilletant son catalogue, cherchait le numéro du livre que je lui avais demandé, lorsque le docteur qui, après avoir entendu ma question, s'était éloigné un instant, revint en me présentant le livre que le bibliothécaire, fort capable pourtant, cherchait encore.

C'est que le docteur, voyez-vous, connaît la bibliothèque de Saint-Quentin aussi bien que Quasimodo connaissait l'église Notre-Dame ; c'est que la bosse des classifications est énergiquement prononcée sur son crâne, c'est que son cerveau est un véritable catalogue mnémothénique, un kaléïdoscope universel; c'est qu'il aime les livres comme un autre aime les enfans, les papillons, les insectes.

Partant le docteur a toujours partagé honorairement, bénévolement et amiablement les fonctions très pacifiques et fort peu fatigantes des bibliothécaires saint-quentinois; car, à Saint-Quentin, on ne vit pas dans le passé, et moins encore dans l'avenir, on y vit uniquement dans le présent.

Outre la bibliothèque publique, assez bien composée, vraiment, quoique manquant précisément des livres industriels, indispensables dans tout pays manufacturier qui ne s'en tient pas à la routine, et qui veut perfectionner la pratique par la connnaisance de la théorie;

outre la bibliothèque publique, formée en partie des débris de celles de nos abbayes et couvens, et que le docteur considère à peu près comme sienne, notre petit Rabelais local en possède une tout à lui, qu'il ouvre généreusement à qui veut y puiser, et où, pour ma part, j'ai déjà égrainé plus d'une idée, si tant est qu'il y ait encore des idées en ce monde cacochyme.

J'y ai trouvé, entre autres choses, l'histoire de ce Martin Guerre que j'ai déjà exploité, une fois, vous l'ignorez peut-être, en l'habillant à la moderne dans le roman intitulé *Une Séduction*, et que j'ai reproduit de nouveau et avec amour dans la chronique qu'on vient de lire.

A tout seigneur tout honneur : il est donc juste de déclarer que, les principaux faits de cette chronique, je les dois encore à l'intarissable docteur.

Que de fois, alors que les fortifications de la ville n'étaient point démolies, ni ses fossés comblés, nous avons, cet ingénieux cicérone et moi, arpenté ces remparts, ces demi-lunes, ces contre-forts si pleins de glorieux souvenirs! Ce bon docteur, à qui tous les épisodes du siège de 1557 étaient aussi connus que s'il y eût assisté, faisait revivre pour moi cette lutte suprême ; il me conduisait à travers les marais où avait campé l'armée de Philippe II ; il me montrait le point jusqu'où s'était avancé le connétable de Montmorency pour jeter un secours dans la place ; la poterne par laquelle d'Andelot était entré; la route qu'avait suivie l'armée française dans sa retraite; la chaussée par laquelle la cavalerie ennemie avait débouché si rapidement; puis nous gagnions les plaines de Gibercourt, d'Essigny-le-Grand et de Lizerolles, où s'était donnée la fameuse bataille de Saint-Laurent; nous parcourions ce champ funéraire où Catherine Lallier, femme du mayeur de Saint-Quentin, Louis Varlet de Gibercourt, avait fait ensevelir les huit mille Français et Allemands massacrés dans cette sanglante journée; et nous touchions avec respect les ossemens blanchis, éparpillés encore sur ce vaste ossuaire, nommé depuis le *Cimetière-le-Piteux*. Enfin le patient docteur ne laissait rien ignorer à mon impatiente curiosité.

Et, revenus à la bibliothèque, nous nous penchions sur ces vénérables manuscrits où la vérité, obscurément consignée par les fils des héroïques bourgeois, proteste à huis-clos contre les éclatantes déclarations de Coligny; et je m'écriais avec indignation : Oh! que ne m'est-il donné de justifier cette foule de mes braves aïeux qui n'ont pu protester contre le *mémoire* de l'amiral, parce que tous étaient morts! Pourquoi ce grand capitaine, toujours si loyal, si droit, si juste dans sa rigidité luthérienne, n'a-t-il pas voulu faire à chacun sa part, et distinguer les vrais enfans de la ville de ce ramas de réfugiés auxquels s'ouvrirent nos portes, et qui devaient nous punir de notre hospitalité jusque dans l'avenir!

Fils des vieux Saint-Quentinois, peut-être m'eût-il été permis de venger mes aïeux, morts sur la brèche, de celui qui rendit, vivant et sans une blessure, son épée aux Espagnols; mais l'injustice ne répare pas l'injustice, et, malgré mes partiales sympathies, je me suis efforcé d'être un historien impartial.

Quand le bon docteur m'eut initié à toutes les particularités du siège de ma ville natale, et que, bien décidé à en écrire l'histoire, je songeai à grouper autour de cet évènement si décisif les circonstances qui le préparèrent, celles qui le suivirent, les grands acteurs qui y figurèrent; puis à dessiner dans les fonds et sur les divers plans du tableau toutes les choses caractéristiques de l'époque, ce fut encore au docteur que j'eus recours.

A peine lui eus-je expliqué ce que je voulais, je vis sa physionomie, naturellement vive, beaucoup plus vive que celle de la plupart des bibliomanes, s'animer tout particulièrement, puis se gonfler les veines de son front, et se produire tous les signes auxquels on reconnaît l'énergique travail du cerveau. Bon, me dis-je, voilà ses idées qui remuent et fermentent comme des abeilles dans une ruche, quel rayon de miel historique il va me donner à savourer!

Tout à coup ses lèvres s'entrouvrirent, et voici le torrent d'indications dont cette bibliothèque vivante, cette nomenclature organisée m'inonda en quelques secondes:

— Voici vos sources : le mémoire de Coligny ; l'histoire du Vermandois par Louis-Paul Colliette ; l'histoire de Henri II par Varillas ; toutes les histoires de Saint-Quentin, ville et martyr ; la numismatique du seizième siècle ; l'histoire universelle par de Thou ; l'histoire généalogique de France du père Anselme ; l'histoire de France de la Popelinière ; les recherches sur la France d'Étienne Pasquier ; le dictionnaire de Bayle ; Sleïdan, Beaucaire, Reynier de la Planche, Rabutin, Jean de Mergey, Boivin du Villars, Théodore de Beze, le président de la Place, l'histoire des cinq Rois, l'histoire des Montmorency ; Vincent Carloix, les mémoires de Blaize de Montluc, ceux de Tavannes, les additions à Castalnau de Jean le Laboureur, Martin du Bellay, Garnier, Robert Étienne, Charles Bovelle, Mélin de Saint-Gelais, Pierre de Ronsard, Brantôme, Rabelais, Jean Antoine de Baïf, Robertson, Sismondi, Mathieu, etc.

Le docteur termina sa longue kirielle par des désignations détaillées d'ouvrages sur les cérémonies, les monumens, les biographies, les portraits, les costumes du seizième siècle ; puis il dit :

— La plus grande partie de ces ouvrages se trouvent à la bibliothèque de la ville et dans la mienne ; vous ne pourrez vous procurer le reste qu'à Paris ; prolongez encore quelques mois votre pèlerinage en province ; retournez puiser ensuite à la grande source ; arrosez votre terrain sans relâche, fouillez-le de fond en comble, et par Hercule ! nous aurons avant un an une véritable histoire du siège de Saint-Quentin.

Je vous avoue qu'alors les bras me tombèrent, que je devins tout pâle, et que je perdis beaucoup de cet enthousiasme patriotique que je vous ai dit tantôt, et qui, du moins je l'espérais, devait faire merveille.

— Eh bien ! eh bien ! qu'avez-vous donc? reprit le docteur en me tâtant le pouls.

— S'il faut faire notre siège à ce prix, lui répondis-je, j'aime encore mieux apprêter ce plat d'yeux de fourmis et dévider ces milliers d'écheveaux embrouillés de la mauvaise fée.

— Enfant que vous êtes, ajouta le bon docteur, le champ que vous avez à défricher vous fait peur, parce que vous l'embrassez d'un coup d'œil; mais ne considérez que le sillon de chaque jour, et la besogne sera faite au moment où vous croirez à peine l'avoir commencée. Et puis, entre nous, la bibliomanie n'est pas chose si ardue que vous vous l'imaginez. Je vous parais bien savant, n'est-ce pas? allez, je ne crois pas plus à la science qu'à la médecine, et celui qui sait le plus les mots sait le moins les choses. Voici Bayle pour aujourd'hui; mettons des signets au passages nécessaires; demain je vous porterai Coligny, après-demain Paul Colliette, et ainsi de suite; et courant ainsi de jardin en jardin, votre corbeille sera pleine au bout de deux mois, et vous serez en état de déployer une science qui effrayera grandement les profanes, et qui, vous ayant coûté au plus deux heures par jour, produira un total de cent vingt heures, c'est-à-dire un peu moins de cinq jours de travail. Etes-vous encore aussi épouvanté? Cette ligne de rails établie, votre wagon ira tout seul; ce seront six ou huit mois de composition après trois ou quatre de recherches : moins que rien.

Mais je m'aperçois qu'au lieu de vous conter la biographie que je vous ai promise, je m'amuse à ce bavardage d'un homme, heureux d'avoir accompli une tâche assez rude pour sa paresse, et qui se délasse en causant de choses et d'autres avec ses amis; je reviens.

Le docteur Sarazin (Jean-Louis) naquit, le 19 février 1792, à Bellenglise, village situé à deux lieues et demie nord-ouest de Saint-Quentin, et peuplé aujourd'hui de cinq cent dix-huit habitans, sauf erreur, et variations courantes.

L'oncle de Jean-Louis, chanoine à la riche abbaye de Prémontré, était un fort docte et un fort aimable homme, aussi de l'école de Rabelais, et qui, ayant beaucoup étudié dans les livres et réfléchi sur la vie, avait fini par comprendre que la sagesse est contenue toute en la dive bouteille. Partant, il avait fait promettre à sa sœur que tous les enfans qui lui naîtraient, seraient consacrés à l'Église, cette bonne mère qui prenait jadis un soin si tendre de tous les siens. Malheureusement la révolution vint trop tôt, ou Jean-

Louis vint trop tard au monde, ce qui fit qu'au lieu de devenir un joyeux savant et insouciant chanoine, Jean-Louis est aujourd'hui un joyeux savant, et insouciant licencié en médecine.

Certes, je crois fort à l'influence des imaginations de femmes enceintes! n'en voilà-t-il point un concluant exemple? Bercée de doux rêves monastiques pour son fils, d'étangs poissonneux, de giboyeuses forêts, de missels enluminés, de curieux in-folios, de vêpres assoupissantes, de bonne chère, de facile savoir, en un mot, de placide modération et d'innocent bien-vivre, la mère de Jean-Louis lui communiqua le désir de toutes ces choses le long du tube ombilical; et Jean-Louis, né au milieu d'une époque de fièvre humaine, de guerres et d'orages et de sublime folie, conserva la pacifique humeur, la gaîté rabelaisienne, l'épicurisme catholique et toute cette franche et riante philosophie que le bon et gros chanoine de Prémontré suait par tous les pores.

Je prie la section des sciences physiologiques et morales de l'Institut, d'examiner ce fait vraiment digne de remarque.

Bien plus, Jean-Louis, qui avait l'amour de la science inné et qui était venu dans une époque où l'éducation était chose aristocratique et suspecte, s'éduqua lui-même envers et contre tous; nul, certes, n'est plus que lui le fils de ses œuvres. Qu'en est-il résulté? C'est que, privé de ce fil conducteur dont son oncle le chanoine lui eût mis le peloton dans la main pour le guider dans le dédale du savoir, il s'y promena en tous sens, n'écoutant que son caprice, tournant l'obstacle quand il ne pouvait le franchir, s'enfonçant à plaisir dans les fourrés inconnus et dédaignant les larges et faciles allées.

Cette manière de s'instruire a des avantages; elle ouvre à l'intelligence des routes neuves, et lui donne une allure originale et indépendante; mais elle a aussi ses inconvéniens; car, dans notre société si bien étiquetée, les spécialités envahissent tout d'ordinaire, les esprits universels ne peuvent plus y trouver leur place. L'instruction universitaire a cela de bon qu'elle vous fait parcourir le sentier battu par tous, et vous apprend la manœuvre commune; pour qu'à votre entrée dans l'armée sociale vous puissiez gagner convenablement votre paie. Au contraire, les éducations particulières et isolées vous chargent d'habitude de trésors peu usuels, et d'une monnaie qui, n'ayant pas cours dans le grand bazar, vous y laisse dans une situation quelquefois embarrassante. Les cerveaux des écoliers du gouvernement ressemblent à de petits jardinets bien cultivés, bien peignés, bien sablés, avec une allée ou deux, un petit jet d'eau, un petit berceau, de petits carrés potagers; on y trouve l'utile et l'agréable; tout le monde aime à s'y promener, à s'y asseoir, à y goûter un fruit; ils sont fréquentés, connus, vantés. Les autres cerveaux, ceux des étudians solitaires, sont disposés tout autrement; ce sont des parcs plus ou moins étendus, où la ronce pousse à côté des grands arbres, où les fruits sont âcres et les fleurs étranges, où les voûtes de feuillage sont impénétrables au jour, et où se rencontrent çà et là des espaces nus et brûlés du soleil : ces parcs là ne sont pas d'un très bon rapport. Tel est le parc de Jean-Louis; la végétation y est généralement vigoureuse et variée; puis viennent des champs incultes, des bruyères arides; on n'y voit point de trace des premières notions du jardinage; il y a trop de choses inusitées et pas assez de banales; par exemple, il sait la chiromancie, et ignore cette piètre science des écoles primaires, l'ortographe.

Donc, estimables pères de famille, envoyez vos enfans à l'école primaire et au collège.

L'éducation commune est bonne encore à autre chose. Les enfans, dans leurs petits conflits habituels, exercent journellement cette faculté offensive et défensive, de si fréquent et de si utile usage dans le monde. Le bon Jean-Louis, au contraire, resta bon et simple en pelotonant solitairement autour de lui ses soyeux trésors de science. Acquérant et valant beaucoup, il demeura ignorant dans l'art de se produire. Au lieu de se faire des griffes et des cornes, il resta mouton, et chacun arrache en passant un flocon de laine à sa blanche toison. Quand je lui parle de la dignité individuelle, de cette cuirasse menteuse, superbe, hostile, il me répond que les hommes sérieux le font rire. Puis, il me raconte de bons tours de curés de campagne ou de paysans goguenards qui attrapent d'honnêtes bourgeois; ensuite il me montre la petite presse autographique qu'il a perfectionnée en se jouant; l'homme artériel et veineux, et l'homme musculaire et nerveux qu'il a dessinés pour son usage particulier; puis enfin ses petites découvertes en mécanique et en bibliographie; et voilà mon ami Jean-Louis, patient comme une abeille bénédictine, doux comme un ver à soie de Saint-Maur.

Ma chronique achevée, je courus la lui lire.

— Tout cela est fort bien, me dit-il, mais vous n'avez pas parlé de l'éclipse de soleil qui a eu lieu le 28 avril 1557, et qui fut visible à Villers-Cotterets; et de Villers-Cotterets vous n'en avez pas raconté l'étymologie; vous n'avez pas dit que les épingles furent inventées en 1553, et la platine de mousquet en 1557; qu'à l'époque du siége on se levait à cinq heures du matin, on dînait à onze, on soupait à sept, et on se couchait à neuf; que les jardiniers qui allaient au marché récitaient leur chapelet en conduisant leur âne; que le 2 août, jour de l'arrivée des assiégeans devant Saint-Quentin, était un lundi; que la bataille de Saint-Laurent se donna le 10, qui était un mardi; que le duc de Savoie, général en chef, se logeea aux environs de Rocourt avec les troupes espagnoles; que le quartier des Anglais était du même côté, mais un peu plus loin; que les environs de la porte d'Isle étaient occupés par d'autres troupes espagnoles; qu'au levant, depuis les marais jusqu'aux environs de la porte Saint-Jean étaient les Allemands; que les Wallons et les Flamands logeaient du côté de la chapelle de Cepy; que les vivandières et les débitans de vivres et autres nécessités, étaient aux environs de Rouvroy et du moulin de Luvigny, qui fut brûlé et qu'on appelle encore le *Moulin brûlé*; que ce fut en ce quartier que se logea Philippe II lorsqu'il vint en son camp; qu'il y avait à Saint-Quentin un boulevart du nom de Pienne; qu'on y voit encore, rue Saint-Martin, le bois du cerf dix cors de Jean Peuquoy; vous n'avez pas décrit le lit à baldaquin et à colonnes torses, ornées de sirènes, dans lequel mourut Henri II; vous n'avez pas dit que Diane de Poitiers avait été surnommée *Diana regum venatrix*, la Diane chasseresse des rois; que Diane de France mourut à Paris le 11 janvier 1619, âgée de quatre-vingts ans, et fut enterrée dans la chapelle dite d'Angoulême, aux Minimes de la place Royale. Pourquoi enfin avez-vous fait un si mauvais usage de cette note que je vous avais recommandée, parce que c'était le détail des occupations et délassemens dont Henri II s'était fait le plan invariable? Je vais vous la relire, elle en vaut la peine. « Le lever du prince était à sept heures : pendant qu'on l'habillait, il conversait familièrement avec les seigneurs qui venaient lui faire la cour, et qui étaient tous indistinctement admis. Il s'enfermait ensuite, et travaillait avec ses quatre secrétaires; ou bien, si l'importance des affaires exigeait sa présence, il allait prendre séance au conseil, qui se tenait à la même heure dans une pièce contiguë à son cabinet. A dix heures, il entendait la messe; au sortir de la chapelle, il se mettait à table; et dès qu'on avait desservi, il donnait audience à tous ceux de ses sujets qui avaient des requêtes à lui présenter. De là, il allait passer quelques momens dans son cabinet avec un petit nombre de favoris; après quoi, il se rendait, suivi des seigneurs, à l'appartement de la reine, où se trouvaient les princes du sang royal et les dames de la cour. La conversation alors devenait générale, et tous s'efforçaient d'y contribuer, les uns par des saillies, les autres par des anecdotes où régnait la gaîté et souvent la licence. Avant que la compagnie se séparât, le roi annonçait le genre d'exercice auquel il destinait la soirée; c'étaient la chasse, la paume, l'escrime, la bague, le manège, la joute. Les jeux se donnaient sous les fenêtres d'une galerie d'où la reine et les dames de sa suite pouvaient juger du mérite des acteurs. Le roi, qui était passionné pour les exercices du corps, ne manquait pas d'y figurer, et il y trouvait peu d'égaux. Ces divertissemens variaient avec les saisons : dans les fortes gelées, Henri et toute sa cour s'amusaient à glisser sur les étangs de Fontainebleau, où la maladresse des novices apprêtaient à rire aux spectateurs. Si la neige était abondante, on construisait à la hâte une forteresse; on préparait un nombre prodigieux de pelotes; et la troupe, partagée en assaillans et en assiégés, offrait l'image d'un assaut régulier. Ces passe-temps divers faisaient place à des occupations plus sérieuses; le roi allait au conseil du soir, ou travaillait avec ses secrétaires jusqu'au souper, qui était suivi d'un second cercle chez la reine, et de danses qui se prolongeaient bien avant dans la nuit. »

— Ma foi, repris-je d'un ton décidé, qui affligea vivement le bon docteur, je vous l'ai dit, mon siège est fait.

Voici maintenant la partie sérieuse de la vie du docteur Sarazin; et elle est aussi pleine que bien d'autres, beaucoup plus célèbres, sinon meilleures.

Après s'être instruit *ab hoc* et *ab hac*, il fit de la médecine et de la chirurgie comme on en faisait dans ce temps-là, c'est-à-dire, sur une vaste échelle, aussi vaste que l'étaient ces champs de bataille et ces hôpitaux militaires de la république et de l'empire. Alors la faculté taillait en plein drap.

Il entra au service en 1809, comme chirurgien à l'hôpital militaire de Saint-Quentin. Réformé en 1812, il demanda de l'emploi dans les hôpitaux civils de Paris.

Puis, en 1814, on le rappela, et il suivit le premier régiment de la garde comme aide-major dans les ambulances. Fait prisonnier à la défense de Clacy, et peu après mis en liberté et requis pour soigner les blessés sur le champ de bataille de Laon, où il en enleva seul quatre-vingts voitures; il fit ensuite le service de l'hôpital de Saint-Quentin, et fut mentionné honorablement pour sa belle conduite dans ces diverses circonstances. Rappelé de nouveau en 1815, pour desservir les 1er et 2me bataillons de la garde nationale de l'Aisne (Saint-Quentin et Vervins), il accompagna ces deux bataillons à la frontière, et fut définitivement licencié avec l'armée.

Depuis, le docteur Sarazin pratique la médecine et la chirurgie avec un désintéressement, non pas rare en France, où le caractère des hommes de la faculté est généralement si noble, mais toujours fort louable. Ainsi le choléra, pendant toute sa durée dans notre département, l'a vu payer largement de sa personne et de sa bourse; et nos milliers de villages, où le travail de la fabrication dans les caves étiole la population, n'ont pas d'épidémie, au cœur de laquelle il n'accoure avec le double dévoûment de la science et de l'humanité.

Sa clientèle dans la ville est peu productive; mais le titre de médecin volontaire des pauvres en vaut un autre.

Rabelais aussi savait rire des sottises des hommes et prendre pitié de leur misère.

TABLE DES MATIÈRES.

VOLUME PREMIER.

VOLUME SECOND.

LIVRE QUATRIÈME — La ville.

LIVRE CINQUIEME — Le Camp.

LIVRE SIXIEME — Un Homme.

ERRATA.

PREMIER VOLUME.

Pages

VII Préface, *au lieu de* héroïnes inédits, *lisez* inédites.

225 *Au lieu de* toutes les exigences de l'amour furtif, *lisez* de l'amant furtif.

296 *Au lieu de* sous le regard haineux et menaçant son père, *lisez* menaçant de son père.

337 *Au lieu de* Florimond, Robertet, *lisez* Florimond-Robertet.

SECOND VOLUME.

Pages

23 *Au lieu de* les bandes noires des Espagnols, *lisez* les lignes noires, etc.

30 *Au lieu de* décorés de leurs enseignes, *lisez* de leurs insignes.

34 *Au lieu de* sous les ordres du prince de Condé, *lisez* du duc de Guize.

48 *Au lieu de* pour l'emménagement de leurs meubles, *lisez* pour le déménagement, etc.

113 *Au lieu de* recevez-les à coups de canon, *lisez* à coups de mousquets.

117 *Au lieu de* les yeux agrandis par la terreur, *lisez* les prunelles agrandies par la terreur.

128 *Au lieu de* on a plus que du cheval, *lisez* on n'a plus, etc.

194 *Au lieu de* M. de Condé en Italie, *lisez* le duc de Guize, etc.

195 *Au lieu de* M. de Condé sera sur Paris, *lisez* le duc de Guize, etc.

243 *Au lieu de* d'autant que l'épée du connétable, *lisez* d'autant que l'épée de connétable.

LIBRAIRIE

DE CHARLES LACHAPELLE.

Sous Presse, pour paraître le 30 Avril 1836.

LE MARQUIS

DE

BRUNOY.

2 vol. in-8. — Papier satiné.

Prospectus.

Au milieu du débordement licencieux de la cour de Louis XV, au temps où Antoinette Poisson, la fille du boucher, trônait à Versailles sous le nom de madame de Pompadour, vivait dans un coin de la France, le marquis de Brunoy, ce dissipateur célèbre par son faste et ses prodigalités qui tombaient également sur les gens d'église et sur la bourgeoisie.

Brunoy était un rejeton des quatre frères Pâris, dont l'aîné, Pâris Duverney, fut contrôleur-général sous la régence de Philippe d'Orléans et liquidateur de la banqueroute de l'Écossais, et qui aida ses trois frères à faire fortune en leur donnant de fort bons emplois, qu'ils remplirent à la satisfaction de tous les honnêtes gens.

Le père du marquis de Brunoy conserva jusqu'en 1730, la charge de garde triennal du trésor qui avait été créée pour lui. Bientôt il abandonna les affaires publiques, et mourut en laissant à son fils un immense héritage que les successions de ses oncles, qu'il recueillit à peu de temps de là, augmentèrent encore.

Le jeune marquis avait l'esprit vif, le cœur bon, l'ame généreuse; possesseur d'une grande fortune, il en fit d'abord le plus noble usage. La bienfaisance occupait tous ses instans; mais se trouvant trop à l'étroit dans sa province, il vint à Paris, au milieu de ce gouffre dans lequel la civilisation s'épuisait en de vains efforts, et où les rangs se trouvaient confondus pas suite des désordres des grands seigneurs, qui se mêlaient volontiers à la bourgeoisie, du moment que celle-ci avait sous son toit de pudiques jeunes filles ou de jolies filles à caresser. Le marquis de Brunoy se sentit un peu embarrassé au milieu de cette corruption en chair et en os, de cette turpitude qui courait les guinguettes en chenille et les salons en habits brodés. Toutefois il ne voulut pas paraître étranger aux moeurs et au laisser-aller de cette cohue brillante. Il se fit présenter dans les premiers salons de Paris, où sa bonne mine, son air noble, et plus encore le luxe qu'il affichait le firent remarquer. Il courut les aventures et les bonnes fortunes, acheta une petite maison et l'amour d'une comédienne, et en moins de quinze jour il fut sur un pied respectable.

Il ne lui manquait plus que d'essayer de la séduction. La fille d'un marchand drapier de la rue Saint-Honoré, dont on citait l'éclatante beauté, attira les regards du marquis. Mais elle était vertueuse; et dans l'excès de son amour, Brunoy proposa le mariage. Le drapier accepta avec empressement. Sa fille ne se montra que soumise : son cœur avait parlé pour un pauvre petit gentilhomme de province, léger d'argent, mais riche d'espérances que le drapier, ne jugeant pas devoir se réaliser de longtemps, refusa d'admettre comme comptant dans le douaire qu'il exigeait de l'époux de sa fille.

Le marquis de Brunoy connut ces particularités, et en rival généreux il dota le pauvre petit gentilhomme qui, cette fois, ne parut pas un mauvais parti au marchand drapier. Un mariage unit les deux amans; mais au moment de jouir de ce bonheur inespéré, la mariée fut enlevée par les soins du pourvoyeur des plaisirs royaux; et les portes de l'ignoble Parc-aux-Cerfs se refermèrent sur la malheureuse jeune femme.

La carrière du marquis de Brunoy était marquée à chaque pas par de nouvelles prodigalités. Ses héritiers s'en alarmèrent, et conçurent le projet de faire interdire leur trop généreux parent. Un véritable complot de famille s'ourdit dans l'ombre, et bientôt éclata d'une manière scandaleuse. Brunoy s'indigna des manœuvres employées pour lui arracher sa fortune. Il feignit d'abord d'avoir perdu la raison ; et pour donner plus de créances aux singulières prétentions de son avide parenté, il se livra à des actes d'aliénation mentale. L'enquête ordonnée par le parlement fut bientôt remplie ; mais devant ce tribunal, Brunoy démontra qu'il possédait toute sa raison. Cependant on n'en rendit pas moins un arrêt d'interdiction qui jeta le marquis de Brunoy dans une maison de fous.

Nous ne ferons pas connaître le dénoûment de ce drame historique. L'auteur de cet ouvrage, que des succès mérités recommandent à l'attention des lecteurs, a compris sa tâche en écrivain consciencieux. Brunoy est mort, mais il a laissé des héritiers, et il ne lui appartenait pas de jeter le blâme sur des hommes qui, en se montrant avides, n'en avaient pas moins le droit d'empêcher une immense fortune de passer entre les mains du clergé. Là où l'histoire contemporaine commençait, l'auteur a dû se taire. Le romancier avait fini son œuvre.

LAGNY. -- Imp. d'A. Le Boyer et Comp.

Charles Lachapelle, Éditeur,

RUE SAINT-JACQUES, 75.

MARTHE

LA LIVONIENNE,

ÉPISODE DE LA COUR DE PIERRE-LE-GRAND,

PAR

G. TOUCHARD-LAFOSSE.

Prospectus.

Personne ne disconvient aujourd'hui que le romancier n'ait une tâche sociale à remplir, surtout s'il puise ses sujets dans l'histoire, et n'altère ni les évènemens majeurs, ni les caractères profondément gravés dans le souvenir de nations. Mais, il faut bien l'avouer, ce n'est que depuis peu d'années que l'on compose des romans réellement historiques. Une critique judicieuse a frappé d'anathème le genre faux et brillanté où mesdames de Genlis et Cottin se sont exercées, sur les traces de madame de La Fayette : les héros de l'histoire, habillés en pastoureaux, soupirans enrubanés comme des Tircis de la rue des Lombards, n'appartiennent plus décidément qu'à la littérature sucrée. Quelques écrivains, vivement impressionnés, se sont pris à tracer des épisodes historiques; ils ont, en peintres sincères, animé de couleurs fortes et vraies les pâles esquisses tombées de la plume molle et languissante des annalistes. Dans cette innovation aussi nous avons reçu d'un étranger l'impulsion que Voltaire n'avait pu nous donner : l'auteur immortel de l'*Essai sur les Mœurs* est long-temps resté sans disciples en France, et les Français du dix-neuvième siècle ont copié Walter-Scott. Mais, au moins en ceci, l'imitation a fructifié; soyons-lui clémens...

Parmi les romanciers engagés dans cette route nouvelle, l'auteur des *Chroniques de l'Œil-de-Bœuf*, du *Pont des Soupirs*, des *Réverbères*, de *Jean Ango*, s'est acquis une réputation assez appréciée du public, sans qu'il soit besoin de lui prêter le secours d'une faconde commerciale; nous annoncerons donc, purement et simplement, la prochaine publication de *Marthe la Livonienne*.

Les mœurs hyperboréennes ont leur physionomie dramatique, leur poésie: elle ne peut manquer d'énergie cette nature du pôle, si rude dans son contact, si âpre dans ses influences, qui pendant une longue partie de l'année enveloppe les passions d'une atmosphère de frimas. Et si l'écrivain sait jeter sur ce fond un peu scythe, un peu sarmate, un peu slave, des évènemens empreints de l'âpreté climatérique; si Pierre Ier y rugit avec vérité ses principes étranges de civilisation;

si la grande figure de ce prince apparaît tour à tour flamboyante de pensée créatrice, d'héroïsme, de colère, de luxure; une jeune esclave pressée par les tendresses de trois ou quatre généraux avant d'échoir, butin vivant, au maître de la Russie, si Marthe, disons-nous, est peinte naturelle dans le drame de sa vie, commencé sur le grabat d'un cabaret, fini sur le trône d'un grand empire; enfin si la catastrophe, voilée jusqu'à ce jour, qui dénoue ce drame est produite avec bonheur, rien assurément ne sera d'un intérêt plus puissant; car cet intérêt découlera tout entier des sources historiques.

Or, nous le répétons, monsieur Touchard-Lafosse a fourni ses garanties au public; et nous pouvons assurer, d'après des fragmens qui sont sous nos yeux, que, dans sa nouvelle composition, l'auteur de *Marthe la Livonienne* a su se maintenir, pour le moins, au niveau de ses précédens.

LAGNY. -- Imp. d'A. Le Boyer et Comp.

www.ingramcontent.com/pod-product-compliance
Lightning Source LLC
Chambersburg PA
CBHW060935030726
47503CB00003B/599
9782011268587